明日の僕に風が吹く

乾 ルカ

角川文庫
23324

目次

もしもあの日がなかったら、世界はどう変わるだろう?
僕の世界は。

1

今日もなにも変わらない。

川嶋有人（かわしまゆうと）は、腰かけていたベッドにそのまま背を預けた。天井の白い壁紙が、緩くたわんで見える。右手のスマートフォンからは、ゲームのBGMが流れている。ゲームアプリを終了させていないのだ。はらはらと雪が舞う中に佇（たたず）む、無人の小さな家からの脱出を目的としたそのゲームは、それこそ雪夜のように静かで閉じられた世界を再現していた。

だから、サウンドも慎（つつ）ましやかだ。

それに、三分後には自動的にロックがかかる。ロックがかかれば、音も消える。

今日も脱出できなかった。夏にインストールしてからずっと、有人は石造りの小さな家から出られないでいる。家の各所に仕込まれた様々なギミックはおおむね解き明かし、三つあるエンドの二つまでは見た。だが最後のトゥルーエンドだけには、どうしても行き着けないのだった。

タイトル画面からリンクで飛べる攻略掲示板を覗けば、すぐにでも答えはわかる。

でも有人は、そうしたくなかった。脱出ゲームは得意だという自負がある。だから、人の力を借りる時点で負けた気がしてしまうのだ。またこのゲームは、謎解きのフェアさが高評価を得ている。フェアならば、考えればわかるはずだ。

結果、無駄な時間を積み重ねてしまっている。同じところで動けない。昨日もその前もずっとそうだった。今日も。

明日もそうだろうか。

有人は目を瞑った。

そうだろう。変わらない。なにも変わらないのは、時間が止まっているみたいなものだ。つまり、明日なんてないのだ。

明日がないのなら、昨日もなくなればいいのに。

「有人」

階下から母の呼び声がした。怒っているような、呆れているような、ほとほと情けないというような口調。

「下りておいで。せっかく雅彦叔父さんも来ているんだから」

正月なのだった。有人は階下のリビングのにぎやかさを思う——うちは本家だから、それなりに親戚が集まる。久しぶりに親戚が集まったとき、話題は互いの家族の近況だ。特に幸子伯母はその手の話題を好む。

──お兄ちゃんの和人くんは、筑駒よね。今年はうちの加奈と一緒で受験でしょ？　すごいわ、どこを受けるの？　やっぱり医学部？　ここを継ぐんでしょう？

──加奈はお茶の水よね。頑張んなさいよ。

──有人くんのほうは今何年生？　筑駒の……違うわね、ごめんなさい。どこの私立中だったかしら。高等部へはエスカレーターで行ったんだった？

想像しただけで頭髪の毛根がちりちりして、いたたまれないのだから、リビングに顔を出すなど言語道断だった。幸子伯母は心配してくれているのだと父はかばうが、有人には言葉の裏の本音が透けて見える。

うちの子が登校拒否にならなくて良かった、引きこもりにならなくて良かった、ああいうふうにならなくて良かった。

出席日数不足で高等部には進めなかったことも、承知のはずなのに。

有人はうつ伏せに体勢を変え、床に左手を下ろした。閉め切ったカーテンの向こうが、いつもより明るい気がする。客が帰る夕方までには、一度は顔を見せたほうがいいのだろうが、動き出す元気が出ない。そのまま意味もなく、左手の人差し指でフローリングの床板をなぞる。

でも、今年は雅彦叔父さんも来ているのか。あの叔父さんが。

雅彦叔父には、ちょっとだけ会いたい気もする有人だった。就学前はよく遊んでもらった。父とは十歳近く年の離れた叔父は、研修医として福井の大学病院へ赴任するまで、同じ食卓を囲んでいた。当然と言えば当然だ。ここは叔父の実家なのだから。

有人にとって、雅彦叔父は叔父というより兄のような存在だった。二つ年上の和人よりも、親しみと頼りがいを感じるほどだ。和人は近すぎて、コンプレックスを刺激される。たとえば受験。和人が合格した私立中に有人は落ちた。兄と同じように頑張ったつもりだったから、ショックも大きかった。有人の中学受験以降、両親の期待ははっきりと和人に注がれるようになった。

その点、雅彦叔父は違った。叔父はけっして兄弟を比較しないし、優劣もつけない。今まで送られてきたお年玉も、ずっと同じ額だ。

なにより、叔父は憧れの対象だった。

しかし皮肉なことだが、叔父への憧れが、あの日を招いたとも言える。

有人は頭を抱えた。すべての音がこもって聞こえる。飛行機に乗っていると、時々耳がおかしくなるように。

飛行機。あのときの叔父があんまり格好良かったから、自分も叔父のようになりたいと思ってしまったのだ。

＊

——ただいま当機内におきまして、急病人が発生しております。お客さまの中に、お医者さま、または看護師の方がいらっしゃいましたら、お近くの客室乗務員までお声がけをお願いいたします。

一瞬で張り詰めた機内の空気。ざわめき。探り合うような気配。そんなものを一掃するように、叔父は立ち上がった。通路を歩いていた客室乗務員に言った「私は医師です」との声は、ごく普通の挨拶(あいさつ)みたいに落ち着き払っていた。八つだった有人は、乗務員に先導されていく白いセーターの背を、ベルトを緩めて見送った。

叔父と和人と有人、三人での冬休みの旅行だった。子どもの長期休暇に付き合えない開業医の両親に代わって、当時大学病院に勤務していた叔父が、休暇をねん出してニセコへスキーに連れて行ってくれたのだ。ドクターコールは、新千歳(しんちとせ)から羽田(はねだ)への帰途だった。

若い客室乗務員が兄弟の席へやってきて、叔父は着陸まで席には帰って来られないと謝った。

――ごめんね。なにかあったら、そのボタンで呼んでね。君たちの叔父さんは、とってもすごいのよ。すごいから、助けてもらっているの。もうすぐ飛行機は高度を下げるから、おトイレに行きたかったら今のうちに行っておいて。着陸したらそのまま席で待っていてね。

羽田空港に着陸し、ボーディングブリッジが接続されるや、救急隊員が乗り込んできて、急病人を搬送していった。それから、他の乗客が降りた。さっきの客室乗務員がやってきて、叔父がいるはずだった席に座り、もうちょっとここにいてねとジュースをくれた。

——叔父は今どこですか？

有人の頭越しに和人が尋ねた。

——一緒に救急車までついて行っているの。申し送りをしなくちゃいけないって。

——急病の方はどうなったんですか？

——大丈夫。搬送されるときは意識がはっきりしていたから。君たちの叔父さんのおかげよ。

客室乗務員の顔には安堵の色が浮かび、瞳は僅かに潤んでいるようにも見えた。

やがて叔父が姿を現し、いつもの笑顔で有人たちに降機を促した。荷物を持つという客室乗務員の申し出は、必要ないと柔らかく断った。

——少しでもお役に立てたのなら、私も良かったです。

有人たちが機内を出るとき、客室乗務員のみならず、パイロットの制服を着た二人の男性も見送りに出てきて、深々と頭を下げた。ネクタイを締め左胸に胸章を飾り、袖口に複数の金のラインがあるパイロットは、まるでテレビに出てくる俳優のようだった。でも有人の目には、なんでもない白のセーターにジーンズ姿の叔父のほうが、はるかに格好良く映った。

叔父みたいになりたい。こんなふうになりたい。

小さな憧れの花が、その日有人の心に咲いたのだ。

叔父がどれほど格好良かったか、有人は両親に話した。意外なことに両親、特に父はあまりいい顔をしなかった。父は深夜バスで帰るという叔父を摑まえ、苦言を呈した。

——客として乗った航空機内だぞ。応召義務違反には問われないだろう。今回はたまたま患者が軽症だっただけだ。ろくな機器もない環境で、一歩間違えば寝覚めの悪いことになる。

叔父は穏やかに言い返した。

——知識や技能があっても、生かせないなら、ないのと同じだよ。次も俺は名乗り出る。これは医師の心構えとか、そういう問題じゃない。生き方の問題なんだ。

＊

その叔父が。

「有人。いるんだろう？」

ドア越しに声をかけてきた。

「少し話をしたいんだが」

有人は獲物に狙われた小動物のように身を硬くして、気配を殺した。

「有人の気持ちもわからなくはないよ。辛いよな」

憐れまれている自分がやりきれなくて、沈黙するしかない。

「一つ教えてくれないか」再び話しかけてきた叔父の口調は、昔となんら変わらなかった。「有人はどうしたい？」

頭を抱える手に力を込める。

「引きこもり続けるのが、おまえのしたいことなのか？」

責めているのではない。純粋に尋ねている。

「有人。ちょっと未来の自分を想像してみないか」

首の後ろがざわりとなり、続いて首から上の毛穴がぶわっと開いた。睨みつけるフローリングの木目に、白目を剝く少女の顔がよぎった。

「どうしても話したいことがある」

叔父の声が滑るように降りてくる。上から聞こえていたのが、有人の頭と変わらぬ位置まで。ドアの向こうで腰を下ろしたのだ。

「七時の飛行機で帰るけど、ぎりぎりまでここで待つから」

――未来の自分を想像してみないか。

どうしてそんなことを言うんだろう？　三十歳になっても四十歳になっても引きこもり続けているなんて惨めだから改心しろ、ということか？　叔父は、僕が四十になっても引きこもっているだろうと見立てているのか。

悲しくて、有人は枕に顔を埋めた。どうしようもないのだ。昨日も今日も変わらない。明日もきっとそうだ。だったら、未来なんて。

そんなものないのに。

あの日、消えたのに。

＊

今日、暑くね？　と誰かがぼやいた。

「暑いって言っても涼しくなんてならないぜ」

「暑いんだから暑いって言っていいだろ」そいつは制服のネクタイを緩めて、汗が光る顔や首筋をノートで扇いだ。「九月ももう終わるってのに」

「弁当を食べた後だから暑いっていうのもあると思うよ」有人はさりげなく口を挟んだ。「食事をした後は、安静にしていても代謝量が増大する。栄養が分解されて、体熱となって消費されるんだ。だから体が熱くなって汗が出たりする。食事誘発性熱産生っていうんだって」

「……さすがは川嶋。病院の息子」

「将来の夢は医者、だっけ」

　小学校の卒業文集に書き記した内容は、有人と同じ私立中学に進んだ一人が触れ回ったせいで周知の事実だった。有人も別に隠してはいなかったし、実家の病院もそれなりに知名度があった。だが、医者というストレートな単語の前に、有人はうんちくを語った自分を急に恥ずかしく思った。「……継ぐのは兄さんだろうけど」

「ねえ、体育館に行かない？　今日はうちら二年生が使える日だよ」

女子の声に、有人の顔は自然とそちらへ向く。声の主は女子の中でも華やかでトップのカーストに君臨する上原だ。白いブラウス。微かに透けるその中の線に、ついつい目を凝らす。

「トスバレー、しようか」

「いいね」

「道下さんも行かない？」

道下と呼ばれた少女は、一瞬戸惑ったかに見えた。だが、彼女はすぐに嬉しそうに笑った。前歯に装着された目立たない矯正器具が光った。

「行きたい」

「じゃ、行こう。昼休み終わっちゃう」

「あ、待って。エネルギー補給」上原の取り巻きの一人が、小さなものを配った。「お父さんのお土産。ベルギーのチョコレートだって」

道下を入れて八人の女子が教室を出て行った。彼女らの姿が消えたとたん、教室内の空気が不味くなった。

あの子たちの誰かは、さっきの僕をどう思っただろう？　物知りだ、かっこいいと思ってくれたのなら嬉しいが、出しゃばりだと軽蔑されている可能性も否めない。後者ならさっきの一分をなかったことにしてしまいたいと、有人は冷や汗をかく。それにしても、女の子には不思議な力がある。男子に背伸びさせる力が。

「俺らも行かねえ？　バスケしねえ？」

最初に暑いとこぼした奴が切り出した。

「いいな、３ＯＮ３」

女の子たちのあとを追いたい男子たちは、次々に賛同した。

「道下も誘われてたよな」

「おまえ、道下いいとか思ってる？」

「うっせーわ。馴染（なじ）めてきて良かったってだけだわ」

「女の子ポーチ持ってたな、マジ天使じゃね」

「道下誘った上原、道下」

「そういうこと言ってやんなって」

有人は先ほど彼女――道下麗奈（れな）が見せた表情の変化を思った。戸惑ってからの嬉しげな笑顔。素直な気持ちの表れだろう。彼女は夏休み明けにやってきた新顔だった。有人の私立中学には転入生を受け入れる制度があったが、現実に転入してきた生徒は、入学以来道下が初めてだった。

しかも道下は、ニューヨークからの帰国子女だった。

日本語でのコミュニケーションに不自由してはいなかったが、クラスメイトは彼女を遠巻きにし、様子を窺（うかが）う態勢を取った。予告なく登場した異分子が、どういった個体なのか判別できるまでは、態度を決めかねる、という空気だった。道下は一人で教室を移動し、一人でトイレに行き、一人で弁当を食べ、一人で帰宅する毎日を送っていた。

そんな彼女がとうとう誘われたのだ。びっくりして、次に歓喜があふれただろう。様子見されても毅然(きぜん)とした態度で、こびへつらいはしなかったが、内心は早く誰かと親しくなりたかったはずだ。学校生活においてどこかのグループに所属するのは、安心を得られるから。

体育館に着いた。入り口から遠いステージ側で、女子八人が輪になってバレーボールを回していた。上原があらぬ方向へはじいたボールを、道下が追いかけて上手(うま)く戻した。道下は一番活発に動き、汗をかいていた。

3ON3をやる際、七人以上メンバーが集まったときは、どちらかがシュートを決めるごとに、決めた者はあぶれた者と交替するのがローカルルールだった。有人は最初あぶれ、交替順が二番目になった。順番を待ちながら、目の前の3ON3ではなく、女子のバレーボールを眺めた。道下は相変わらず多くボールに触っていたが、若干息が上がってきたようでもあった。

二つ目のシュートが決まって、有人がコートに入った。バスケットボールはあまり得意ではなく、ブロックしようとした手の上を相手側のパスが通り、シュートを決められた。次はボールを奪ってシュートを入れてやる。そう思ったのと同時だった。

「道下さん？」上原の声が聞こえた。「どうしたの、大丈夫？」

見ると、トスバレーをやっていた女子が、一つ所に固まっていた。

「女子、どうしたんだ？」

ボールを持っていた奴がプレーを止めて、待機組に訊いた。

「いや、よくわかんないけど」そいつは両目を細めて女子たちを凝視した。「道下がさっき抜けて、横で座って休んでたんだ。そしたら、なんか急にバタって」

「倒れたのかよ？」

「貧血？」

集まる女子が砦となって、道下の姿は見えなかった。

おろおろする砦の一角で、上原がこちらを振り向いた。

目が合った気もした。それは、男子のみんなが同じかもしれなかった。でも誰も動かなかった。有人もだ。男子を背伸びさせる不思議な力も、場にみるみる満ちる異常な気配には勝てなかった。

「嫌っ」

女子の一人が一歩退いた。

「ねえ！」上原が叫んだ。「ちょっと！」

助けて、とは続かなかった。女子の砦が悲鳴とともに崩れだし、隙間から床に投げ出された道下の手が見えた。

男子は動かなかった。動けないのだ。竦んでいた。

——お客さまの中に、お医者さま、または看護師の方がいらっしゃいましたら……。

そのとき有人のまならに、かつて、自分の心に憧れの楔を打ち込んだ叔父の背中が浮かんだ。

とたん、有人は女子の一団へと走り出していた。かっこよかった叔父。急病人を助けた叔父。あんな風になれたら——憧れとともに、とにかくなにかしなければ、誰も行かないなら誰かが行かなくてはという思いが、床をひと蹴りするごとに膨らんだ。女子が持つ不思議な力が有人を動かしているのではなかった。背伸びとかはどうでも良かった。

駆け寄ってくる有人に気づいて、女子は砦に入り口を開けた。

体育館の床に仰向けになっている道下が、目に飛び込んできた。一見して、ただ事ではないと血の気が引いた。顔や首、腕、脚。露出している肌が赤らんでいた。発疹のようなものも出ていた。呼吸するごとに喉の奥からヒューヒューといった音を発した。

「……先生、呼んでくる」

誰かが言ったとき、道下が手を動かしながら、口をパクパクさせた。動かしている手は、ステージ側だった。なにかを探しているとも取れる動きに有人はそこらを確認したが、男子の一人が面白がったポーチが転がっているだけだ。

呼吸はいよいよ苦しそうになった。息が吸えていないように見えた。

こんなとき、叔父ならどうするか。

有人は道下に駆け寄り、顎を上向けて口を開けさせた。鼻をつまんだ。そして。

道下の口に自分の口を押し当て、息を吹き込まなければ、人工呼吸をしなければ——

機内の叔父に憧れを抱いて以降、有人は救急救命のいろはを独習していた。

けれども、鼻をつまんだところで止まってしまった。状況が状況とはいえ、みんなが見ている中で口と口をつけることに、ためらいを覚えたのだ。加えて、道下はキスしたことがあるのかというのも気になった。なかったら初めての相手が自分になってしまう。有人にとってもそれは同じだった。

ふいに、道下が顔を背けた。

あっと思う間もなく、吐物が有人の手にかかった。女子が悲鳴をあげ、有人もとっさに手を引っ込めた。悪臭が鼻を突いた。道下はミルクセーキに似た胃の内容物を嘔吐しながら変な咳をし、体育館の床に爪を立てた。

吐物が詰まったかもしれない。いよいよ呼吸が止まったかもしれない。道下は意識がなかった。白目を剝き、顔は嘔吐したものでべたべただった。

口が吐物で詰まっているなら、きれいにかき出して、今度こそ息を吹き込まなければ。

しかし、目の前の光景と異臭に胃がせり上がった。

直後、有人も堪えられずに一緒になって吐いた。周りがいっそうやかましくなった気がしたが、それどころじゃなかった。とにかく気持ち悪くてたまらなかった。ここにいたくない、爽やかな香りのする清潔な空間に、自分だけ瞬間移動したいと思った。

ヒューヒューと風を切るような音は、そういえばどうしたんだろう？　断続的にこみ上げてくる嘔気と嘔気の僅かな合間に、そんなことを一度だけ思ったかもしれない。

「どけ」

有人は乱暴に押しのけられた。自分の吐物の中に手をついた。押しのけたのはクラス担任だった。続いて白衣の裾が翻った。養護教諭も来ていた。

「道下さんならアナフィラキシーかもしれません」中年女の養護教諭がまくしたてた。

「エピペン、携帯しているはずです」

担任は目ざとく道下のポーチを見つけ、飛びついた。躊躇せずファスナーを開けて、中から器具を取り出した。

それは大きいサイズの液状のりに、よく似た形状をしていた。白いシールが巻かれた細長い筒状のプラスチック容器に、黄色いキャップ。なぜのりなんか、というぼんやりした疑問が芽を出すか出さないかのうちに、養護教諭が「それです」と叫んだ。担任は養護教諭に容器を手渡した。

「打っていいのか」

「打ちます、打たないと。救急車を呼んでください」

担任はその場で携帯電話を取り出し、養護教諭は道下のスカートを下着が見えそうになるほどたくし上げた。道下の太腿には失禁の痕跡があった。

黄色のキャップは、回して取り外すタイプではなかった。養護教諭の親指一つで、それは押し開かれた。中身が出てきた。中身はいっそう液状のりみたいだった。のりを塗る先端部がオレンジで、尻の側には青いキャップがついていた。胴体には外の容器とは異なる黄色いラベルが貼られてあった。

　養護教諭は青のキャップを外した。ああ、外れたと有人が他人事のように眺める前で、白衣の腕が動いた。剝き出しになった道下の白い太腿の外側に、オレンジの先端部が押しつけられた。

　カチッという小さな音を聞いた。

　そのまま数秒間押しつけたのちに、養護教諭はのりみたいなものを離して、あてがっていた太腿の部分を右手でマッサージした。

　養護教諭の手に残ったものの、オレンジ色の先端部が、伸びて長くなっていた。

　いつの間にか、他の教員たちも数名集まってきていた。

「他の生徒は体育館の外へ出なさい、教室に戻りなさい」

　有人だけがその場に留まるよう、担任に言われた。

「川嶋、どういうことだ？　こうなる前の道下の様子を詳しく説明してくれ」

　わけもなく怒鳴られているように感じた。へたり込んだまま、有人は口の中の唾を飲んだ。胃液のきつい酸味が喉の粘膜を刺した。

「僕は……き、救急救命を……人工呼吸を」

「道下は訴えていなかったか？　エピペンを取ってくれと」

　あの、手を動かして口をパクパクさせたのが、そうだったのか？

「なにかやっていましたけど……全然わかりませんでした。だって、声も出てなかったし……」

養護教諭の白衣の向こうで、道下が身じろぎした。救急車のサイレンが近づいてきた。

別の教師に促されて、有人は立ち上がった。サイレンはすぐそばまで来て静かになった。報せを聞いたのだろう、汚物処理の清掃セットを持った事務職員が二人、使い捨ての手袋にマスク、プラスチックエプロンの姿でやってきて、吐物で汚れたところを隠すように、ペーパータオルを敷き詰めた。塩素の臭いがした。

有人はその場で汚れた服を脱ぐように指示された。替えとして渡された備品の制服は、有人の体には大きかった。脱いだ自分の服はビニール袋に入れられて返された。それから体育館を出てすぐの手洗い場で、皮膚が擦り切れるほど長い時間をかけて手を洗わされた。

手を洗う有人の後ろを、ストレッチャーに乗せられた道下が運ばれていった。養護教諭も一緒だった。道下の顔は、ストレッチャーのやかましい音とともに、あっという間に去った。脳裏に焼きついた残像は、生きているか死んでいるかどっちつかずのものだった。

昼休み後の五時間目の最中、有人は制服が入ったビニール袋片手に教室へ戻った。後ろ側の扉からそっと入ったのに、クラスの全員が、教壇の数学教師ですら、板書の手を止めて有人を振り返った。√の途中で白のチョークが折れた。

授業内容は、一つも頭に入らなかった。

五時間目が終わるや否や、聞こえよがしの嘲り(あざけ)が飛び交った。

「臭くね？　くっせーんだけど」

「てか、ださすぎ」

「なにしに行ったわけ」

「助けるつもりだったんだろ、無理だったけど」

「一緒にゲロ吐くとか、ギャグかよ」

「将来の夢は医者じゃなかったっけ」

「そうなんですよ、彼、医者なんですよ」

止めろよという制止も聞こえたが、ボルテージを上げる嘲りの声にかき消された。

「ずっと思ってたけど、医師を目指してるとか、ヤバくね」

「目指しててあれなら、全然駄目だろ」

自分の席で硬直する有人に、嗤笑(ししょう)が降り注いだ。

女子の話題も、昼休みの事件一色だった。

「道下さん、大丈夫なの？」

「あれなに？」

「気持ち悪かった。今夜眠れないよ」

倒れた道下へ向ける彼女らの言葉は、心配より嫌悪感が前面に出ていた。上原が言い切った。

「だって、川嶋くんまで吐くし。マジ最悪」

3ON3をしに行こうと口火を切った生徒が、席までやってきて、椅子の脚を蹴った。

「肛門科の息子はおっさんのケツだけ見とけよ」

たまらず有人は、鞄とビニール袋を持って席を立った。

「どこ行くんだよ」

教室以外ならどこでもよかった。自分の失態を誰も知らないところを目指して、有人は逃げた。

廊下を走る有人の背に、だっせ、という声が投げつけられ、無数の棘となって刺さった。

JR中央線の中で、有人は下を向き続けた。肩幅も袖丈も余り、裾を引きずる制服を着たうえ、大きなビニール袋を抱える自分を、見知らぬ乗客のみんなが見ている気がした。

阿佐ケ谷駅で降車して、裾が汚れるのも構わず十分ほど歩いた。暑さのせいだけではない汗が、首の周りを濡らした。父親が院長を務める病院の前を早足で過ぎ、隣にある自宅に辿り着いて玄関扉の鍵を開けた。誰もいないのをいいことに、汚れた制服を全部洗濯機に突っ込んで、適当に回した。洗濯機をいじったのは初めてだったが、気にしなかった。とにかく痕跡を消したかった。

冷蔵庫の中にあった炭酸飲料を飲んだ。弁当を吐いて胃の中にはなにもないはずなのに、飲み物しか口にしたくなかった。

リビングの時計の針は、午後三時半になろうとしていた。

自室にこもろうとしたら、母が姿を見せた。母も父と同じく女性肛門科医師として勤務しているが、常勤ではない。母は「早退したの？」と単刀直入に訊いた。

「……うん」

「具合でも悪いの？　それより有人、制服借りたの？」

答えなかった。母は洗濯機の音に気づいたようで、「どうして回っているのかしら」とランドリールームへ足を向けた。

有人はその隙に階段を駆けのぼって自室に入り、備品の制服を脱ぎ捨てた。階下からなぜ制服を洗っているのかと声がかかったが、答えなかった。その後も何度もドア越しに呼ばれ、問われた。具合は、ご飯は、お粥を炊いた、お風呂はどうする、今日なにがあった――沈黙を貫いた。あったことは誰にも教えたくなかった。あのときあの場にいた人は、全員消えてくれと祈った。

道下は――ストレッチャーに乗って運ばれていく彼女の顔を思い出した――どうしただろう。有人は最悪の事態を想像し、震えた。自分が責められるに決まっているからだ。

午後七時を回って、籠城の理由はあっけなくばれた。学校から電話があったのだ。無断早退したことから、昼休みの出来事の一部始終、すべてが親に伝えられた。

一部始終といっても、養護教諭らがまだ来ていない時間帯のあれこれは、体育館にいた生徒からの聞き取りだ。有人の行動がどう伝えられたかは、五時間目終了後のクラスメイトの態度で、容易に推測できた。

父の厳しい一喝で籠城を断念し、ともにリビングに下りると、母親と兄までもが揃って難しい顔をしていた。

「有人。うちはおまえの祖父の代から、病院を経営している。父さんも母さんも医師だ」父はまず釘を刺した。「だが、おまえはただの中学生で素人だ。医療行為を甘く見てはいけない。うぬぼれるな」

うぬぼれ。その単語は有人の脳天に深々と突き刺さり、体の芯を貫いた。

「女の子のご両親とは、父さんがきちんと話をする」

「命は助かったって」母の言葉はため息まじりだった。「でも、少しだけ障害が残るかもしれないそうよ。長い時間じゃなかったけれど、脳への酸素供給が止まったようだから」

「念のために弁護士には連絡を取っている。そのへんは余計な心配をしなくてもいいが」

父は一度腕組みをして目をつぶり、ゆるゆると頭を横に振ったのち、一転睨みつける眼になった。それは眼窩から今にも飛び出してきそうなほど、強く有人を射た。

「おまえは、救急車を呼ぶだけでよかった。それが正しい判断だった。医師はミスが許されない仕事だが、おまえは今日間違えた」

知らず、嗚咽が漏れてきた。父は「もう行っていい」と有人を解放した。優しさからというよりは、さじを投げたといった感じであった。

有人は自室に戻って泣いた。

翌朝待ち受けていたのは、登校という最大級の困難だった。エベレスト登頂と登校、どちらを選ぶかと問われたら、有人は間違いなく前者を選んだ。それでも、洗い替えの制服に袖を通し、重石が括りつけられたような足をなんとか動かして、学校へ行った。

教室に入ると、雑多な絵の具をぶちまけたようなざわめきが寸時静まった。永遠にも思われた静けさののち、また教室は徐々にざわめいていった。しかし沈黙の前、てんでばらばらの色彩だったそれは、有人の顔を見て同じ色になった。有人を蔑み、せせら笑い、眉を顰め、邪険にする――いじめの標的に向ける色に。

スマートフォンにメッセージが入った。『よく来れるな』。

トイレから戻ってきたら、机に落書きがあった。『誤診王』『医師適性なし』。

女子の潜めた囁きが鼓膜を震わせた。「川嶋くんがお医者さんになるとか、すごく怖くない？」

下校まで耐えられなかった。昼食時のどさくさに紛れて、有人はやはり早退した。

それから有人は登校しなかった。できなかったのだ。制服を着ようとしたら、吐いた。心臓が暴れ馬さながらに飛び跳ね、汗が噴き出し、間髪容れずに寒気が襲った。両親が処方した精神安定剤も効かなかった。つてがある心療内科にも連れて行かれた。変わらなかった。

有人は生活のほとんどを、自室内で送るようになった。両親と兄が病院と学校へ行ってからベッドを出て、誰もいないダイニングで冷えた朝食を食べた。昼ごはんはカップ麺など、適当にあるものをあさった。夜は家族が寝静まるのを待って、やっぱり冷えた夕食を食べ、シャワーを浴びた。トイレは極力我慢し、自室に近い二階のものを使った。まれに、夜中の二時を回ったころに近所のコンビニに行って、お菓子やジュース、漫画雑誌、そのとき必要なものがあればそれを買った。お金は、貯めていたお年玉を使った。

和人がたまにドア越しに話しかけてきた。

「道下さん、退院したみたいだよ」

「今日、父さんと弁護士が道下さんのご家族と話したってさ。向こうはおまえのこと怒ってないっぽい」

「リハビリ通っているって聞いた。ちょっとだけ言語障害残ったみたいだな」

「でも、来週から学校行くって」

なぜ道下の近況を教えるのか、有人には和人の意図が汲めなかった。伝えられる情報は、有人を安心させようとしているようでも、逆に引きこもる有人を咎めているようでもあった。

「道下さん本人は、もらい物を安易に食べるべきじゃなかった、自己責任だって言ってるって」

兄が勝手に語るのをとりとめもなく聞いているうちに、道下の事情はわかった。

幼少時から小麦やピーナッツ等、複数のアレルギーがあること。

重篤なアレルギー症状を起こしたときに用いるアナフィラキシー補助治療剤、エピペンを携帯していたこと。

体育館へ行くときにもらったチョコレートの中に、アレルゲンのナッツペーストが含まれていたこと。

包装は確認したが、読み取れない言語だったこと。

ナッツの味には気づいたが、ちょっとなら大丈夫と思って飲み込んだこと。

言語障害が残った道下が、それらをどのように言葉にしたのか、想像もしたくなかった。

「だから、自分が悪いってさ」

自己責任を認めているとしても、適切な対応を取らなかった有人を恨まないはずはない。後遺症が残ったのだ。道下の未来を奪ったようなものなのだ。

和人の声になにか返すことは、一度もなかった。そのうち和人も、あまり話しかけてこなくなった。両親とも最低限のやりとりしかしなくなった。どうしてもというときは、家族間でのＬＩＮＥを使った。

時が過ぎ、季節が巡って新しい年度になった。中学三年生に進級するはずだった有人は、あの日以来なにも変わらず、部屋の中で一日の大半を過ごしていた。時間潰しにパソコンで動画を見、スマートフォンのゲームをする毎日だった。髪の毛は伸びるにまかせて、いよいよ我慢の限界を超えたら、文房具のはさみを使って自分で切った。

紫陽花のころ、和人が久しぶりに声をかけてきた。

「よう、ゲームは楽しいか？」

ほとんどコミュニケーションをとっていないのに、和人は有人の行動を読み切っていた。

「いいエロ動画見つけたらLINEくれよ。童顔寄りの可愛い顔で、おっぱいでかい子のやつ」

兄弟は女の好みも似るのかと思った。和人の声はとても普通だった。腫れ物に触るような調子も、閉じこもる弟を軽蔑するニュアンスも聞き取れなかった。

あまりにも普通だったから、続いた言葉も警戒のガードを抜けて、するりと有人の中へ入ってきてしまった。

「あの日、おまえさ。女の子を助けたかっただけか？　それとも、下心とかあったりしたのか？　本当はどうしたかったんだ？」

あの日。すべてが変わった、あの日。

「……僕は」有人は掠れた声を引き絞った。「僕はただ……」

そこまでだった。抵抗感の塊が喉をふさいだ。

しばらく続きを待っていたようだったが、和人は静かに立ち去って行った。

「……僕はただ」

叔父みたいになりたかった。

＊

あの日、有人は十四歳だった。それから今日、十六歳で迎えた元日まで、有人は閉ざされた世界にいる。

「有人、俺はそろそろ行かなきゃならない」

ドアの向こうで、叔父が立ち上がる気配がした。日はとっくに落ち、部屋の中は暗かった。有人はスマートフォンのホームボタンを押した。液晶の光が、こちらを見るなと言わんばかりに目を襲った。顔をしかめて時刻表示を確認した。叔父は二時間近く寒い廊下で粘っていた。

「おまえにしたかった話というのは、高校のことなんだ」

高校という単語は、耳にしたくなかった。あの日さえなければ有人は今、高校一年生のはずだからだ。中等部で学校を放り出されて以降、どこにも行けないまま一人取り残され、日一日ごとに身動きができなくなっていく感覚が、高校という一言で明確になる。

「今年、受験してみたらいいんじゃないかと思う高校がある」

今さら受験？　合格したところで、同学年の中で浮きまくるに決まっている。忘れようとしても忘れられない嘲りの声が、有人の脳内を飛び交った。

「おまえが気にしていることなんて構わず受け入れる学校が、俺のいる島にあるんだ」

我知らず有人の体に力が入り、ベッドが軋んだ。叔父は北海道の離島にいたはずだ。島の名前は……忘れた。

「聞いてくれているんだな」軋みの音を聞きとったのだろう、叔父の声は幾分弾んだ。「その高校、今のおまえにはいいんじゃないかと、俺は思うんだ。遠方から入学する生徒向けの寮もあるし、寮が嫌なら俺と一緒に住んだっていい」

今の自分──有人はドアに阻まれて見えない叔父を振り返った。今の自分？　高校生にもなれなかった、ただの引きこもり以外になにかあるのか。

「善きサマリア人のたとえ話は知っているか？」

そんな話は知らない。有人は無言を貫いた。叔父も「いや、知らなくても構わないんだ」と言った。そのうえで続けた。

「あの日おまえがしたことは、俺は間違っていないと思っている」

有人は口の中の肉を噛んだ。叔父がそのように自分をかばってくれていることは、兄から伝え聞いていたが、直接言葉を受け取ったのは、このときが初めてだった。七年前に島の診療所に赴任してからというもの、叔父は盆や正月にも帰省していなかったのだ。

「だから、ここで終わらせないでほしい。未来を考えてみてほしいんだよ」

また未来というワードが出た。やっぱり悲しくなった。叔父はわかっていないのだ。一つの躓きがすべてを変えてしまうことだってある。しかも、有人が躓いた先には急勾配が待っていた。なすすべなく転がり落ちて、今自分は奈落の底でうずくまっている。

真っ暗だ。鼻の先も見えない。わかるのは、最悪だということだけ。

「できれば、有人の顔を見て話をしたかったんだが」

叔父の声がやや遠ざかった。体の向きが変わったのだ。つまり、去ろうとしている。

「受験のこと、検討してみてほしい」

どうにもならないのだ。

「帰ったら電話する。そのときは出てくれよ」

控えめな足音が小さくなっていく。

有人はそこから五分待った。そして、そろそろとベッドから出て、ドアノブに手をかけた。実は三十分ほど前から尿意を覚えていたのだが、叔父が張りついていたので行けなかったのだ。

そっとドアを開けて、有人は飛び上がる。あやうく漏らすところだった。

「よ、驚いたか？」

煌々（こうこう）と電気がついた廊下に、叔父がまだいた。

「こうでもしないと、出てこないかと思って」機内で立ち上がったあの日とほとんど印象が変わらない、年齢よりも若々しい顔は、してやったりという笑みを浮かべている。

「飛行機は最終便にしたんだ」

「なんで」

「顔が見たかったって言っただろう？」叔父はすべてお見通しのようだった。「見られてよかった。ところでトイレは大丈夫か？」

大丈夫ではない。有人は二階のトイレに急いだ。叔父もついてきて、こともあろうにトイレのドアの前に立った。

「叔父さん、そこ」

「さっきの話、本当に考えてほしい」

「じゅ、受験のこと？」

「うん」意地悪な叔父は、そこで笑みを引っ込め、真摯な表情になった。「俺がいる島にあんな高校があるのも、なにかの巡り合わせなんじゃないかと思う。それくらい、ぴったりなんだ」

有人は脚をもじもじさせたが、叔父はしっかとこちらを見つめてくるだけだ。

「どうしても合わなかったら、退学したっていい。でも一度だけ、試してみないか」

ドアは目の前にあるのに、叔父のガードで開けられない。膀胱は脳に緊急信号を送り続けている。叔父がこんなえげつない攻撃を仕掛けてくるとは。しかし向けられる眼差しは、正真正銘有人へ寄り添う色なのだ。

「有人、試してみるだけ……」

「わ、わかった」有人は早口で答えた。「叔父さんがそうしろって言うなら、してもいい」

「そうしろとは言っていない。命令ではないよ」

「うん……うん」できることなら自分が叔父にそこをどいてくれと命令したい。「じゅ、受験するだけなら……」

叔父の顔がはっきりと輝いた。「本当か？」

「ほ、本当。受験勉強とか全然してないけど」もはや一刻の猶予も許されない。「ごめん、そこ」

有人が押しのけようと腕を伸ばす直前、叔父はすっと身を退けた。間一髪だった。個室の中で安堵の息をついていると、叔父の明るい声がした。

「じゃあ、進めておくな。ありがとう、その気になってくれて。思う存分、放尿してくれ」

その気にはなっていないが、訂正する前に、今度こそ叔父は去ったようだ。

用を足して、有人は部屋に戻った。なりゆきで受験することになってしまい、混乱と動揺で動悸（どうき）がした。今さら普通の道に戻れるわけはない。やっぱり止めると駄々をこねようかとも思った。だが、引きこもりの期間で身に染みついた諦（あきら）めが、しだいに混乱と動揺を鎮めてもくれた。まだ合格すると決まったわけでもない。むしろ、落ちる公算が大きい。また、万が一受かっても、八方ふさがりでどうにもならない現状なら、ここだろうが叔父のところだろうが同じだ。

誘った以上、叔父は一室与えてくれる。部屋の外が変わっても、出なければ問題ないのだ。今日日、コンビニくらいはどこにでもある。今までどおり必要なときだけ、深夜に足を運べばいい。

有人はベッドに横になった。

＊

物事はとんとん拍子に進んだ。有人はベルトコンベアに載って流れる、大量生産のお菓子みたいだった。自分という生地が勝手に成形され、ローストされ、チョコレートをつけられ、箱詰めされ、叔父のいる島に向けて出荷待ちの状態になった。

もちろん、なにもかもに関わらなかったわけではない。入学試験の前には、叔父が勧める高校の校長や管区の教育委員会職員と、保護者を含めた面談があった。自宅に来た彼らは、島と高校のパンフレットを示しながら地域や学校のことを説明した。有人は俯きがちに尋ねられたことだけに答え、パンフレットは見なかった。

久方ぶりの夜間以外の外出となった試験日は、大気を押し潰しているような分厚い黒雲が空を覆い、息苦しかった。会場に指定された公共施設までは、母の車で行った。面談のときに会った教育委員会職員と、今度は教頭が、有人一人のために上京してきて、小さな一室での試験を監督し、問題と解答用紙を回収していった。中学二年生の途中で勉強を止めている有人は、時間が余って仕方なかった。

落ちてもいい、別に行きたくないんだからと、有人は心の中で繰り返した。

しかし有人のもとに届いたのは、合格通知だった。

あれで受かるなんて、どんな学校なんだ――有人は逆におののいた。本当に掃きだめのようなところなのでは。通信教育のほうがまだマシだったのでは。

高等部に進めなかったとき、両親からは通信制の高校という選択肢を提示された。あのとき親の言いなりになっていれば、北海道の離島の高校なんか受験しなかった。とはいえ、通信制高校に籍を置いていたとしても、今と大差ない日々を送っていただろうが。

あの日の前の、叔父のようになりたかった自分なら、医大を目指して勉強したはずだけれども。

＊

家を出たのは、三月最後の日曜日、早朝だった。叔父はわざわざ前日から迎えに来てくれた。

「兄さん、義姉（ねえ）さん、和人。有人は俺がしっかり預かるから」

タクシーに乗り込む有人を、両親はもとより、和人までもが見送った。兄は両親が卒業した医大に合格を決めていた。長い前髪の隙間から視線をやると、兄はにっと笑って親指を立てた。

能天気なもんだと、有人はリュックを膝（ひざ）に置いてシートに背中を預けた。非生産的な引きこもりからようやく脱却して、明るい未来に一歩前進したと信じているような顔だった。

明るくなどない。天気だって雨だ。叩きつける激しさで降ってくれれば、いっそ爽快なのに、細かく密に落ちるだけの雨滴は、人を濡れさせるより不快にさせたいかのようだった。

羽田から新千歳へ飛び、快速電車で札幌まで出る。北海道はさすがに肌寒く、有人は移動中に丸めて持っていたダウンを慌てて着込み、黒のマフラーを巻いた。

灰色の空からは、雨ではなく、重そうな牡丹雪が降っていた。

「こっちは五月でも降ることがあるから」

叔父の言葉に耳を疑った。

札幌駅直結のバス発着所から長距離バスに乗った。約三時間かけて、ようやくバスは後茂内という町のフェリーターミナルに着いた。ほとんど朝一の飛行機に乗ったというのに、この時点で午後一時を回っていた。小さなフェリーターミナルは思いのほか新しく、床もきれいで、なぜか美少女の萌えキャラが描かれた大きなパネルが、改札の隣に立っていた。いつしか雪は止み、かわりに冴えない薄雲が地に蓋をしている。海から吹く風は強く冷たく、波しぶきの音が間断なく聞こえた。

出航まであまり時間はなかった。

「酔い止めを飲んだほうがいいな」

叔父はターミナルの食堂でおにぎりを買ってきて、有人に一つ食べさせてから、カプセル状の薬を飲ませた。

「眠くなるはずだから、寝ていけ。一時間半かかる」

フェリーに乗り込むときに、甲板の手すりを触った。潮でべたべたしていた。男女兼用のトイレのドアがあったので開けてみたら、古めかしい和式で、よほどのことがなければ我慢しようと決意した。叔父は三層ある船室の中段を選んだ。靴を脱いで上がるカーペット式の空間には、既に何人かの乗客が無防備に寝ころんでいた。

「あら、川嶋先生だ」しわがれた女の声が片隅から飛んできた。「いやあ、帰ってきてくれた。良かったわ」

たちまちその場にいたほぼ全員が、叔父を取り囲んだ。有人はなにごとかと戸惑い、とっさに顔を伏せる。

「土日でどこに行っていたのさ?」

「いねえんだもん、心細いわ」

「そっちの子が例の?」

叔父は有人に「船首のほうを頭にするといい」と囁き、離れていった。喧騒は叔父のあとについていった。

もしものときのためにビニール袋を傍らに置き、リュックを枕に有人は目をつぶった。船のエンジン音と船体に波が当たる音がうるさいと思ったが、叔父がくれた酔い止め薬が効いたのだろう、気分が悪くなる前に眠りに落ちた。

「じきに着くぞ」

揺り動かされて有人は目覚めた。叔父の顔がよく見えなかった。眩しいのだ。

「下船の用意をしろ」

上体を起こすと、一瞬眩暈がした。ビニール袋をダウンジャケットのポケットに突っ込み、枕にしていたリュックを背負う。

「お、ケイマフリだ」

窓に顔を近づけた叔父がひとりごちた。つられるように、有人も外を見た。

いつの間に晴れたのか。波の一つ一つが陽光を反射し、海面は光の欠片の集まりのようだった。その上を、黒っぽい鳥が飛んで行く。水かきのある足が鮮やかに赤い。しかも一羽ではない。眩しさを堪えて目を凝らせば、近くから遠くまで、あちこちに鳥の影が行きかっている。

「あれはウミウだな。ウトウもいるかな」叔父は有人の肩を引き寄せた。「パンフレットにもあっただろ？　これからおまえの暮らす島は……なんだった？」

ページすら開いていないなどと言えず、視線をうろつかせていたら、助け舟が入った。

「海鳥の楽園、だよ。ね、先生」叔父の背後から少女がひょっこりと姿を見せた。「君が先生の甥っ子の有人くんだね？」

少女は紺色のダッフルコートを着込んでいた。胸のトグルがはち切れそうだ。愛らしいリスを思わせる丸い目の彼女は、屈託のない笑顔で「よろしくね。君、髪長いね」と軽く手を振った。肘に下げているローソンの大きなビニール袋を揺らしながら、少女は先に船室を出て行った。

同年代の異性に話しかけられるなど、久しくなかった。しかも彼女は、いきなり叔父との間に入ってきた。鼓動が速い。気づいたら有人の両手は、変な汗で濡れていた。

島影はいよいよ迫ってきた。想像していたよりもちっぽけだ。船の側面にある丸窓から見ると、左手側が高く、右手に行くにしたがって低くなる。片側が潰れた今川焼が浮いているみたいだ。高い側はまだ白っぽい。雪が残っているのだ。船は低い方へと向かった。人家らしき建物は潰れた側に集まっていて、港付近がもっとも低い。

逆に言えば、島の高いほうは、なにもない。なにもないのだ。

船室の扉が開くたびに、凄まじい冷気とカモメの騒ぎ声が飛び込んでくる。有人は船体側面の丸窓から、正面側の窓へと移動した。皮肉なことにここへきて天は晴れ上がり、有人の行き先を容赦なく見せつける。防波堤、古い灯台。奥行きのない狭い港に、まばらな人影が動いている。経年劣化も甚だしい、フェリーの待合所と思しき建物。掘っ立て小屋のような土産物屋。なにもかもが色褪せている。それでもこれが島の玄関口なのだ。発展している部類の場所なのだ。

車幅のない道路が一本、港から島の周囲を沿うように走っている。道路は港の脇を過ぎると、すぐに急勾配となる。その勾配の側面、到着するフェリーに宛てるように、補強コンクリートに文字が書かれていた。風雪ですっかりペンキがかすんだ、寂れ切ったメッセージが。

『夢の浮島　照羽尻(てうじり)　ようこそ』

有人の膝から力が抜けていく。

奈落の底は真っ暗で、なにも見えなかった。あたりの景色がわからなかった。でも今、光が射して、すべてを照らし出した。

なんて寒々しい。

こんなところへ来てしまった。

ここが、奈落の底だ。

もしもあの日がなかったら、こんなところにいないのに。

2

「有人、飯だ」叔父(おじ)がドアをノックしながら誘う。「野呂(のろ)さんからいただいたタラ鍋(なべ)だぞ」

叔父のノックはだんだんと大きくなる。クレッシェンドがつけられた部分を調子づいて叩(たた)くティンパニ奏者みたいだ。部屋のドアは薄い。放っておくと確実に蝶番(ちょうつがい)が壊れるか、穴が開く。有人はドアを開けた。

「一緒に食おう。鍋はみんなで囲むもんだ」

ティンパニ作戦が発動したら、有人は部屋を出る。ドアが壊れては、自室に引きこもる以前の問題になってしまうからだ。そしてどうやら叔父は、承知の上で作戦を実行している。

トイレ妨害作戦から、なにもかも叔父の手のひらの上だ――やたらと急角度の階段を下りながら、有人は前髪をかき上げた。

タラちりのいい匂いが鼻先をくすぐる。食卓の上には簡易コンロが設置され、土鍋がふつふつと煮立っていた。鍋底から浮かび上がる小さな気泡で、だし汁の中の豆腐や水菜、長ネギ、キノコ類が軽やかなリズムを刻んでいる。

「鍋ごと持ってきてくれたんだよ、野呂さん」

中身が入った土鍋持参で診療所を訪れる患者なんているのかと訝しんですぐ、いるから目の前で鍋が煮えているのだと思い知る。

「前の道を港のほうへ行ったら野呂旅館ってあるだろ？　あるんだよ。そこの奥さん」

叔父は野呂さんとやらの説明を始めた。「娘さんとは、島に来るフェリーで会ってる。覚えてるか？」

ダッフルコートの少女を、有人は思い出した。向かいに座った叔父の背後に目をやる。壁にはカレンダーが貼られてある。あの日から今日でちょうど一週間だった。

「あの子は今年度から照羽尻高校二年生だよ。登校すればまた会えるな」

有人は「そうなんだ」と呟き、煮えた具を片っ端からとんすいに取った。

照羽尻島の叔父の家に同居するようになって、一人でご飯を食べることはなくなった。叔父の診療所は、午前が八時半から十一時半まで、午後は一時から四時半までで、朝食夕食は叔父のティンパニ作戦で付き合わされるし、昼も今のところ、診療所の休憩時間に帰ってくる叔父と軽いものを食べている。照羽尻島診療所に赴任する医師のために用意された戸建ては診療所と隣接していて、行き来は三十秒もかからないのだ。土日は診療所も休みだが、叔父は平日と変わらぬ時間に起床し、書斎で文献を読んだり、調べ物をしたり、パソコンでなにかの文書を作成したりして、めったに出かけない。訊けば診療所用の携帯電話を一台持っていて、夜中だろうが休日だろうが、鳴れば対応する構えなのだそうだ。

ほろほろと崩れるタラの白身を黙って口にしていたら、叔父が言った。

「有人。鍵はかけなくていいんだからな」

箸が止まった。叔父は白滝をすすって長ネギを嚙み、とんすいとセットのレンゲで、そのままご飯を頬張った。

「野呂さん、鍵がかかってたから、診療所に持ってきたってさ」

「でも」

「なにも起こりやしない。この島で家に鍵をかける人はいないよ」

勝手に玄関のドアを開けて、声をかけて、返事がなかったら上がり框に鍋を置いて、ただそれだけだっただろうと叔父は笑った。

施錠について最初に指摘したのは、田宮（たみや）という島の配送業者だったらしい。らしいというのは、有人が直接言われたわけではないからだ。部屋に引きこもっているため、島民たちの言葉はすべて叔父を介して伝わってくる。

ともあれ、田宮はこう言ったそうだ。

――川嶋先生さ、玄関の鍵、なしてかってるのよ？　アマゾンからの荷物、入れとけないべ。

大手の配送業者は、離島の中までの配達は受け持たない。一日に数便しか運航のないフェリーで島内にやってきた荷物は中継業者の田宮が引き継いで、各戸へと配達する仕組みだ。

一般的に荷物の配達は、配達員がドアチャイムを鳴らし、荷物と引き換えに受取人が伝票に印を押す。不在であれば再配達だ。しかし、照羽尻島ではその不在時の対応が違った。

もし在宅していなくても、田宮は玄関のドアを開けて、荷物を家の中に置く。それが島では当たり前だった。誰も鍵をかけないからできるやりかただ。玄関といえば、ポーチの部分が温室のようにガラスで覆われた造りになっている。寒さや風雪をしのぐためのもので、玄関フードというのだと叔父に教えてもらった。島に限らず、北海道では珍しくないらしい。無論、玄関フードの戸も施錠するなと釘（くぎ）を刺された。

ここは東京と違いすぎる。

「俺も最初は驚いたけど、今はそれだけ島民同士、信頼し合っているんだって思うよ」

叔父はご飯を平らげ、薄く澄んだ鍋の汁を飲んだ。「郷に入っては郷に従え、だ。鍵がなくても大丈夫だなんて、平和じゃないか」

先に食べ終わっても、よほど急ぎの用事がない限り、叔父は席を立たない。有人に話しかけることもあれば、ただ自然にそこにいるだけのこともあった。今日の叔父は後者だった。ゆったり微笑んで有人がちまちま箸を口に運ぶ様子を眺めたり、背を丸めたり伸ばしたり、「明日の気温は何度だろう」などと独り言をこぼしたりした。

それから、ふいに体をねじり、背後のカレンダーを見た。

「じきに入学式だな」

照羽尻島の風景写真がついたカレンダーの、三日後のマス目に『有人　照羽尻高校入学式』と叔父の字で書き込みがされている。

「……僕、行かない」

「わかった」叔父は咎めなかった。「おまえが本当にそうしたいなら、休めばいい」

「……ごめん」

有人は食卓を立った。

照羽尻島へ来てから一週間、有人がなにをしていたかというと、実家から送られた衣類やごく簡単な身の回りの物の片づけと、スマートフォンに入れていた脱出ゲームだ。とはいえ、相変わらず脱出の糸口はひらめかず、他のゲームをインストールしようにも、叔父の家にWi-Fiルーターはなく、必然常時通信を要するゲームは諦めるしかなくなり、すぐに時間を持て余した。せめて漫画雑誌でもと思い、コンビニで買ってきてほしいと叔父に頼んだら、島内にコンビニはないと言われて絶句した。

「商店なら二軒あるけどな。漫画も……まあ売っていたとは思うけど、なにがいいんだ？」

やっぱりいらないと撤回するのが精いっぱいだった。

朝刊も朝には来ない。配達されるのは昼近くだ。

四月なのに、島は東京の冬よりも寒かった。日本海を渡ってくる風が強く吹きつけ、ときには雪も舞った。部屋に備えつけの石油ファンヒーターは、就寝時以外稼働していた。東京なら花見の季節だというのに、時間が二ヶ月遅れている感じだった。

島の各所にスピーカーが設置されており、東京では考えられないようなことでアナウンスが流れる。たとえば『今日は燃えるゴミの日です』など。

叔父が診療所へ行って一人になると、有人はそっと部屋から出て、家の中をチェックした。保護された野良猫が人気のないときを見計らって、あたりの様子を確かめるように。叔父の住まいは三角屋根の古ぼけた二階建てで、一階に茶の間、風呂などの水回りに和室が一つ、二階は叔父の寝室と有人にあてがわれた六畳間の二部屋だった。和室は叔父が書斎として使っており、医療関係の専門書籍やLANケーブルが挿さったデスクトップパソコンがあった。どの部屋にもストーブがあるかわりにエアコンはなかった。湯沸かしのガスボイラーは、操作の仕方がわからなかった。トイレは一見水洗だが、汚水槽で溜めているようだ。

茶の間のローテーブルの上には、受験に際しての面談時にもらった照羽尻島と高校、二種類のパンフレットがあった。あのときは見向きもしなかったそれに、有人は今さら遅いという苦みを飲み下しながら目を通して、島についての大まかな知識を得た。

北海道の北西部の後茂内港から日本海沖約三十キロに位置する離島。島の周囲は約十二キロ。人口約三百二十人。基幹産業は水産業。小中学校は一つで同じ校舎。高校も当然一つだ。

北海道本島とを繋ぐ交通手段はフェリーのみ。そのフェリーの船窓から島を認めたときの印象は、片側が潰れた今川焼だったが、俯瞰した全体像は、なまくらな矢じりみたいだ。矢じりの根元の北海道本島側に港があり、海岸沿いを道路がぐるりと周回している。診療所も含めて、人の生活エリアは北海道本島側の道路周辺にとどまり、それも、途中からは人家のない区域になるらしく、矢じりの先端方面は冬期車両通行止めになるとあった。つまり先端側半分と、北海道本島とは逆のユーラシア大陸側一帯は、人ではなく鳥の棲む場所なのだ。むしろ、鳥が主役の島の一部に、人が住みついている。

パンフレットによると、島では叔父が口にした『ケイマフリ』『ウミウ』『ウトウ』を含め、八種類の海鳥が繁殖している、とある。

絶滅危惧種のウミガラスが、日本で唯一繁殖している島。

五月の末から七月上旬の繁殖期に見られる、ウトウの帰巣シーン。

ケイマフリの国内最大の繁殖地。

島に興味のない有人にとっては、一つも胸に響かない文句が並んでいた。

高校のパンフレットは、島そのものを紹介するそれよりは薄かったが、写真をふんだんに使ったフルカラーだった。しかし写真の多用は、それだけリアルをつまびらかにする。

最初の見開きで写っている校舎は、木造の平屋だ。屋根は水色のトタン。一目見て「古い」と思わない人間はいないだろう。校内を紹介するページでは、体育館の床がたわんでいるのがわかった。

カリキュラムの中に全学年で一緒に学ぶ『照羽尻学』なる島の郷土学習と、実際に島で獲れた海産物を使用し、加工して製品化する水産実習が組み込まれているのが、普通の高校とは異なる特色だが、有人はどうしてもそれを魅力的とは思えなかった。

最後のページに、生徒全員のコメントが顔写真付きで載せられていた。

一年生は二人。

三年生も二人。

四人だけだった。

つまり二年生はそっくりおらず、年度が替わった今、三年生の二人は卒業している。今年度は三年生がいない。一年生の二人が二年生になり、一年生は……何人なんだ？

今年に限って劇的に入学者が増えるはずがない。自分を入れても間違いなく一桁だ。

こんな奈落の底に、東京から来た、しかも一年遅れた生徒が入学したら、興味本位の目で見られるだろう。好奇の目が万が一にも過去を見つけたら、また嘲りが待っている。

やっぱり駄目だ、登校なんて無理だ。有人はその思いをますます強固にしたのだった。

＊

入学式の日、有人は宣言どおり家から出なかった。八時前に叔父が診療所へ出勤したあとで、茶の間にまだ残されている照羽尻高等学校のパンフレットを開いた。裏表紙を一枚めくった最後のページを。

もう学校にはいない三年生二人はどちらも男子だ。一人は短髪で凜々しく男らしい顔つきを晒しており、もう一人はやや髪の毛が長めで大人しげである。卒業後の二人の進路は不明だった。

一年生のほうは、男女の取り合わせだった。男のほうは細面の黒縁眼鏡だ。神経質そうな顔立ちだが、髪型はトップがやや長めではあるもののスポーツ刈りで、なんだか意外な感じがした。

そして、有人が見たかった唯一の女子生徒、野呂涼。丸みを帯びた輪郭につぶらな瞳。

鼻と口が小さめなので、瞳の大きさがなおのこと際立つ。男子生徒が軒並み真面目腐って写っている中、彼女だけが自然な笑顔だ。肌は隣の黒縁眼鏡よりも程良く日に焼けた色をしていて、健康的な明るさが窺(うかが)えた。

旅館の娘だと聞いた。ということは、この離島で生まれ育った地元の子だろう。偏見も甚だしいが、寂れた島にこんなに可愛い子がいるのかと驚いた。フェリー内で会ったときは、他人と目を合わせたくない気持ちが先に立ち、しげしげと彼女の顔を見なかったのだ。

　しかし有人は首を横に振った。この子一人のために登校するのは、馬鹿馬鹿しい。明るそうなこの子なら、話しかけてくる。東京でのことを訊いてくるかもしれない。詳しい説明は口が裂けてもしたくない。

　有人は深々とため息をついた。引きこもるのなら東京の自室でも叔父の家でも同じと、来てみる前は思ったが、同じなら頑として突っぱねたほうがよかった。コンビニもない、朝に新聞も来ない、Wi-Fiもないなんて、まるで流刑地だ。

　有人は自室へ戻り、ファンヒーターの温度設定を二十度に下げて布団に潜り込んだ。昼寝は日課のようなものになっていた。

「いないのかなあ？」夢うつつの中、有人の耳は聞き覚えのある声を捉(とら)えた。「川嶋有人くん、いますか？　いますかあ？」

「涼ちゃん、無理っぽくねーかな」制したのは少年の声だ。「俺、親父から聞いたけど、先生の甥っ子さんってさあ……」

「そんなの、私だって知ってるけど。マコトくんは会いたくないの？」

「なまら会いてー。同級生だぜ？」

そこに、もう一人の声が加わった。「とりあえず、今日は止めておこう」やや高めだが、落ち着いたトーンだった。「来なかったのには理由があるはずだ。それは僕らにはわからない。具合が悪くて欠席したのだとしたら、起こすのは申し訳ない」

「そっか。そうだね」

「涼ちゃん、ハル先輩の言うことなら聞くよなあ」

「だって、一番間違いないでしょ」

彼らの声が遠ざかっていく。

有人は布団の中で完全に目を覚ましていた。小さくなる声のあとを追うように、窓に顔を近づける。二重窓の内側を開け、外側の窓ガラスの結露を一部分手で拭き取り、そこに片目を押し当てた。四つの人影が、道路へ向かって歩き去っていくのが見えた。彼らは二手に分かれた。一人がまだ車両通行止めになっているはずの海鳥の居住区方面へ、あとの三人は港のほうへ。

三人の真ん中で歩いている子は、紺色のダッフルコートを着ていた。野呂涼。二年生に進級したはずだ。

それでは、一緒にいた彼らは、照羽尻高校の生徒たちなのだろうか？

叔父のティンパニ作戦が開始される前に、有人は茶の間に下りた。夕食の支度をする叔父を突っ立って見ているのもどうかと思い、配膳の手伝いをする。

「助かるよ、有人。冷蔵庫に岸さんからもらったニシン漬けがあるから、出してくれないか」

叔父が焼いているホッケも、いただき物だという。叔父がなにも手にしないで帰宅する日は、ほぼなかった。

ご飯をよそい、豆腐とわかめの味噌汁を並べ、叔父が焼いたホッケに大根おろしが添えられた皿をテーブルに載せる。

「ありがとうな」

律儀に礼を言われて、有人は面映ゆくも情けない気分になる。幼稚園児の手伝いみたいだ。

「……叔父さん。高校の新入生って、何人いるか知っている？」

「三人だな」叔父は訊きもしない情報まで教えてくれた。「斎藤誠くんは、照羽尻島で生まれ育った子だ。三月に卒業したお兄さんと入れ替わりだな。東村桃花さんは札幌から来た子で、寮に入ったと聞いた。なかなかのスレンダー美人だぞ。そしておまえだ」

マコトと呼ばれていた少年も確かにいた。「じゃあ、全校生徒は五人？」

「ある意味贅沢だ」叔父はホッケの身を骨からきれいに外した。「教師の目が行き届くのが売りになる時代だしな。照羽尻高校なら、ほとんどマンツーマンの授業ができる。なにせ、教員の数のほうが多いんだ。だからといって、彼らの質を疑うのは失礼だぞ。俺はみんなを知っているけれど、実に熱心で生徒思いだよ」

　できない課題やわからない問題を、他の二名の前で明らかにされて、手取り足取り指導されるのを見守られるのか。公開処刑じゃないか。想像して、有人はぞっとする。

「今日、四人がここに寄ったらしいな」

「なんで知ってるの？」

「診療所にも顔を出していったから」叔父はホッケに醤油を垂らした。「残念がってた。おまえに会いたかったって」

　有人は黙っていた。

「やっぱり、行かないか？」

　無言を続け、箸でホッケをひと切れつまむ。

「そうか。じゃあ明日から診療所の手伝いをしてくれないか」

　ホッケが箸からこぼれて、床に落ちた。

「猫がいたら食われているかな」叔父はお経のように淡々と言葉を継いだ。「ここの診療所、案外忙しいんだ。もちろんやってもらうことは法に抵触しない範囲。昼休みと診療終了後、そうだな、それぞれ三十分でいい。おまえが待合室の掃除や、本や雑誌の片づけをしてくれたら、助かるんだけどな」

他の時間は今までどおりにしていていいからと、叔父は引く気配がなかった。あげくの果てには「白衣の俺も見てくれよ」とウィンクする始末だ。

「……わかった」

有人は根負けした。

＊

高校に登校するかわりに、有人は一日に二回、午前と午後それぞれの診療時間終了に合わせて照羽尻島診療所へ行くこととなった。

掃除といっても、ごく簡単なものだ。本式の清掃は、診療所が開く前に、通いの看護師、桐生が済ませている。桐生看護師は六十代半ばの女性で、午前十一時半過ぎに訪れた有人を見るや「あんたが先生の甥御さんね。いやあ、会いたかった。嬉しい」と、笑いながら肩を叩いてきた。

待合室にはまだ二人の患者が残っていた。どちらも年配の女性だった。そのうちの一人の手には、薬の紙袋があった。

「あなたが有人くん？」

「照羽尻高校に入学したんでしょ？」

見ず知らずの人間に、高校のことを知られているのが理解できず、有人は首を前に突き出すような会釈をして、すぐさま目を逸らした。

診療所の内部は、実に簡単な造りだった。道路側に面したすりガラスの引き戸から入ると、普通の一軒家よりはやや広めの玄関があり、そこでスリッパに履き替える。そのまま進むと、十二畳ほどの待合室だ。入り口側から見て待合室の右手にはレントゲン室とトイレのドアが、左手には診療室と処置室のドアがあった。診療室と処置室のドアは開け放たれていて、奥の窓越しに叔父と有人の住む家が見えた。小さく細長い事務室が玄関脇にあり、待合室とは受付カウンターで仕切られていた。二階はなかった。

待合室に残っていた二人のうち、一人が受付カウンターで会計を済ませた。もう一人は順番待ちかと思っていたら、二人は叔父に病人とは思えぬ明るい挨拶をして帰っていった。患者らがいなくなると、医療事務員らしき四十路がらみの男が、カウンターの向こうから有人に笑いかけてきた。

「俺は森内。よろしく」

人のいなくなった待合室を、しげしげと見やる。壁の掲示スペースには、血圧管理や食生活、生活習慣病予防など、健康管理を啓蒙するパソコンで作ったらしい貼り紙が複数あった。暇潰しに眺めるテレビがないかわりに、大きく育ったベンジャミンとパキラの鉢が目を引いた。

ともかく、父が営んでいる病院とは、比べものにならないささやかさだった。とりあえず、『診療所はあります』という既成事実をつくるために存在しているように見えた。

ここでもし、一分一秒を争う、命に係わる患者が発生したらどうするのか。離島だ。救急車すらないのだ。

道下が昏倒している光景が脳裏をよぎった。

「有人、来てくれたか」叔父が診療室から出てきた。「まずはそこらに出ている雑誌類をラックに揃えてくれないか」

「助かるわ」

桐生は言ってくれたが、そんなに散らかってはいない。有人はのろのろと手近な女性週刊誌に手を伸ばした。

桐生はお喋りだった。有人はなにも話さず、相槌もろくに打たなかったが、彼女は構わないようだった。だから、待合室の長椅子に置きっぱなしの雑誌や一日前の新聞を整頓している間に、彼女の来歴はおおむね頭に入った。

照羽尻島出身で、独身。後茂内町内で下宿しながら高校へ通い、看護専門学校で看護師の資格を取ったこと。ずっと旭川市内の総合病院に勤務していたこと。六十歳で退職し、のんびり余生を送るつもりで島へ帰ってきたこと。

「でもね、道から派遣される看護師が産休に入っちゃって。後任も決まらなくて、それで」

離島の診療所でも、医師一人だけではさすがに上手く回らない。一月から急きょ駆り出されたのだと、桐生は嫌味なく笑った。

「この歳で必要とされるのは嬉しいものよ」

薄い水色のナース服に、紺色のカーディガンをはおる桐生は、小太りな体型で口数も多かったが、身のこなしは機敏だった。

雑誌類の片づけを終えた有人に、叔父は「観葉植物の葉っぱを拭いてくれ」と、どうでもいい作業を押しつけてきた。約束した三十分を満たしていなかったので従う。桐生と森内は、いったん島内の自宅へ戻った。

「……ここで、たとえば心筋梗塞（こうそく）とかくも膜下出血とか大動脈解離とか、そういう病気の人が出たらどうするの？」

叔父はいい質問だというように頷（うなず）いた。「119番だ。救急車が来ないかわりに、ドクターヘリが来る。ヘリだったら直接旭川医大に行くから、受け入れ先が見つからず救急車で札幌市内をたらい回しにされるよりも、むしろ速いぞ」

叔父はヘリ搬送の速さを強調したが、それだと一番の手柄をドクターヘリに取られるみたいな印象を受けてしまい、有人は話題を変える。

「……さっきの薬持ってたオバサンたちって」

「島には薬剤師がいないから、俺が処方して調剤して説明もして渡してるんだよ」

「いや、そうじゃなくて」有人はベンジャミンの葉っぱを一枚ずつ拭いていく。「僕のことを知ってた。高校に入学したとかも」

「島のみんなが知ってるぞ、おまえのこと」

「えっ……そうなの？」

なにもせず、ずっと部屋に引きこもっているだけなのに？　動揺する有人に、叔父はふと真面目な顔になった。

「ここは小さな離島だ。みんなが顔見知りなんだから、大抵のことは伝わってしまうよ。誰が風邪をひいた、誰がどこの店でなにを買った、どこの旅館にどんな客が泊まっている……あっという間さ。高校だって一つしかない。新入生は三人。うち二人は島外から来る。どんな子だろうって興味を持たれて当然だ。おまえは俺の甥っ子だしな」

「叔父さんが言ったの？　甥の有人が来ますって」

「受験に際して校長先生には相談した。でも、東京から来ている同姓の子が入寮もせずに俺の家にいるんだから、そりゃ言わなくても親戚だってバレるだろう」

入寮しないと決まってからは、新入生の一人は甥であることを隠さなかったと、叔父は言った。

「必ずバレることなら、最初から話しておいたほうが潔いだろ。まあ、なにはともあれだ」

この島は一つの家族みたいなものだ。びっくりするほどお互いを良く知り合っている。東京と同じには考えないことだと、叔父は忠言した。

「そういうところもあるってことだ。大丈夫、住めば都だよ」

閉じこもっている部屋の壁が、急に頼りないものに思えてきた。ドアを閉めて膝を抱えて小さくなっていたところで、この島の人たちにはその姿が見えている、知られている。SNSで爆発的に拡散される情報より速く、この島内でのあれこれは島民に行き渡るのだ。

翌日有人は、島内での情報伝達力のものすごさを改めて突きつけられた。

昼の時間帯に診療所を訪れると、待合室には十数名の島民が残っていた。昨日顔を見た二人の女性、それから彼女らと同年代の人々。

今日はこんなに体調不良者が発生したのかと思いきや、彼らは元気いっぱいで、口々に有人に声をかけてきた。

「いやあ、有人くんなの。初めまして。やっと顔見れた」

「川嶋先生には本当にお世話になってるのよ」

「何年もうちらを診てくれてありがたいわ。前の先生たちはみんなすぐ辞めてったのに」

「若いのに大した先生だ。本島にお弟子さんがいるくらいだもんな。あの医大生の」

「なしたの、その髪。うちで切ってあげるからおいで」

「高校は行かんくていいの？　先生のお手伝いするの？」

硬直していると、叔父がやってきて助け舟を出してくれた。

「皆さん、昼休みです。彼もこれからここの掃除なので、いったんいいですか？」

叔父の一声は驚くほど効果的だった。

「そうね。先生もお昼食べなくちゃ」

「また来るから」

誰一人気を悪くした様子もなく、帰って行ったのだった。

「有人、やることは昨日と同じだ。頼むな」

「叔父さん、今の人たちは……」

患者じゃなかったのかと言葉にするまでもなかった。叔父は一つあくびをしてから答えた。

「具合が悪くなくても、来てくれるんだ」

「川嶋先生、島のみんなから大人気だから」看護師の桐生が口を挟んだ。「元気だから、診療所まで先生に会いに来るの。今日は有人くんにもね」

事務室からも森内の声が飛んできた。「おばちゃんやお年寄りのいい社交場になっているんだ。いつも来る人が来ないと、逆に心配になる」

「でも、今日はひときわ多かったのよ。有人くんがお掃除に来るって島のみんなの耳に入ったから。用事があるって仕方なく帰った人もいるくらい。会いたかった、残念だって言ってたわ」

帰った人の名前を数人桐生は連ねたが、覚える気にはならなかった。

「でも、また来るって。良かったねえ」

――逃げ場がない。

有人は思い知った。

――ここでは一人になれないんだ。

＊

五月になった。

日陰に残っていた残雪もほぼとけ、港の反対側、人家のない区域へ至る道路の冬期通行止めも、既に解除された。解除された日、有人はその報せをスピーカーからの大音量で聞いた。

相変わらず一度も高校へは登校しておらず、診療所の片づけめいたことを続けているだけの毎日だった。

この作業がはたして必要なのか。有人は甚だ疑問だった。観葉植物の葉も、一日ではそうそう埃もかぶらないし、雑誌類の散らかりは、日を追うごとになくなっていった。かわりにいつも誰かしら有人の来所を待っている島民がいて、島の暮らしはどうだとか、学校のみんなはどうだとか、聞きたくもないことを喋りかけてきた。

学校といえば、先日は照羽尻高校の生徒たちも、診療所の受付が終了する午後四時半を狙いすましたかのように訪れたのだった――。

先陣を切って戸を開け、診療所に入ってきたのは、野呂涼だった。

「川嶋有人くんだよね？　私、野呂涼。覚えてる？　フェリーで会ったよ」

涼はてらいのない笑顔を振りまき、後ろからついてきていた他の生徒を紹介しだしたので、有人は照羽尻高校全校生徒を覚えてしまった。

「おう、よろしくな」と明るく片手を上げたのが、一年の斎藤誠だった。申し分のない上背に筋肉を感じさせる体軀（たいく）、短髪は、まるでエリートスポーツ選手を思わせた。直線的な眉（まゆ）や力のある目つきに既視感を覚え、次に彼の兄の写真をパンフレットで目にしたためだと気づいた。誠の手は大きく、そしてなぜか小さな傷がいくつもあったが、本人にそれを気にしている様子はまったくなかった。

二年の八木（やぎ）陽樹（はるき）は「初めまして」と礼儀正しく一礼し、有人の横をすり抜け、「少し時間過ぎていますが、お願いできますか？」と森内に声をかけてから、受付で手続きをし始めた。黒のロングダウン姿でも厚みを感じられない体型は、有人と似通っていた。正面からは証明写真のテンプレートみたいに特徴のない顔貌（かおかたち）だが、黒縁眼鏡を乗せる鼻筋は存外しゅっと通っていて、横顔に近くなればなるほど端整な印象に変わった。

一年の東村桃花は「で、この子が桃花ちゃんね」と涼に言われたときも、有人にこくりと頭を下げただけで、なにも言わなかった。切れ長の目にショートカット。シャム猫を思わせる小さくて整った顔が、細身の上に乗っている。トレンチコートを着て立つ姿は、モデルも裸足（はだし）で逃げ出すほどスタイルが良かった。踵（かかと）のある靴を履けば誠とほぼ変わらない身長の彼女に、無言のまま見下ろされ、威圧感を覚えた有人は、思わず床に目を落とした。

「ハルくんが診療所に寄るっていうから、みんなで来たんだ。あ、ハルくんと桃花ちゃんは札幌から来てるの」

陽樹のハルなのだろうなと考えながら、有人は自分が履いているスリッパの爪先に視線をやって、涼先輩――本来は同学年なのだが――の言葉に小さく首を縦に動かした。

「有人くん、なにしてるかなあって、うちらでいつも話してるんだよ」

不在の場で自分が話題になっていることには、マイナスの想像しかできなかった。有人がますます顔を俯かせると、ハル先輩は用事を終えたらしく、薬の入った白いビニール袋を手に他の三人のところへと戻り、四人は帰って行った――。

とにもかくにも注目され、話のタネになっている。こんな離れ小島に来たというのに、東京にいるときよりよほど人の気配が肌に刺さる。たまらなく息苦しかった。

だから有人はその日、昼休みの手伝いを終えるや部屋には戻らず、島に来て初めて日中の道を自分の足で歩いたのだった。港のほうではなく、矢じりの形をした島の突端、海鳥の住むほうへ。

叔父の家と診療所から動かぬうちに季節は進み、晴れた空から降り注ぐ日差しは強く、有人の目はくらんだ。雪に隠れていた片側一車線の道は、今やすっかりアスファルトが出ていて、道脇には緑も萌えていた。道路は緩い上りで、進むごとに本当に人家はなくなっていった。左手には海が見え、さらにその先には、海岸沿いに風力発電の大きな白い風車が並ぶ、北海道本島の沿岸までが認められた。

右手は低木の樹林帯だった。樹高は高いものでも五、六メートル程度だ。こちらもうっすらと萌黄色の靄が裸の枝を包んでいて、陽光を柔らかく受け止めている。樹林帯の中へ続く踏みしだいた細道の脇に、『マムシに注意』と書かれた看板が斜めに倒れ掛かっていた。

運動不足で衰えた脚をなんとか動かす。カモメが騒いでいる。上り道だから当然なのだが、有人はいつしかかなり高い場所に来ていた。海が下に見える。風はそう強くないが、遮るものもないので、有人の長い髪の毛はひどく乱れた。

そのうちに、ようやく展望台の入り口らしきところへ辿り着いた。板張りの小さな平屋の横に、車が数台停められるスペースがある。建物内は無人のようだ。駐車スペースにも車はなかった。奥の方に灯台に似た白い塔があり、そちらへと進む。

手すりがついた細長いコンクリートの通路が現れた。通路は地面よりもやや高めに造られていて、ところどころ鳥の糞が落ちていた。通路の脇を見やると、ソフトボール大の穴が地面にびっしり穿たれており、ぎょっとする。手すりのすぐ外側には、木でできた案内板が複数あった。それらには『ウミガラス』『ウトウ』といった海鳥の解説が書かれていた。さすがに風を強く感じた。ジグザグに折れた通路と、いくつかの段差を経て、最後は長い下り階段を踏破し、有人はとうとう四角いバルコニーのような展望台へと出た。

一番前まで行って、手すりを摑む。風が有人の髪をなぶる。海鳥があちこちを飛んでいる。

展望台は海に突き出るようにあった。矢じりの切っ先に位置するのだろう。階段を下ってきたはずなのに、海面までまだ百メートル近くはありそうだった。恐る恐る身を乗り出し真下を覗くと、崖の岩肌に波が打ち付けているのが見えた。濃い青色の海は、島に近い岩礁のあたりで深い藍色に変わり、インクを滲ませたような模様をつくり上げている。さらにその藍色の周囲には、青よりも緑に近い色が漂っているのだった。

有人は通路を逆に戻り、さらに周回する道路の道なりに足を延ばした。今度の道は、矢じりのユーラシア大陸側を少しずつ下る。しばらくすると、海鳥観察舎なる掘っ立て小屋に辿り着いた。

北海道大学の研究室が毎年海鳥の調査に訪れていることを、叔父がなにかの折に話していたかもしれない。だが今、掘っ立て小屋は無人だった。中の壁には照羽尻島の海鳥についての情報が書かれた図表がいくつか、さらには窓の外へと向けられた望遠鏡が設置されていた。

覗き込んでみる。鳥よりも、鳥が巣づくりをする断崖絶壁に目を奪われた。レンズの先に見えるのは、まるで人の手が入っていない景色だった。人家に近い道端では少しずつ生え始めていた緑ですら崖は頑として拒み、荒々しく鋭い岩肌をもって「近づくな」とあたりに睨みを利かせている。そこに行けるのは、海鳥だけなのだ。

誰も触れない。まるで、最初から人がいなかったかのようだ。照羽尻島の断崖は、人がこの世に出現する以前で時が止まった太古の光景だった。ただその日を、海鳥が生きているだけだ。

昨日も同じ。今日も同じ。おそらくは、明日も変わらない。

時が止まっているのなら、未来も考えなくていい。

有人はその場にへたり込んだ。

風と波のハーモニーに合わせて、海鳥も鳴き交わしていた。天上に抜けるような高く澄んだ鳴き声だった。いまだかつて聞いたこともないその声に、有人は目を瞑（つむ）って聴き入った。

「あれー、有人くんじゃん？」

振り向くと、そこにいたのは涼先輩ら照羽尻高校の四人だった。

「こんなところまでお散歩？　自転車なかったけど使わずに来たの？　すごいね」

なんで高校生の一団が連れ立ってここに来たのか。尋ねたいが気後れしてしまう有人は、下を向くしかない。ハル先輩は有人などそっちのけで、望遠鏡の接眼レンズに眼鏡を押しつけた。涼先輩はそんなハル先輩を指さして、「今日はハルくんについてきたの。いい天気だし、桃花ちゃんも展望台まだ行ったことがないって言うから」と勝手に説明してくれた。

「おまえ、見かけによらずアクティブなんだな」横から話しかけてきたのは誠だった。

海鳥に興味があるのではなく、人の気配から逃れたくて、たまたま辿り着いた場所がここだったなどとは言えない。しかし、だんまりを決め込む有人をものともせず、涼先輩と誠は親し気に話しかけてくる。

「鳥が好きなら、ハルくんと話が合うんじゃない？」

「おまえもオロロン鳥の鳴き声聴いてみたいとか？」

「海鳥ってね、一夫一妻で仲いい種類が多いんだよ」

有人はひたすらうなだれる。

「オシドリ夫婦って言うけど、オシドリはむしろ相手を変えるんだって。ハルくんに教えてもらった。ね、そうだよね」

ハル先輩は望遠鏡にかじり付いて、返事をしなかった。涼先輩も気にしていない。だが有人は自分の態度を棚に上げて、無視された形の涼先輩を気の毒に思った。だから、なけなしの勇気をかき集めた。

「……学校に行かなくていいし、お腹が空いたら適当に魚獲っていればいい」声が上ずり、意図せず大きくなった。「気楽に自由に生きてる。そういうところは羨ましい」

すると、ハル先輩がいきなり振り向いた。

「鳥、舐めるな」

黒縁眼鏡を通しても、今の発言は不愉快だとはっきりわかる眼差しに、さすがの有人もいい気はしなかった。好きなときにものを食べて、好きなときに眠る。クラスメイトからの白眼視もない。気楽以外のなにものでもないじゃないか。自分の意見は間違っていない。

だが、反論はしなかった。反論も人と人とのコミュニケーションだ。そういったことから遠ざかって久しい有人は、ただ黙って海鳥観察舎を後にした。

「有人くん、待って」涼先輩が追いかけてきた。「あのね、ウトウの帰巣って知ってる？」

先ほどの気まずい空気を引きずったまま帰らせないという、涼先輩の優しさが酌み取れたので、有人は少し顔を上げ、長い前髪越しに彼女の愛らしい顔を見る。あの感じの悪い眼鏡よりも自分を選んでくれたのが、少し嬉しかった。

「……パンフレットに書いてあったかも」

「それ必見だよ！　それ目当てに来る観光客もいるんだ。うちの旅館も時季になると予約混むもん。ね、有人くんも見においでよ。絶対見たほうがいいよ。展望台のあたりがめっちゃいいスポットなんだよね。うちらも毎日は行かないけど、たまには行くし。なんなら一緒に行かない？」

＊

「ウトウの帰巣？　ああ、あれはいっぺん見といたほうがいいわ。この島じゃなきゃ見れないもんだもん」

「あれだ、涼ちゃんの同級生。陽樹。去年陽樹は何回通ってたべかな」

桐生も森内も、帰巣シーンは見るべきだと言った。

叔父によると、ウトウの子育てのピークが一番見ごろで、五月だと末でもやや早いかもしれないとのことだったが、そのぶん観光客も多くないから、ゆっくり観察できるだろうと、メリット面の補足も忘れなかった。

——一緒に行かない？

涼先輩がわざわざ誘ってくれた。有人はその事実を宝物のように胸の内にしまい込み、ときおりこっそり取り出しては磨きをかけた。なんだかんだで部屋の中で一人でいるのが一番楽だし、自分に対する涼先輩の距離の近さにもいささか戸惑うが、それでもこの島で唯一好意めいたものを抱く相手は彼女だけだ。

一度だけなら、見ていいかもしれない。

心が傾き始めたころ、叔父が田宮さんから聞いたんだがという前置きのあとに教えてくれた。

「早いところでは雛が孵り始めたらしい」

配送業のかたわら、田宮は観光客を車に乗せて島を案内する副業をしているのを、有人はこのとき知った。

「つまり、ウトウの帰巣が見られる。もし行くなら、その日は夕方の片づけは休んでいいぞ」

　それから数日後、小雨降る中、診療所に涼先輩と桃花がやってきた。

「誠くんのお父さんが言うには、明日、天気いいみたいなんだよね。で、桃花ちゃんにも例のあれを見せに明日展望台に行くんだけど、有人くんも来ない？　一緒に見ようよ」

　しぶしぶと泣く空が明日笑うとは思えなかったが、涼先輩は何度も「行こう、行こう」と誘う。

　一度だけだ——有人は意を決して頷いた。長い前髪がばさりと揺れた。

　承諾したことに、涼先輩は有人が瞠目（どうもく）するほど喜んでくれた。桃花に無理やり両手のハイタッチを仕掛け、「放課後迎えに来るね」と弾む声を残して帰って行った。


　誠の父親の読みどおり、当日は朝から見渡す限りの青空だった。午後四時近くに涼先輩がやってきて、玄関から「有人くん行くよ」と呼ばれた。

　俯き加減で玄関を出ると、涼先輩と桃花のほかに誠もいた。自転車で来ている。

「ハルくんは先に海鳥観察舎のほうへ行ってるんだ。帰巣が始まったら見に来ると思う」

「川嶋先生、チャリ持ってないよな。おまえ、俺の後ろに乗れよ」

　有人は自転車の二人乗りをしたことがなかった。ぐずぐずしていたら、「早く座れって。これ、電動アシスト付きだから、おまえみたいなひょろガリ余裕だから」と手ひどい言葉で促された。

恐る恐るリアキャリアに跨ると、誠は元気に立ち漕ぎを始めた。涼先輩と桃花も続く。誠は見た目そのままに体力には自信があるようだ。電動アシスト付きとはいえ、後ろに人一人という荷物を載せて、緩く上る坂道をリズム良く漕いでいく。

「なんまらいい天気！　やっぱ、親父すげー！」

空に向かって誠が吼えた。有人は自分の父親をすごいと思ったことなど一度もなかった。どうやらこの誠という奴は、高校生にもなって父親に心酔しているらしい。

誠の父親はなにをしている人なのか。芽生えた疑問も、言葉にはできない。怯んでしまう。有人はそれを風と自転車のせいにする。どうせ風を切って走る音で聞こえやしないと。

展望台が見えてくる。

潮の匂い、若い緑の匂い、土の匂い。誠のウィンドブレーカーの匂い。カモメの鳴き声。ペダルを踏むごとに唸るチェーン。太陽の方角を見る。日はまさに展望台からそのまま真っ直ぐ先を目指して、隠れる準備を始めている。落ちていく陽は、光の中に少しずつ金を含ませる。夜が忍び寄りつつある東の空は、真昼より青が濃い。青とも紺ともつかぬ、闇と晴天のはざまにある色は、かつて叔父と乗った飛行機から見た空を思い出させた。

宇宙が少しだけ透けている色だ。

展望台の駐車場に着いたとき、さすがの誠も少し息が荒かったが、スタンドをロックする足さばきは軽快だった。白いバンが一台停まっていた。涼先輩が「うちの旅館に泊まってる人だと思う。田宮さんに案内してもらうって言ってたから」とウィンドウの中を覗き込んだ。

ウトウの帰巣はもう少し日が暮れてからだと涼先輩が言うので、それまで展望台で時間を潰す。老夫婦を伴った田宮が先にいて、あれこれと解説をしている。

「土にいくつも穴があるでしょう？　あれ、全部ウトウの巣穴なんです。あの中で卵を産んで孵すんです。親鳥は日中海に出て、雛のための小魚を獲ります。その親鳥たちが、日が暮れるころ、一斉に自分の巣穴へ戻ってくる。たっぷりの小魚を咥えてです」

「こんなにいっぱい穴があるのに、迷わないのかしら」

心配そうな夫人に、田宮は我が事のように「大丈夫です」と胸を張った。

風は徐々に強くなってきている。有人の伸びた髪がメデューサの蛇のごとく暴れ回り、目や頬を叩く。水平線に迫る太陽は、いよいよ黄白を帯びた金と化し、輝きの帯を海に横たわらせる。東からは夜が迫る。

いつの間にか、ハル先輩もやってきていた。片手で手すりを握り締め、天を仰いでいる。

「あ、あそこ」

涼先輩が指をさした。最初の一羽は、ほんの小さな黒い影だった。それが宵闇の群青を抜け出して、こちらへと飛んでくる。その影がはっきり海鳥だとわかるころには、他の個体も空に舞っているのだった。

まるで、空から生まれるように、ウトウはみるみる彼方から現れ、こちらへと近づいてくる。鳥目という言葉を疑うほど、彼らの飛翔は速かった。そうして島の近くまで来ると、自らの巣の位置を見定めるように、しばし空に弧を描く。

暮れる空を仰いで彼らの動きを追っていると、眩暈のような感覚に襲われる。それほど空が広かった。

「きゃっ」

桃花の声を初めて聞いた。想像していたよりハスキーだなと思うと同時に、なにが起こったのかと身構える。桃花は長身を竦めていた。田宮と一緒にいる老夫婦も、驚いた顔をしている。

理由はすぐにわかった。ウトウだ。巣に戻る彼らは、信じられないほど無鉄砲だった。普通の鳥のように着地直前に羽ばたきでスピードを落とすなどしない。ウトウたちはまるで地面に自ら激突するかのように地に降りるのだった。

「ウトウは着地が下手なんですよ」

田宮が老夫婦に説明している。

「怪我しないのかな？」

桃花の呟きに、誠がすぐさま答えた。「案外平気なんだってさ」

また一羽、地面に突っ込んだウトウが、素早く身を立て直し、自らが帰るべき巣穴に向かって歩き出す。くちばしの限界まで小魚を咥えた彼らに、カモメがちょっかいを出す。獲物を掠め取ろうという気だ。

「オオセグロカモメは、巣穴の中の雛も狙うんだぜ」

誠が桃花にあれこれ教えている間にも、ウトウはひっきりなしに落ちてくる。

爆弾みたいだ。有人がそう思ったときだった。どすん、という音が近くでした。

「ハルくん？」

涼先輩が声をあげた。さっきからずっと黙ったままだったハル先輩が、棒のように倒れている。もはや、僅かな残光しかない夜のはしりの中でも、雪みたいな顔色が窺えた。

彼は具合が悪そうに口に手を当てた。その姿に道下が重なる。

「こりゃまずい」田宮が駆け寄る。「車で診療所に運ぶべ。すいません、いいですか？」

老夫婦は「もちろんです」と田宮に続いた。ハル先輩は田宮に担がれ、老夫婦とともに展望台を去った。涼先輩が「大丈夫かなあ」と心配顔をしている。「いつものアレだろ？　死にはしねーよ」と誠が返す。その声が遠い。道下。彼女は今どうしているだろう？　自分と一緒にまともな未来を失った道下。

あの日さえなかったら――。

と、有人の頬を衝撃が襲った。無様に尻もちをつく。なにごとかとあたりを見やると、一羽のウトウがよちよちと歩き去ろうとしていた。

「えっ、有人くん？」しゃがんだ涼先輩の顔が間近だ。「もしかして、ウトウに激突された？」

「おい、大丈夫か」誠からも声がかかった。「ここがわかるか？」

「……わかる」

痛かったが、どうやら血は出ていない。ただ、頬から髪の毛がべたべたした。意識が明瞭だと知ると、薄情なことに誠は大笑いした。

「マジかよ、マジかよ。ウトウにぶつかられたってか？　だっせー」

――だっせ。

あの日背中に投げかけられた棘を、誠の朗々とした爆笑が吹き飛ばす。

「鈍くせーな、おまえ！」力強い腕が有人を引き起こした。「今すぐ風呂入れよ。くっせーわ」

――くっせーんだけど。

またしても思い出される言葉の刃を、誠の陽気さが引っこ抜いて海に放り投げる。

「海鳥はくせーんだよ。脂くせーの。ほら来いよ」

確かに、なんとも言えない独特な臭みが、頬と、頬を触った手からする。

自転車の後ろに有人を乗せた誠は、来た道を全力で下った。あまりに飛ばすので、リアキャリアから手が離せなかった。振り返ると、遠くに二つのライトが追ってきていた。

涼先輩と桃花だ。

診療所には明かりが点いていた。念のためだと誠は言い、そのまま診療室に行かされる。横の処置室のベッドでは、ハル先輩が点滴を受けていた。

叔父は一目見て——いや、嗅いでだろうか——なにが起こったのかを察したようだ。簡単な診察を受けたのちに、ただの打撲で大したことはないと、太鼓判を押した。

「腫れてくるようなら、風呂上がりにでも冷やしとけ。誠、悪いがボイラーやってくれないか。有人はここでガスをつけたことがないんだ」

「え、マジで？　了解。じゃ先生ありがとう。先輩お大事に」

誠はそれぞれに一声かけて、有人を引っ立てた。そして叔父の家の玄関を勝手に開けて、我が家のように中へと入り、有人をボイラーの前に立たせた。

「……図々しくない？　人んちだよ？」

「じゃあ水風呂入るのかよ。見とけよ、こうやるんだよ」

誠は手順を指南しながらボイラーを稼働させてくれ、有人は無事体と髪をきれいにすることができた。海鳥の脂と臭いを落として、湯を浴びて温まると、人心地がつくとともに、夕刻から自身が見たもの、聴いた音、五感で受け止めたすべてがのしかかってきて、疲弊を感じた。しかしそれは、嫌な感じではなかった。有人は頭を振り、伸びた髪を後ろにやって風呂場を出た。誠はもういなかった。

部屋に戻ってパジャマを着て、髪の毛を乾かそうともう一度階下へ下りる。

「うっそ」

涼先輩だった。やっぱり玄関の戸を当たり前に開けて、たたきまで入ってきている。

「大丈夫だったかなと思って、来てみたんだけど」涼先輩は濡れた髪の毛をオールバックのようにしている有人を見て、目を輝かせたのだった。「有人くん、かっこいいじゃん！　前髪長いのよりずっといいよ！　イケてる！　めっちゃイケてる！　ねえ、髪切りなよ。絶対そのほうがいいよ。うちの旅館のすぐそばに吉田理容店ってあるの。私、安くしてあげてって言っとくね！」

かっこいい。イケてる。有人は頬が熱く火照るのを感じた。打撲のせいではない熱だった。涼先輩はひとしきり有人を褒めたあと、怪我の具合は大したことないと判断したのか、「またね」と手を振って帰って行った。

翌日、有人は髪を切った。誠ほどにはできなかったが、ハル先輩のスポーツ刈り程度にはなった。短いサイドに比べて少し長めに残したトップを整髪料で整えると、吉田理容店の店主は「イケメン一丁上がり」と笑った。

理容店を出て少し歩くと、『野呂旅館』という看板が掲げられた二階建ての民宿を見つけた。登校している涼先輩がいるわけがなかったが、有人はそこで少し立ち止まった。無落雪の屋根にレンガ色の外壁は、島の建物の中では新しい部類に見えた。入り口の横にふきんやタオル類の洗濯物が干されてあった。五月の風に吹かれてはためくそれらは、庶民的な光景ながら、晴れ晴れと清々しくもあった。涼先輩の明るい笑みがふっと思い出されて、有人は目を細めた。

照羽尻高等学校の実物を通りすがりに見た。小中学校も近くにあった。こちらは高校とは違い、二階建ての鉄筋コンクリート造りだった。小中学校の前の道路に、ぽつんと押しボタン式の信号機が設置されていた。交差点もなく、交通量も僅かなこの島では、横断する子どもも利用するかどうか怪しい。なんの意味もなさそうな車両側のシグナルは、誰が見ずとも青く灯っていた。

出会った島民はみんな、有人が髪を切ったことに気づいて話しかけてきた。

叔父はこの島を一つの家族みたいなものと言った。ならば、自分が一年遅れていることだって、誰もが知っているに違いない。知っていてあんなに気さくで親しげだったのだ。

夕食時、いただき物のタコの刺身をつつきながら、叔父が言った。

「どうだ？　そろそろ島にも慣れたか？」

有人は「……うん」と頷いた。

「良かったか？　ここに来て」

その問いはあまりにさりげなかった。このタコ美味いな、と取り替えても違和感がないほど、自然に食卓に放たれた。有人はタコを二切れ頬張った。ワサビがツンと鼻に来た。

良かったとは答えられなかった。悪かったとも。有人はワサビの刺激から来る涙を堪えながら無言でご飯を食べた。ただ。

一度学校に行ってみてもいいかもしれないと思った。
――有人くん、かっこいいじゃん！

3

照羽尻高等学校には制服がない。生徒数五人では制服の意味もないだろう。でも、有人にとっては気楽なことだった。制服に着替えるだけで具合が悪くなっていた時期があったのだから。

とはいえ、最初の登校日の前夜は緊張でよく眠れず、有人は午前五時前に布団から出た。六月初めの太陽は既に結構な高さにあり、かんかんと世界を照らしている。顔を洗って、さて服をどうしようかと自分の衣類を検めてみるが、大したものは持っていない。有人は部屋にこもり続けていたときと変わらぬパーカーとジーンズに着替え、洗面台の鏡と向き合った。

「悪くないぞ」眠そうな顔をした叔父が、有人の背後から鏡越しに目を合わせてきた。「髪もさっぱりしたしな。まあ気楽に行けばいい。どうしても駄目だったら、早退したっていいんだ」

鍵はかかってないしなと、叔父は有人の横で髭を剃り始めた。

早退したっていいという言葉は、意外にもすとんと有人の胸に収まり、緊張をほぐしてくれた。思い返せば、ここは奈落の底なのだ。これ以上悪くなることはない。それでも、朝食はあまり喉を通らなかった。

お弁当には、叔父がおにぎりを二つ用意してくれた。それをリュックに入れ、背負う。叔父の家から港の方向へ歩く。晴れていたが向かい風が強く、海は白波が立ち、対岸の北海道本島は見えなかった。途中、照羽尻小中学校を左手に通り過ぎた。誰一人注意を払わないだろうシグナルは、やっぱり車両側が青だった。その車両自体、家を出てからまったくすれ違わない。

五分ほどで照羽尻高等学校に着いた。高校の建物は、道路から十メートル程度奥まった場所にある。パンフレットで見たのと同じ、寂れた校舎だ。校舎の手前には一見物置小屋みたいな建物があった。H形のトップがついた煙突が立っている。窓から中を覗いてみた。食品加工の施設のようで、見慣れない機械が並んでいた。機械はどれも施設の規模に見合ったコンパクトなサイズだ。水産実習の授業で使うのだろう。

手の汗をジーンズの太腿部分で拭いながら正面玄関に近づくと、面談のときに会った校長先生がいた。

「おはよう、川嶋くん」

表情も声も柔和だった。不登校の生徒がやっと来てくれたという大げさな歓迎は一切なかった。

正面玄関の広さは、有人が以前通っていた私立中学の、来客用玄関程度しかない。昇降口左側の壁に木枠の下足入れが一つあった。マス目は縦五段、横五段。教師と生徒を合わせても二十五人分で足りるのだ。

校長がマス目の一つを指さした。二十五マスのど真ん中だ。なにも入っていないマスの上部には、『川嶋有人』と書かれたネームプレートが貼られてあった。

有人は持ってきた上履きに履き替え、外靴で空白のマス目を埋めた。

「おはよう、有人くん」

後ろから声をかけてきたのは、涼先輩だった。ボーダーの長袖(ながそで)カットソーにジーンズ。どちらも適度に体にぴったりしていて、有人は思わず胸に目をやってしまい、慌てて視線を外す。

「一年の教室、こっちだよ」

涼先輩は明るい声で手招きをした。遊園地を案内するみたいだ。有人は小さく「はい」と返事し、ついていった。涼先輩は島には慣れたかだの、川嶋先生はお弟子さんのことをなにか話していたかだの、答えにくいことや意味のわからない質問を投げかけながら、校内全体をつぶさに見せてくれた。それぞれの学年に教室は一つずつ。実験室、情報処理室、職員室、体育館、トイレ。図書室はなく、廊下に書棚が並んでいる。小ぢんまりとした校舎は、あっという間に回れた。

「じゃあまたね、有人くん」

一年生の教室に入る。三つの机が、教壇に対して緩く弧を描くように並んでいた。

どこが自分の席なのかわからずに突っ立っていると、「おまえはここ」と登校してきた誠が窓側の一席を指し示した。

「真ん中が俺。廊下側が桃花な」誠は自らの頑健な体格を誇るようにTシャツの胸を張りつつ、人懐こい笑顔を見せた。「わかんないことあったら俺に訊けよ。あ、勉強以外でな」

六月になったばかりのこの島は、有人の感覚ではまだまだ涼しいのだが、誠は半袖だ。二の腕の筋肉が逞しい。やはり彼の指には小さな傷が目立つ。新しい紙で切ったようなものもあれば、縫い針を刺してしまったようなものもある。

「あ」

戸口付近からハスキーな声がした。桃花だ。白いブラウスに黒のスリムパンツというシンプルないでたちなのに、とてもおしゃれな感じがした。彼女は軽く会釈をして、席に着いた。「よろしく」と小さな声がしたかもしれない。有人は「どうも」と口だけを動かした。

八時四十分に朝のホームルームが始まった。教壇に立ったのは教頭だった。二重にした大きな紙袋を手にしている。教頭はそれを有人の机に置いた。

「君の教科書だよ。あと時間割や今までに配付した印刷物も」

有人は机にプリントされた木目模様に目を落としつつ、頭を下げた。こんな大荷物を高校が預かっていたのが意外だった。荷物は勝手に玄関を開けて置いていくものではなかったのか？　どうしてこれはそうしなかったのか。

もしもされていたら――有人は想像してみる――登校の催促とも、逆にどうせ来ないと突き放されたとも、そのときの気分で受け取っただろう。どちらであっても、学校への足は遠のいた。

「今日の三、四時間目は照羽尻学と水産実習だから、三年の教室に移動だ」

教頭の言葉に、黒板の横に貼られた時間割を確認する。全学年一緒の授業だったはずだ。

ということは、涼先輩がいるのか。海鳥観察舎で感じが悪かったハル先輩も。

有人はまた出てきた手汗をジーンズに押しつけた。

一時間目の数学Iと二時間目の英語Iは散々だった。年単位で勉強が遅れている以上、予想できた現実とはいえ、有人が微妙な表情を浮かべるたびに授業の進行が止まるのは、肩身が狭かった。早退したっていいという叔父の言葉が、何度となく思い起こされた。しかし、そのうちに教師が自分だけを相手にしているのを、誠と桃花はあまり気にしていないこともわかった。特に誠は桃花に対して、これ幸いとばかりにあれこれ話しかけては、教えを乞うている。どうやら桃花がここでは一番成績が良いようだ。

どの教師も実に丁寧に、中学の修学範囲までさかのぼって、有人の疑問に付き合ってくれた。

二時間目が終わると、誠が「おう、行くべ」と有人を促した。

「筆記用具とノート、それからこの冊子が授業で使うやつ」

Ｂ４サイズの紙を二つ折りにして、ホチキスで中綴じをした冊子は、朝に渡された紙袋の中にあった。表紙に照羽尻島の全景写真と『照羽尻学』の大きな黒い文字が印刷されている。教師が手作りしたものだというのは、一目瞭然だった。

「あと、弁当も。てか、リュックごと持ってくんだよ」

その言葉どおり、誠は有人のものより大きく頑丈そうなリュックを背負っていた。

「教室の場所は知ってるから」

一人でも大丈夫だと言外にほのめかしたが、誠は「俺も知ってるぜ」と意に介さない。どうやら彼は、新入りの世話焼き係を自任し、実行に移しているようだ。

誠に連れられて、本来は無人であろう三年生の教室へ行くと、五つの机が二列に並んでいた。前列は三席、後列が二席だ。

「俺らが前列。俺の左がおまえ」

一年生の教室での席順と同じだ。有人はそこに座り、お手製のプリント教材を眺めた。

「なあ有人」誠はすんなりと有人を下の名前で呼んだ。「おまえ、ウニ食ったことねーだろ」

今までの人生で食べたことがあるか否か、という問いだろうか？　ならあるに決まっている――答えようとした矢先、誠は言葉を足した。

「照羽尻島のウニのことだかんな？」

「なら、ない」

「やっぱりな。じゃあ今度先生のところに持ってくわ。その日親父が獲ったばかりのやつ」

なるほど、この話の流れでわかった。誠の父親は漁師なのだ。見事に翌日の天候を当て、高校生にもなった息子にすげーと叫ばせた人は。

「ウニ漁は期間限定なんだよ。例年六月半ば過ぎくらいに解禁になんの。解禁されても、ちょっとでも波が出たら船出せねーし。でも親父はすげーから。なまらウニ獲るから」

「売り物にするのにもらっていいの？」

「そりゃあ、一級品とはいかねーけど、それでも美味いから。本当は獲ってすぐ磯の塩味と一緒に食うのが一番なんだけどさ」

誠の熱い照羽尻島のウニ推しに、特段好物でもない有人は適当に頷くしかない。ウニならば中学受験を終えた週末、ねぎらいに家族で行ったイタリアンレストランで食べた、ウニのクリームパスタが美味しかったことを思い出した。本命のその中学には受からない未来も知らず、舌鼓を打った、あの日は良かった。

なんでもそうだ。手元からなくなってわかる。そして、良かったもの、大切なものはたいていなくなる。せいぜい惜しめと、己の価値を主張するかのように。

涼先輩とハル先輩も教室に来た。半袖の誠と対照的に、ハル先輩は毛玉がついた紺のセーターを着ていた。

『照羽尻学』の授業には、校長のほか、配送業者の田宮がやってきた。驚いたが、副業で観光客の案内もしているとのことだったから、彼以上の適任はいないのだろう。島外への異動がある教師よりも、ずっと島に詳しいというわけだ。

田宮はプリント教材を使いながら、島で獲れる海産物とその加工品の、ここ数年にわたる売り上げ、経済効果をざっと話した。あくびの気配に横を窺うと、誠は退屈そうだった。漁師の息子にとっては、どれも目新しくない情報なのかもしれない。

と思っていたら、

「そこで、ここからは水産実習も兼ねるんだが」

校長が田宮の隣で手を叩いて言った。

「水産実習で作った缶詰を、七月の北海道高校生物産展に出品しようと思うんだ」

校長いわく、商業高校、農業高校などの生徒が開発、製作した食材の加工品を、一堂に集めて販売する催しがあるのだという。

「そこで光る商品を出して話題になったら、島と高校、双方のPRにもなる。売り上げのいい商品は、物産展終了後も、期間限定で提携店に置いてもらえる」

田宮も腕組みのポーズで、うんうんと首を縦に振った。「材料調達なんかは、漁協も協力してくれるぞ」

「味はもちろん、どんな商品を目指すかのアイディアも鍵になる。これから五人で考えてほしい」

面倒くさいことをやるのだなと頬杖をついていたら、誠が机の向きを逆にし、二年生組と向き合う形をとった。桃花の机も動かして、ありがとうと礼を言われ、だらしなくにやついている。

「おまえも早くしろよ。頭の後ろに口があんのか？」

緩んだ顔をごまかすかのような誠にせっつかれて、有人も机の向きを変えた。斜め前になった涼先輩が、笑って手を振ってきた。

「どんなのがいいかなあ？」

ディスカッションの先陣を切ったのは、その涼先輩だった。続いたのは誠だ。

「兄貴が二年のときも、なんか出品してたぞ。やっぱ授業で作ったやつ」

「一昨年はタコの燻製を出した」田宮が割り込んだ。「それなりにいけると思ったんだが」

だが、ということは、期待したほど評価されなかったのだ。だから去年はこの手の企画に参加しなかった。参加していたら涼先輩が話すはずだと、有人は読む。

「本当は島に来て、獲れたてを食ってもらうのが一番なんだよ」

誠が言えば涼先輩が「加工したものを食べて美味しかったら、島にも来てもらえるんじゃない？　うちも観光客が多くなってくれたら嬉しい」と、旅館の娘らしい意見を述べた。

ハル先輩がぼそりと「予算はいくらで、製作個数はいくつなんだろう？」と呟いた。校長が「もちろん学校側が費用を出す。授業の一環だが、採算度外視というわけではない。材料費、加工費諸々でおよそ十万円。個数だが、最低百は欲しい」と言った。

「一つあたり千円で作んのか」

「誠くん、それだと儲けが出ないよ」

「……利益はなにに使うの？」

「だよな、桃花。そこだよな」誠が初めて発言した桃花にすり寄る。「今、桃花が大事なこと言ったぞ」

さっきのにやけ顔もそうだが、わかりやすいと有人は思った。誠は桃花に好意を持っている。桃花のほうはどうか知らないが。

「利益は学校に還元じゃないの。それより先に材料決めない？」

「タコが駄目ならウニがいい、ウニなら間違いねーから」

「それは誠くんの主観じゃない？」

ディスカッションは、島出身の涼先輩と誠が九割方喋り、残りの一割を桃花とハル先輩が受け持った。有人は水産加工なんて肌に合わないと椅子に座りつつ、ここでみんなをあっと言わせる意見が出せたら、四人、特に涼先輩に自分を認めてもらえるのでは、という野心めいた思いも抱いた。しかし、なにも思いつかなかった。結局、ウニを使うということ以外は決まらなかった。

誠が弁当も全部持って移動しろと言った意味がわかった。昼休憩の時間は、二年生の二人も一緒になって、三年生の教室で食事をとるのだ。

「寮生は寮に戻って昼食っていう選択肢もあるんだけど、ハルくんも桃花ちゃんもお弁当だよね。あ、有人くん。寮はね、ここから歩いて五分くらいの場所にあるの。うちの旅館のすぐ隣」

そう楽しげに言う涼先輩の弁当は、実家が旅館なだけに豪勢な内容だ。焼き魚、揚げ物、漬物、サラダ、フルーツと色とりどりながら、「お客さまのおすそ分けもらってるみたいなものなんだ」と、あっけらかんとしている。

誠の弁当は量重視だ。大きい弁当箱二つに、白飯とおかずを分けていた。寮生の桃花とハル先輩は同じもので、三種類のサンドイッチだった。

有人はもそもそとおにぎりを食べた。

「兄貴の年の失敗は、兄貴だからってのもあるぞ」誠が水産実習の話題を蒸し返した。

「島を捨てて出ていくような奴だからな」

「至（いたる）くんのこと、悪く言わないであげてよ」

「涼ちゃんはいっつも兄貴をかばうよな」

「悪い？　かっこいいお兄ちゃんいて羨（うらや）ましいよ」

誠は涼先輩に『先輩』づけしない。島で育った二人は、多少の年齢差を気にしないようだ。

「俺以外みんな一人っ子だもんなー。あ」そこで誠は有人に箸の先を向けた。「おまえは？　おまえも一人っ子だったりするのか？」

四人の視線が集中して、だんまりを押し通すのは難しかった。有人は白状した。

「……僕にも兄が一人いる」

「マジ？　やった、弟同盟。何歳違い？　うちの兄貴はさ、漁師なんてやらねー、パティシエになるとか啖呵切って、札幌の専門学校行ったんだぜ。どこで覚えたんだよ、そんな職業」

「いいじゃん、パティシエ。私、マカロン好きだよ」涼先輩は一度可愛らしく口を尖らせてから、無邪気に有人の返答を促した。「有人くんのお兄さんはなにやってるの？」

涼先輩に訊かれては、答えるしかない。「二つ違いで……医大生」

「医大？　お医者さん？　すごいね！」

涼先輩の感嘆に、誠も続いた。「川嶋先生みたいになんの？　かっけーな！」

ドクターコールに応えた叔父の姿が、有人の眼前に像を結ぶ――叔父みたいになりたい、誰よりもそう願ったのは、兄じゃなくて僕だ――有人はおにぎりを包んでいたアルミホイルを握りつぶした。

叔父みたいになりたかったのに、今、こんな寂れた島で、五人しかいない高校にいて、これから缶詰を作ろうとしている。

「俺は漁師になりたいけどさ、ばりばり頭良かったら、医者になって島に尽くすってのもアリだったな。川嶋先生みたいに……」

「こんな環境で、医者とか無理だよ」気づけば、否定の言葉が口を突いて出ていた。

「離島で塾や予備校もないし、学校は水産実習とかやってるし」

「あ？　おまえ、その言い方はねーんじゃねーの」

誠も声を荒らげた。有人の体は硬くなった。だが、つい口に出たとはいえ、間違えてはいない。有人は机に目を落として唾を飲んだ。

「二人とも駄目！　ご飯のときに言い争うの良くない。ご飯、美味しくなくなるよ」涼先輩が二人を窘め、敢えてだろう、話題の的を逸らした。「ところでさ、医大生と言えば今日から柏木さんが泊まるんだ。午後には来ているはず」

もしかして、朝に言われたお弟子さんのことかと、有人はそれとなく耳を傾けた。

「去年も来島した人か」ハル先輩は柏木さんを知っていた。「ご挨拶に行ったほうがいいかな」

「こいつの叔父さん超名医だから、医大からわざわざ修業に来る学生さんがいるんだ」

さっきの荒い声はどこへやら、誠が桃花に屈託なく説明している。「柏木さん、半年ぶり三回目」

「甲子園みたいだね」

桃花はクールに返した。

柏木さんにからめて、叔父がどれほど島にとって素晴らしい医者なのかということが涼先輩と誠の口から熱っぽく語られ、島外出身者は口を挟まずそれを聞いた。先ほど思わずかっとしてしまった有人も、涼先輩の声を聞いているうちに冷静さを取り戻した。事実叔父は格好いいし、診療所の様子からも慕われているのは明白だ。

誠も叔父のことが好きだから、安易に医者になって、などという言葉も出たのだろう。

そっと誠を見る。偶然なのか気配を感じたのか、誠も有人を見たので、視線が合ってしまった。有人はすぐさま横を向いた。先ほど諍いになりかけたばかりで気まずさが先に立ったのだ。初日から失態を犯してしまったが、今さら仕方がないと諦め、思考の標的を桃花とハル先輩に変える。

自分と同じく黙って聞き手になっている二人は、どういう経緯でここに来たのか。二人は札幌出身だ。東京とは比較にならないが、札幌市も大都市である。高校だって数ある中から選べたはずなのに、なぜこの離島なのか。

しょせん他人事だ。でも、よほどの事情があるに違いない。自分がそうなのだから——そんなことを思い巡らせているうちに、休憩は終わった。

一年生の教室に戻るとき、誠がすっと横に来た。

「さっき、ごめんな」思わず彼の顔を見ると、バツが悪そうな照れ笑いが返ってきた。「俺、単純だからさ。頭に血ぃ上ったらああなっちまうんだ。んで、あとで後悔すんだ。親父からもよくドヤされる。天気と過去は変えられねーんだぞ、って」

天気と過去は変えられない。

その言葉は有人の頭のスクリーンに、昏倒する道下の姿をまざまざと映し出した。意識せずとも体は強張り、歩幅が狭くなる。だが、誠は有人の変化に気づいていないのか、照れ笑いを浮かべたままで「ごめんな、マジ短気で単純でさあ」と繰り返した。

単純、つまり裏がないとすると、この照れ笑いもごめんの言葉も、心の中そのままなのか。有人は小学生からのクラスメイトらを、思い出してみる。ここまであけっぴろげな奴はいなかった。素直に謝る奴も。なんとなく、先に謝ったほうが負け、みたいな感覚があった。

有人はあまりにあっさり自分から非を認める誠につられて、「……僕もごめん」と返していた。

「全然。さ、午後も張り切って行こーか！」

しばらく気まずいだろうと、有人が考えた直後にこれだ。誠はまるで尾を引いていなかった。驚くほど大らかな態度は、有人のわだかまりをみるみる小さくさせた。

我知らず、有人は誠の大きな歩調に合わせてしまっている。

結局その後も誠に構われて早退はできず、有人は午後三時半にその日最後の六時間目を終えた。

「じゃーな！　有人また明日な！　ハル先輩も！」

誠は自転車に乗って港のほうへと下って行った。陽気と元気をまとめて高校生男子の形にしたら、誠になるだろうと有人は思った。

有人と叔父の家は、港とは反対方向である。診療所へ行くというハル先輩と帰途が一緒になってしまった。ハル先輩は寡黙だった。有人も黙っていた。そもそも有人は、海鳥観察舎の一件から、ハル先輩には苦手意識があった。寮にまで入って照羽尻高校へ進学した理由については若干の興味が芽生えたものの、尋ねるわけにはいかない。訊けば、同じ質問を返されても文句は言えないからだ。

道中ハル先輩が話したのは、一度きりだ。小中学校の真ん前にある、無意味な押しボタン式信号機のところでだった。

「この信号、意味ないと思うよね」

心を見抜かれたみたいだった。有人の頭の中で警戒のアラームが鳴る。この神経質そうな人は想像以上に鋭いのかもしれないと身構え、返事が遅れた。微妙な空気が二人を包んだ。

そんな有人の不自然さを気にかける様子もなく、ハル先輩は続きを話した。

「でも、これがないと、島で生まれ育った子どもは、本物の信号を見ないまま島外へ出る。最悪、事故に遭うかもね」車両側の青シグナルを一瞥(いちべつ)して、ハル先輩は歩調を速めた。「意味があるから、あるんだ」

有人は目だけを動かしてハル先輩を見た。信号が存在する理由は明かされたが、先輩が言いたかったのは、それだけだろうか？東京から来たことから、ハル先輩も有人について複雑な事情があると見込んでいるに違いない。そういう推測をもとに、なにやら人生訓めいた言葉を、島生活の先達としてかけてきたのでは——そんなたくらみを疑った。だが、数列みたいに整然としたハル先輩の横顔からは、なんの感情も読み取れなかった。これは拍子抜けだった。有人は他人の独り言を聞いてしまったような気分になった。

　ハル先輩とは診療所の前で別れた。

「じゃあ、また明日。さよなら」

　定型文みたいな挨拶に、有人は口先で「さよなら」と返した。そうしてすぐさま家に飛び込んだ。自分のテリトリーに戻ると、急に疲労感が押し寄せてきて、有人は昼寝をしてしまった。

　目覚めると、階下に叔父の気配を感じた。おそらく夕食を作っている。ああ、診療所はもう終わったのだと枕元の目覚まし時計を確認すると、午後六時を少し過ぎていた。のそのそと起き出し、台所へ行くと、叔父が味噌汁の火を止めたところだった。食卓の真ん中には醤油で煮つけられたタコと大根が、大皿に盛られている。

「それ、野呂さんからいただいた」

　ケンタッキーフライドチキンを差し入れてくれる島民がいればいいのにと、有人は思った。島に来てからというもの、海産物を口にする割合が圧倒的に多く、肉は減った。

「ごめん。寝てて手伝いに行けなかった」

「今日は疲れたか？」いただきますと手を合わせてすぐ、叔父が訊いた。「でも、頑張ったな」

「……別に頑張ってはいないよ」

帰るチャンスがなかっただけだ。誠が四六時中そばにいて、あれこれと世話を焼かれ、付きまとわれ、ちょっとした言い争いもあったけれどすぐに向こうから詫びてきて、果てはトイレまでついてこられたと話すと、叔父は笑った。

「誠は嬉しいんだよ。同性の同学年が初めてなんだ」

「……僕、本当は二年なんだけど」

「そんなことどうでもいいのさ。うん、この煮つけ、美味いな。隠し味はタラ魚醬かな」

そんなこと、という五音を、有人はタコとともに嚙みしめる。そんなことなのか。とんでもないことじゃないのか。煮つけは、食べ慣れたものとはどこか違う複雑な味がする。

——全然。さ、午後も張り切って行こーか！

あの明朗さ。知らないうちに合わせてしまった歩調。疲れたのは確かだ。でも、もう学校に行きたくないという、東京で嫌というほど味わった気持ちはないのだった。逆に、もう一度疲れてみたいとなぜか思っている。

「診療所の手伝いだけど、これからは四時半過ぎだけでいいからな。今日はまあ、仕方ない」

「そういえば、涼先輩が叔父さんのところに弟子が来ているって言ってた。柏木さんとかいう」

「柏木くんか？　彼は弟子じゃないぞ。研究テーマに沿う他の医師のところにも話を聞きに行っている。俺はその中の一人ってだけだよ」

「去年も来ていたって聞いたけど。ハル先輩が挨拶に行ったよね？」

「ああ。彼は柏木くんの研究に協力してくれたんだ」

研究に協力と言っても、人体実験的なあれじゃないぞと、叔父は冗談めかした。

「一種のインタビューだな。柏木くんの研究テーマに陽樹のデータが合っていたのさ」

ウトウの帰巣を見に行った日、ハル先輩は倒れたのだった。薬も受け取っていたことがあるから、なにか持病があるのだろうが、あのあと札幌に帰って治療したとは聞いていないし、そもそも離島に進学している時点で、深刻な病気とは考えにくい。もしかしたら、転地療法で離島に来ているのかもしれない。今どき転地療法なんて時代錯誤なイメージだが。

とにもかくにも、柏木さんという人が離島にいる叔父を何度も訪ねて来ているのは、研究のためだけではなく、自分と同じく憧れもあるのかもしれない——有人は味噌汁を飲み終えて、空の茶碗と重ねた。叔父はまだ食べ終わっていなかった。有人は自分の食器を先にシンクに下げて、自室に戻った。

＊

医学部卒業後、博士課程基礎医学コースに在籍中という柏木は、三十歳前後の男性一万人を集めて平均化したような、当たり障りのない容貌だった。際立って頭が良さそうにも見えない。彼は白衣を身に着けていなかった。ワイシャツとスラックスという普通のサラリーマンみたいないで立ちで、叔父のそばに控えている。医師国家試験には受かっているだろうに、医師然としたなりを敢えてしないのは、叔父を立てているようにも、診療医としているのではないという主張のようにも見えた。午後の診療時間終了後、有人が待合室の片づけや観葉植物の葉をきれいにしている間、柏木は診療室や処置室で、使用した器具の消毒や廃棄、薬剤のチェックなどをしていた。

カタリとなにかが開く音に、いったんは離した視線を再度送ると、柏木が鍵付きの棚に今日納品されたと思しき薬類をしまっているところだった。彼の手には、あの日以降忘れたくても忘れられないエピペンが二本あった。有人は目を向けたことをものすごく後悔し、二度とそちらを見るまいと、心を固めた。

柏木がいる間、有人と叔父の夕食はいつもより若干遅かった。通常の業務を終えた診療所で、叔父と柏木が話をするからだ。自分の研究のために、叔父の意見が必要なのだろう。

柏木は五日間島に滞在して、週末に北海道本島へと帰っていった。挨拶に毛が生えた程度の言葉は交わしたものの、特に膝を突き合わせて話し込むことのなかった有人は、彼個人に対して特別な感情も抱かなかった。帰る前日までは。

島を離れる前日、柏木は有人に言った。

「先生がここで医師を続けていることには、とても大きな意味があるんだ。だから、先生の家事の負担を減らしてほしい。積極的にお手伝いをしてあげてください」

君は怠けていると言われたみたいで、柏木の印象は少し悪いほうへと傾いた。家事の分担なんて、島に誘った当の叔父からは一言もないのだ。有人は不承不承頷いた。

わざわざ北海道本島から叔父を頼って三度もやってきた医学研究生の存在は、既に高かった島内での叔父の名声を、さらに押し上げた。やっぱり川嶋先生はすごい、すごいから遠路はるばる学生が教わりに来ると。

「先生がいるから、照羽尻にいても安心なんだわ。有人くんの叔父さんは神様みたいだよ──」

甥というだけで、有人は叔父への称賛を嫌というほど聞かされた。

叔父自身は、誰になにを言われても変わらずにいた。そんな様子は、乗務員が総出で感謝の意を表明してもひょうひょうとしていた、かつての姿を思い起こさせた。

柏木が帰っていった週末、叔父は傍らに難しそうな文献を開きながら、パソコンで診療所の待合室に貼るポスターを作っていた。そんな叔父に、有人は本音を口に出した。

「……土日くらい、休めばいいのに」

「俺は研修医のとき、救急救命室でも修業させてもらったんだが」叔父は顔を上げて微笑んだ。「いろんな患者さんに会えた。そこのERは、基本的に受入要請があったら断らないのがモットーで、どの患者さんが重篤なのか優先順位を見極めなければならなかった。早く的確な判断が必要だったよ。検査が必要なら、その検査機器の空き状況も考えて患者さんを診ていく。CTで異常が見られなかったが、どうしても気になるから、今度は造影剤を入れてMRIを撮りたい、なんていうパターンも珍しくない。すると、もう帰りたがる患者さんも出てくる。検査費用がかさむと言われたりね。でもそこで、帰してしまっていいのか……」

叔父は当時を思い出すような遠い目をして、窓越しの青空に視線を移ろわせた。

「迷う時間も惜しいんだ。そんなとき、不勉強は致命傷になる」

耳が痛かった。有人は引きこもっていた時間も、学校に通い出した今も、特段勉強はしていない。しかしながら、今それを責める叔父でないことも承知していた。

「どんなに最善を尽くしても、患者さんやその家族に恨まれることはあり得る。臨床医はそういう仕事だ」叔父は椅子に座ったまま背を丸め、腰をさすった。「でも、そういうケースを限りなくゼロに近づける。そのための努力を止めてはいけない。ここはERと似ている。時間が勝負になる患者さんが、いつ担ぎ込まれてもおかしくない。日々勉強するのは、当然のことなんだよ」

恨まれることはあり得る。

有人の眼前に過去の映像が浮かんだ。倒れている道下だ。ドア越しの和人の声もよみがえった。

——ちょっとだけ言語障害残ったみたいだな。

道下は絶対に普通の未来を奪った相手を恨んでいる。

こびりついて離れないと承知しつつも、有人は過去を払い飛ばすように頭を激しく振り、階段を駆け上がって自室に引っ込んだ。

あの日さえ過去から消えれば、僕と道下の未来も違っていたのに。

スマホを手に取る。和人からLINEメッセージが来ていた。

『よう。そっちはどうだ？　俺は正直毎日キッい』

キツいとはあるが、ひょうきんなスタンプも押してあった。志望の大学に進学した上でのキツさを、やりがいに変えて楽しんでもいる、そんなニュアンスだ。先の見通しが明るいから、キツくても進んでいけるのだ。

有人はスマホを布団の上に投げて、爪を嚙んだ。

＊

六月中旬の土曜日、ウニ漁が解禁になった。そして週明け、月曜だというのに誠は朝から上機嫌だった。

「おまえ、帰りにうちに寄ってけよ。親父に言ってあるから。先生とおまえんとこにやるウニ、取っといてくれって」

その日の水産実習の授業では、校舎の隣にある加工施設へ初めて足を踏み入れた。家庭科で使う一般的な調理台の他、缶詰加工ならではの各種機械が取り揃えられていた。実際に間近で見た機械類は、最新鋭のそれとは言い難かったが、大切に使い込まれたものが持つ、落ち着いた頼もしさがあった。それらは十数年前、業務を畳んだ島の水産加工会社から譲り受けたものだと、実習担当の森先生は説明した。

「工程は大まかに、搬入した原料の選別洗浄、調理、缶への詰め込み。そこからこの機械で脱気密封する。缶の巻き締め作業だ。脱気には二つの方法がある。ホットパック脱気と真空巻締機を使う物理的脱気。うちにあるのは後者のバキュームシーマーだ。そして、殺菌、冷却と続く」教師はそれぞれの工程に使う機械を、相棒でも紹介するように軽く叩きながら、一つ一つ示していった。「冷却が終わったら、検査だ。缶を叩いて音を聞いたり、外観に凹みなどがないかどうか確認する。重要な作業だ。それが終わって、ようやくラベリングだ」

「それらの機械は、一度に何個の缶を処理できるんですか」

ハル先輩が質問した。

「種類にもよるが、五缶程度だ。大工場じゃないからな」

「調理しちゃうってのがな」自分がウニを推したくせに、誠は恨めし気に調理台を見やる。「加工するのは勿体ねーよなあ」

「でも加工しなきゃうちらの存在意義はないんだよ？」

「てか、まだどう加工するか決まってねーよな」

腕組みをした森先生が「考えろ、考えろ」と檄を飛ばす。

「獲れたてそのままが最高なら、敢えて加工する理由とメリットがないと。日持ちがするだけじゃ、ありきたりだ」

ハル先輩が言うと、それまで黙っていた桃花が発言した。

「ウニって美味しいけど、なんかちょっと味、独特だと思う」

「それは、添加物のせいもあるな」森先生が唇を少し曲げた。「ウニは生殖巣の部分を食するが、殻から出すとすぐに形が崩れてとけてしまう。よって、形を保つためにミョウバン水につけるのが一般的だ。このミョウバンが薬臭いんだな。形を保つのみならず、保存料としてアルコールとともに添加している缶詰もある。すると、どうしても味がつく。敏感な人は嫌がる」

涼先輩が軽く右手を上げた。「加えなくても製造できますか？」

「できなくもないが、ここでは作ったことがないな」

「有人くんは、なにか意見はない？」

ずっと黙っていたら、涼先輩に発言を求められ、有人の心拍数が跳ね上がった。

「え、あの」冴えたアイディアは――湧かない。「その」

「言いたいことがあるなら言えよ。ほら」

誠からせっつかれ、ますます有人は困ってしまう。

「やっぱ、生が最高ってことだよ」

実習の趣旨を全否定する誠の言葉が、その日の授業の締めとなってしまった。

放課後、誠の自転車の後ろに乗せられ、さらわれるように彼の自宅に行った。彼の自宅は、港のすぐそばだった。港への道は途中まで緩い下り坂が続き、いよいよ間近というところでぐっと落ち込むような急勾配になる。しかもカーブしている。なのに誠はスピードを落とさない。むしろ「イエーイ！」「ヒュー」などと奇声を上げ、ペダルを踏み込むのだった。風の音なのかスピードの音なのか、とにかく空気を切る音が凄まじくて、有人は生きた心地がしなかった。

自転車をすっ飛ばしたせいか、誠の自宅、斎藤家に到着するまで、十分もかからなかった。二階建ての斎藤家は、間口があまり広くなく小ぢんまりとした印象であるものの、道路を挟んですぐ漁港という、漁師にとって抜群の立地にあった。誠は係留されている漁船の一つを指して、「あれ、親父の船」と言った。並ぶ船の中でも、大きめの一艘だった。

「九・七トンある。冬場はあれで船団作ってタラとか獲るんだ。ウニ獲る磯舟は別」

「そうなんだ」

「一人で獲るからな、ウニは」誠は玄関フードの戸に続いて、ドアも勢いよく開けた。

「たっだいまー。有人連れてきた」

小声で「お邪魔します」と言いながら、誠について中へ入ると、沓脱からすぐの茶の間はドアが開け放たれており、中が丸見えだった。日焼けをした中年男性の顔がこちらを向いた。精悍な顔つきは誠にそっくりだ。

「有人。これが俺の親父。この島一の漁師で、照羽尻高校の先輩」

なんとなく中卒ですぐ漁師になったのだろうという先入観があったので、高校の先輩というのは意外であった。

「またおまえは、この島一とか適当なこと言いやがって。他の漁師に失礼だべ」

誠の父はシャツにステテコというラフすぎるスタイルで、座布団の上で片膝を立て、鮭とばを齧っていた。体格は誠より一回り小柄だが、全身にがっちりと筋肉がついている。

「あんたが川嶋先生んとこの有人か。先生には世話になってる。よろしく言っといてくれや」

島内で叔父リスペクトは挨拶言葉みたいなものなのだ。それだけ慕われている叔父を誇らしく思うのと並行して、有人は『その叔父の甥』である自分自身への評価が気になってくる。東京にいたころの比較対象は兄だったが、島ではまさか、叔父に比べてあの甥は、となっているのか。

しかし、誠の父は思いがけなくも破顔したのだった。

「有人。ありがとうな。おまえが来たって誠がえらい喜んでるんだわ」

「親父、余計なこと言うな」

「なんも余計なことでねえべ。おまえ毎日言ってるべ。やっと同じクラスに男友達ができたーって。ええ？」

突っ立ってないで座れ座れと座布団を渡され、有人はちんまりと正座する。木製の丸い座卓を中央に配した茶の間はいささか狭く、テレビやサイドボードなどの一般的な家具家電のほか、ラジオ、ファックス付き電話機、新聞紙、書類といったものが床の上に転がっている。雑然としていて、お世辞にも片づけられているとは言えない。しかし、港に向いた窓からは、先刻教えられた誠の父の船がよく見えた。それがこの漁師の心意気を物語っているように感じられた。

隣の台所から、鼻歌が聞こえた。聞いたことがあるようなないような歌だ。夜明けの来ない夜は無いとかなんとか繰り返すのを、誠の父はふんと笑った。

壁には額に入った表彰状が幾つもあった。人命救助の表彰だ。

「海難事故があったら、船持ってる人間が助けるのは当たり前だべ。他の漁師の家にだっていくらもある。俺らは救命講習も受けてんだ」表彰状を見つめる有人に誠の父がこともなげに言い、台所に声をかけた。「母ちゃん。下手な歌、歌ってねえで、有人になんか出してやれや」

明るい声が返ってきたのとほぼ同時に、オペラ歌手を思わせる、恰幅(かっぷく)の良い女性が現れた。漁師の夫よりも大きい。誠の体格は、どうやら母親似のようだ。

「有人くん、よく来てくれたわね。おばちゃん、嬉しい」

誠の母は、コップに入った炭酸飲料と菓子を盛った器、それから洗って水を切ったサクランボをザルごと座卓に置き、それぞれにおしぼりもくれた。

「すっげ！　サクランボなんていつぶりだよ」

「そりゃあ、有人くんが来るんだもん。買っとくわよ。さあ、食べて食べて。有人くん細っこいからいっぱい食べて」

「親父、有人にやるウニは？」

「ちゃんととってある。さっき母ちゃんがさばいたばっかりだ」

あれも食え、これも食べろ。有人は今まで友人の家に行ってこれほどの歓待を受けたことがなかった。そもそも東京では、友人の家に遊びに行くこと自体、ほとんどなかった。小学校低学年のころにあったかもしれないが、それきりだった。

この島は一つの家族みたいなものだと叔父が言っていたのを、思い出した。有人は勧められるがまま炭酸飲料を飲み、菓子を食べ、合間にサクランボを口にした。自分しかいない部屋と、風の音と海鳥の鳴き声しかしない断崖(だんがい)絶壁の光景を、救いを求めるように思い起こしながらも、斎藤家に歓迎されている事実は消したくなかった。おせっかいで距離が近すぎて面倒くさい。一人になったらどっと疲れるだろう。でも、自分が受け入れられていることは嬉しかった。

「ウニも食ってけよ。一口、一口でいいから」

調子づいた誠が台所に駆け込み、すぐさまスプーンを手に戻ってくる。スプーンには鮮やかなみかん色のウニがすくわれていた。

「醤油とかいらねーから」

差し出されて拒めるわけもなく、子どものように口に入れられる。

「どうよ。なあ、どうよ？」

「……美味しい」

自然に出た言葉だった。誠の父が獲ったウニは、濃厚なうま味の塊だった。同じウニでも、東京で食べるものとはまるで違う。セントバーナードとチワワみたいに。

「だろ？　ほらな！」

誠はスプーンを手にガッツポーズした。

「ミョウバン使ってないの」誠の母が言った。「塩水に漬けるんでも、形は崩れないのよ。ミョウバンほどは持たないから産地だけの味ね」

有人は、たぷたぷの塩水に浸けられた生ウニがたっぷり入ったタッパーを持たされ、斎藤家を辞した。誠が帰りも自転車の後ろに乗せて送ってくれた。港を過ぎてすぐの急勾配も、彼はものともせず立ち漕ぎで乗り切った。

電動アシスト付きとはいえ、自分にはできないだろう。誠がペダルを踏み込むごとに、彼はもう数えきれないほどこの坂を自転車で上ったのだろうなと思った。

その日、有人は診療所の片づけを手早く済ませて家に戻った。そして、叔父が帰って来るころを見計らって、ウニをテーブルに並べた。大根でつまを作ることもせず、ただタッパーから出して適当な皿に盛り付けただけだが、量が量だけに壮観であった。ふと、ウニ丼にしたら美味しいかもしれないと思い、叔父と自分のご飯を丼によそい、その上に手で不器用にちぎったのりを散らしてみた。そして、ウニの皿にスプーンを添えた。好きなだけ丼の上に載せ、さらにウニだけを味わいたければそのまま刺身で食べられるように小皿も置く。

——積極的にお手伝いをしてあげてください。

柏木の言葉に屈したわけではないが、今日の有人はなにかしたい気分だった。インスタント物などを入れている棚を覗くと、お湯を注ぐだけでできるタイプの味噌汁があったので、それを二つ取り出し、ガスコンロで湯を沸かした。

「お、やっておいてくれたのか」叔父の弾む声がした。「すごいな、斎藤さん。今日も豊漁だったのかな」

有人はお椀（わん）にインスタント味噌汁を入れて、熱い湯を注いだ。

「……叔父さん、ウニ丼と味噌汁だけでいい？」

そのまま手を洗って座ってほしい、今日くらいは。栄養的にはいただけないかもしれないけれど——有人の気持ちを、叔父は正しく受け取ってくれた。

「有人。用意、ありがとうな」

生ウニを箸でつまんで、醤油をつけずにそのまま口に入れる。潮の香りが濃く、しっかりと形があるのに、舌の上ではとろりととけて、美味しさが広がる。語彙力のないグルメレポーターが、なにを食べても馬鹿の一つ覚えのように「甘い」と言うのを目にするたび、有人は興醒めしていたが、もらった新鮮なウニは、本当にどこか甘みがあるのだった。

——やっぱ、生が最高ってことだよ。

誠は正しいと思った。この島の生ウニの味をもし知っていたら、缶詰や瓶詰はもちろん、折のウニだってまったくの別物だ。そして誠はこの新鮮な味を知っている。間違いなく涼先輩も。

あの二人しか主に発言しないディスカッションが上手く進まないのは、道理だったのだ。

「どうした、有人」

有人は考え込んでいた。はっと我に返り、なんでもないとばかりにウニ丼を口に掻っ込む。

美味しい。でも、これを缶詰にしなくてはいけない。この味は諦めたうえで、どうにかしなければならないのだ。

＊

次に行われた水産実習のディスカッションで、有人は思い切って口を開いた。

「誠んちからもらったウニ食べて思ったんだけど……」

生ウニの味には絶対勝てない。だったら、加工を逆手に取るのはどうかと提案したのだった。

「獲れたて生ウニの味は絶対に無理だ。でも生ウニの形状に近いものを出したら、逆に期待させてしまう可能性がある。だとしたら、いっそうんと加工して、最初からペーストにするとかだと、形は無くなってもいいから、ミョウバンは使わずに行けるかもしれない。使うとしても、最低限で済むかなって……」

有人は東京で食べたウニのクリームパスタの話をした。手汗が滲む。

「これは、パスタにあえるウニクリームソースだって、もう用途をこっちで決めてしまえば……そうしたら、口にする人は生ウニの味を絶対期待しないし、こういう調理に使うってわかってたら、買う人も買いやすいし、調理のときに好みで味付けするだろうし、もちろんこっちでも買った人がアレンジできる程度でベースの味を付けると、アルコールとかの味も紛れるし……とにかく添加物を極力少なくできる」

どういうふうに話すか、前夜から頭の中でシミュレーションしたはずなのに、全然上手くいかなかった。有人は何度もつっかえ、声を上ずらせ、言葉を途切れさせた。

「ベースの味は……こないだ涼先輩のお母さんからもらったタコの煮つけが、なんかヒントになるかなって……普通に東京で食べてたのと違う味がして。深みがあったというか。魚醬っていうのを使っているんじゃないかって、叔父に聞いた。その……タラを使った魚醬を隠し味にしているんだろうって。漁協で作ってるんだよね、タラ魚醬。それ、こっちの味付けに使えないかな」

途切れ途切れの言葉なのに、他の四人は茶々の一つも入れず、ずっと真剣に有人の話を頷きながら聞いた。

「だから……ウニのクリームパスタソースって限定するのはどうかなって」

少しの沈黙ののち、誠が言った。

「ウニのクリームパスタ？　なんだそれ。美味いのか？」

「美味しいよ」桃花だった。「私も札幌で食べたことある。好き」

「マジ？　桃花が言うならいいんじゃね？」

「僕は食べたことないけど、ペーストにするのはいいと思う」ハル先輩が淡々とメリットを指摘した。「ミョウバンの点はもちろん、最初から崩れていてもいいなら原価を安く抑えられる」

「え、有人くんの意見、普通に良くない？」涼先輩も賛同してくれた。「ウニのクリームパスタとか、めっちゃおしゃれじゃない？　これで行こう？　めっちゃ行けそう！」

誠、ハル先輩、桃花はためらわず頷いた。

「良かった、やっと方針が決まったね。有人くん、すごい」

涼先輩が胸の前で可愛らしく拍手する。誠も「やるじゃんか」と親指をぐっと立てる。

「パッケージのデザインはどうするの？」

ハル先輩が一歩立ち止まれば、涼先輩が桃花の手を取り「私たち二人がめっちゃ可愛いの考える！　男子はキャッチコピーみたいなの考えて」と、三歩先に進む。

注がれている視線に気づいて、有人はそちらに顔を向けた。

教室にいた校長と森先生が、そろって恵比須（えびす）のような笑顔で有人らを見守っていた。

「有人、すげーなおまえ」隣の誠が肩を叩いた。「おまえじゃなきゃ出ない意見だぜ。俺もそれ食ってみてー」

おまえじゃなきゃ。

誠の言葉は小さな火花を有人に飛ばした。飛んできたそれは有人の心に届いて、ささやかではあるが、確かな熱を与えた。

熱。熱があれば、なにかが芽を吹く。もう寒々しいだけじゃない。

今までとは違う。変わるかもしれない。そんな予感に、有人の胸は高鳴った。

漁協へ行ってウニを安く譲ってもらい、高校の水産加工施設で殻をむく。殻むきは誠の独壇場だった。ただ、二つ三つつまみ食いをして、涼先輩に怒られていた。

調理の工程では涼先輩と桃花が主に活躍したが、味付けはみんなの意見を取り入れた。

「はい、これでどうかな？」

試作第一号のソースに、涼先輩は自信ありげだった。スプーン一杯ずつ五人で味を確認し、頷きあったが、試しにアルコールとミョウバンを入れると、リトマス紙のように味は変わった。誠は顔をしかめて舌を出し、桃花は対照的に表情を無くし、ハル先輩は水道水をがぶ飲みした。森先生は爆笑した。

今までの照羽尻高校生は作ったことがない無添加の缶詰を、五人は目指した。森先生は反対しなかった。

材料の分量を逐一メモしながら、調整を繰り返しては味見し、意見を言い合う。自然と放課後も居残るようになった。診療所の片づけができないことを叔父に電話で伝えたら、むしろ嬉しそうに「いいぞ、思う存分作業してこい」と返された。

漁協はしばしば「売り物にならねえやつだから」と、ウニをおまけしてくれた。森先生は研究材料だと、全国から無添加を謳ったウニの缶詰を、何種類も取り寄せてくれた。

「これくらい塩気があったほうが保存にはいいかな。殺菌と脱気の工程があるとはいえ、ミョウバンとアルコールは使っていないんだし」

割烹着が絶望的に似合っていないハル先輩が、二十何度目かの試作でやっとそう言った。

「あんまり味を濃くすると、取り返しがつかなくならない？」

「でもこのあとパスタに絡めることを考えると、こころもち濃いめのほうがいい。レトルト食品や出来合いのものは、家庭での料理より味は濃く仕上がっている」

「そっか。ねえ桃花ちゃん、パッケージに『お好みに合わせて牛乳やコーヒークリームなどで伸ばしてください』とか入れようか」

「うん。ただ、まだちょっとコクが足りない……気がする」

「桃花がコクが足りないって言ってるぞ」

「じゃあ、もう少し魚醤を足してみよう。そのぶん、お塩を気持ち減らそう」

とろりと黄色いクリームソースが載ったスプーンが、有人の鼻先に来た。

「有人、食ってみろよ」

誠がくいくいとスプーンを動かす。有人はそのまま口は開けず、スプーンを受け取って自分で口に入れた。

「どうよ。東京の味か？」

有人は懸命に記憶を辿り、言葉にする。「食べたのとは違う……こっちのほうがウニの風味がする。ただ東京のは、なんていうか、パンチがあったというか……もっと微妙にピリッと」

「微妙にピリッと？　ピリッとって微妙じゃねーじゃん。唐辛子か？」

「胡椒は入れてるよね」

誠の横で桃花が言った。「粒胡椒かな……カルボナーラとか、クリーム系には仕上げに振ってるところ、多い」

「仕上げかあ」涼先輩が迷いを見せた。「今、この工程の中で入れちゃっていいかなあ？」

ハル先輩が一番冷静だった。

「いずれにせよ、ここからまた味は変わるよね。殺菌処理で加熱するから」

「うおー、それがあったかよ」

誠が天を仰いだ。試行錯誤は続いた。

森先生の指導のもと、白い衛生帽とポリエステル地の作業着を着こんだ有人たちは、地道に作業を進めていった。一度に多数できないので、放課後の作業は続いた。殺菌、検品を終え、涼先輩と桃花がデザインした、明るい色合いのパスタが描かれたラベルを貼り終えるころには、七月に入っていた。定期試験も間近に迫っている中、五人は試食分も含めて百三十個の缶詰を作り終えた。

作業小屋の外はとうに日が暮れていた。窓ガラスの外の闇を見て、有人はまるでランタンの中にいるようだと思った。

「手作りって感じするね」

パッケージの照羽尻高等学校の校章をつついて、涼先輩が笑った。当たり前に並んでいる企業製品とくらべたら、見劣りするのは否めない。でも、有人は百三十個の缶詰を売ってしまうのが不思議ともったいなく思えた。

ハル先輩がスマホを取り出し、完成して積み上げられた缶詰を写真に撮った。すると涼先輩と桃花、誠も続いた。

「ちょっと待って、撮ってあげるよ」

「じゃあ次は俺が桃花と涼ちゃん撮ってやる」

「有人くんも撮ろう?」涼先輩の誘い方はとても自然だった。「貸して、誠くんと並んでみて」

有人はおずおずと自分のスマホをカメラモードにして渡した。

「俺たちみんなで写りてーな」

誠は最後まで付き合った森先生を見た。森先生は「先生は入れてくれないのか?」とわざとらしい渋面を作ってから、笑顔で五台のスマホを引き受けてくれた。五人で一塊になる。有人の右隣は涼先輩だ。左からは誠が「もっと詰めろよ」と力任せに押してくる。

涼先輩と肩が触れ合う。柔らかかった。なんとなく、春の花のようないい匂いがした。実習中はもちろん、普段でも先輩は香水なんてつけていないのに。水産加工施設の中なのに。

最後は先生も入った六人で、できる限り腕を伸ばして自撮りした。

＊

パスタ用ウニクリームソースの缶詰は、試食してくれた田宮や漁協の人々にも好意的に受け止められた。

「なんだかハイカラだな」

「ウニっつったらよ、こっちじゃ丸まんまぺろっといくのが当たり前だもんな」

「今年の五人はやるなあ」

最初にパスタソースにしたらどうかとアイディアを出したのは有人だということも、いつの間にか島民に知られていた。

「有人おまえ、大したもんだなあ」

思いがけないほど、有人は島民らに褒められた。

引きこもっていた長い日々はもちろん、それ以前も、ここまで自分を認められたことはなかった。有人の前にはいつも和人が立ちはだかり、その陰から出られなかった。

学校や漁協に関係のない島民も、有人たちを見かければ呼び止め、缶詰の一件を持ち出しては目を細めた。彼らの表情は運動会で一等賞をとった孫に対するようだった。なぜいろんな人に知られているのかは、もう疑問に思わなかった。この島でのあれこれは、SNSで爆発的に拡散される情報より速く島民に届く。

こんな離島の、五人しかいない水産実習で、たまたま出した意見なのに。水産実習なんて、興味の欠片（かけら）もなかったのに。

それでも、有人はかけられた言葉をすべて覚えて、何度も何度も頭の中で反芻（はんすう）した。

反芻するたびに、心の隅っこに宿った熱はちょっとずつ育っていく。

嬉しい。

有人は自分の気持ちを受け入れ、さらにもう一つ気づきを得た。

パスタ用のウニクリームソースという意見は、この離島だから認められたのだ。新鮮な生ウニをもっとも美味しく食べられる島であるがゆえに、わざわざ手を加えたものを出す店がなかった。だから、有人が真っ先に思いつけた。

この島にいるからこそ、自分は認められた。

そう思うと、奈落の底でしかなかった照羽尻島も、少し変わったように感じられた。

みんなで撮りあった写真を眺める。涼先輩と二人のものも何枚かあった。有人はそれらにお気に入りマークをつけた。みんなで撮った一枚も隣は涼先輩だった。有人は自分と涼先輩の部分だけトリミングしたものを、別に保存した。

それから、ずらりと並ぶアプリのアイコンを見て、未クリアの脱出ゲームをしばらくプレイしていないことに気づいた。

タップはしなかった。

＊

缶詰作りの水産実習が終わり、数日経った日の夕刻。

有人は叔父と食卓を共にしながら、初めてその思いを口に出した。

「……前にさ、叔父さん訊いたじゃん。良かったか？　ここに来てって」

叔父は箸を止めた。「訊いたな」

「それさ」味噌汁の椀をテーブルに置く。「もしかしたら……」

良かったかも。

すんでのところで気恥ずかしくなり、言葉を変えた。

「それよりあのさ。僕も自転車が欲しいんだ」

「自転車？」

「……一台あると移動に便利だし、誠の後ろは怖いから」

「わかった。注文してやるよ」

叔父は片目をつぶり、ご飯を一口食べた。その叔父の表情で、最初に言いたかったことは伝わっているのだとわかった。

二人で一緒に「ごちそうさまでした」と手を合わせた後、叔父は新たな問いを投げてよこした。

「これからここでどうしたいかは、考えているか？」

有人は正直に答えた。「それはまだわかってない。全然」

「わかってないのがわかっていれば、今はいいさ」

「うん」

「そういえばおまえ」叔父は唐突に『それ』を思い出したようだ。「子どものころは医者になりたいと言っていたな」

飲み干した味噌汁の椀に目を落とす。言っていた。なりたかった。叔父は正しい。

ただし、あの日までだ。

「叔父さん。それは諦めた」

有人はちょっと笑って、「これ、僕が洗う」と呟いた。

4

『有人、そっちの生活はどうだ？　そろそろ慣れたか？』

『叔父さん、元気か？』

『島の話、聞かせてくれよ』

『たまには返事くれ』

＊

起床すると、充電しておいたスマートフォンに兄の和人からLINEメッセージが来ていた。有人は手作りの問題集の上にあったそれを読み流し、レスポンスをせずに身支度を整え、涼先輩と写った写真を眺めてから、顔を洗いに一階に下りた。

「叔父さん、おはよう」

挨拶を投げかけると、洗面所の鏡を覗き込むようにしていた叔父は、姿勢を正した。

「おはよう、有人」

「目にゴミでも入ったの？」

「いや、なんでもない。どうだ？　問題集の進捗具合は」

「まあまあかな」

先日有人は照羽尻高校の校長から、後れを取っている内容についてのお手製テキストと問題集を受け取った。叔父に言わせると、インプットは必要最低限にまとめ、問題を解くことで細かな部分を補完し、応用力をつける構成になっているそうで、「教材として販売されていてもおかしくないくらいだ」と感心していた。

有人は少しずつ勉強を始めている。

入れ替わりで顔を洗いだした有人に、「聞いたぞ」と含み笑いまじりの声が降ってきた。

「木曜日、取材されるそうじゃないか。新聞社に」

つい、冷たい水で濡れたままの顔を上げると、滴がぼたぼたと床に落ちた。叔父は「拭いておけよ」と言った。

「なんで知ってるの」

訊いて、すぐに有人は愚問だったと悟る。この島では、内緒事などあり得ない。ことに、島民の健康を守る診療医の叔父は、圧倒的な人望を誇る。診療所に集う患者はおおむね元気で、噂話を持ち寄るために集まっているふしがある。叔父の耳に入るのは当然だった。

「誰から聞いたの？」

質問を変えた有人に、「野呂さんの奥さん」と一言答え、叔父は背中をさすりながら居間のほうへと行ってしまった。

涼先輩のお母さんだ。

「お父さんたちには話さないで」

居間に向かって叫び、有人は顔と、水滴の落ちた床を拭いた。

おそらくは涼先輩の家が営む野呂旅館に、取材班が宿泊の予約を入れたのだ。

照羽尻高等学校及び生徒に新聞社の取材が入ると校長から聞かされたのは、先週だった。ウニのクリームパスタソースを加工し終え、定期試験――まだ遅れを取り戻す過程にいる有人の出来は、芳しくなかったが――も終わり、あとは夏休みを待つばかりといった日のホームルームで、それは告げられた。

――道内の小規模学校を特集する企画に、うちも取り上げたいと取材依頼があった。先方は、生徒一人一人へのインタビューも希望している。なぜ照羽尻高校を選んで進学したのか、ここでの学校生活や暮らしはどうか。もちろん、答えたくないことに答える必要はない。正直にありのままでいいから、取材に協力してほしい。

取材自体は中学時代もあったが、直にコメントを求められるのは初めてとのことで、誠は「インタビューとかすっげー！」と単純に興奮していた。桃花はクールな横顔を崩さなかった。

有人の胸に最初によぎったのは、「できれば避けたい」という気持ちだった。誠は能天気に喜んでいるが、取材対象になるということは、つまり『普通』ではないのだ。特殊な学校があり、そこに通う生徒がいますよと、その実態を根掘り葉掘り調査され、暴かれるのだ。地方紙でも、今は一部の記事をデジタル化し配信する。もしも取材内容がデジタル化されたら、家族はもとより、かつて自分を白眼視したクラスメイトらの目にも、触れてしまうかもしれない。

一方で、これは自分を見つめ直すいい機会になるかもしれないとも考えた。パスタソースに関するアイディアへの評価や、みんなで缶詰を作り上げた達成感は、有人に多少の自信を与えていた。そして思った。この島に来たからこそ、自分も認められ、居場所らしきものもできたのだと。

だったら、最初は奈落(ならく)の底と思ったここも、そうそう悪くないのではないか。こうやって自分を受け入れてくれているのだし。

東京で私立の学校に通って、兄の和人のように医大に進学するのは、エリートコースだが、それだけでは取材対象にはならない。

取材されるだけの価値があるのだと、有人は思い直した。照羽尻高校の五人は、選ばれたのだ。

そして自分も少しは変わった——はずだ。

天気のいい休日や放課後、有人は叔父に買ってもらった自転車に乗り、周囲約十二キロの島を巡った。誠が持っているのと同じ、電動アシストがついている自転車だったが、それでも展望台方面への上り坂はきつかった。有人はよろよろと左右にぶれながら漕ぎ進め、途中で何度も止まって息を整えた。

なんとか突端の展望台まで辿り着くと、もう遮るものがなにもないそこは、いつだって風が強く吹いていた。

スマホのカメラで飛ぶ海鳥を撮ったりもした。海鳥目当てに島を訪れる観光客もいる。ならばあの鳥たちにも、それだけの価値があるのだと思いながら。

あれほど誰にも会いたくなくて部屋に引きこもっていたのに、港のほうの、それなりに人がいる区域にもたまに行った。有人は必ず声をかけられた。

島には慣れたか。今日はウニがいっぱい獲れたぞ。少し日に焼けたな。先生によろしく。

なにもかもが一変したあの日、中央線の電車内でも、阿佐ケ谷の駅から自宅に戻る途中でも、丈の合わない制服を着た有人に誰も話しかけてはこなかった。

本当に違うと、改めて痛感する。

おそらく多くの場合、東京での対処が普通なのだ。

自分は今、特別な場所にいる。

自分と同じ次男のくせに、学校ではやたらと兄貴面で世話を焼きたがる誠だが、自転車での島巡りには、あまり付き合わなかった。

「俺、実は仕事があっからさ」

帰り際、自転車に跨(また)りながら誠は言った。

「仕事？　バイトのこと？」

小さな離島で、なんのアルバイトをするのか。コンビニもないのにと訝(いぶか)しむ有人を気にすることもなく、誠は胸を張った。

「親父の手伝い」

「なんだ」拍子抜けだった。「お金もらってるの？　もらってないなら仕事とは言わないと思う」

「金がもらえるかどうかなんて、どうでもいいんだよ。今は」誠は自転車のブレーキを握ったり緩めたりした。「確かに金をもらえてないから、仕事とは違うのかもな。でも俺は、仕事と思ってやってる。将来漁師になりたいから、今からそういうつもりでやってる。金がもらえないのは、俺が未熟だからだ。仕事じゃないから、じゃない」

誠は自転車を飛ばして港の方面へと下っていった。

午後から夕方にかけて漁に出ることもあるのだろうか？

涼先輩と桃花が二人で校舎を出てきたので、ちょっと髪の毛の具合を手で探ってから、涼先輩に話しかけた。先輩からは、やっぱりいい匂いがする。

「あの……涼先輩」

「なにー？　有人くん」

「誠って、お父さんの船に乗って手伝ったりしてるんですか？　漁って、夕方からも出たりするんですか？」

すると涼先輩は、ころころと可愛らしい笑い声をたてた。

「船に乗って？　そんなのあのおじさんが許すわけないでしょ」

「でも、手伝ってるって」

「有人くん。漁師さんにはね、船に乗らない時間もやることがいっぱいあるんだよ」

誠くんは小さなころから頑張ってるよと涼先輩が褒めたから、有人は妙に気にかかり、叔父の診療所の片づけに行く時間まで、意味もなく島の道路を自転車で行ったり来たりした。

有人も診療所の片づけという手伝いをしている。ラックに収まっていない雑誌や本を整えたり、観葉植物の葉を拭いたりだ。居候の身分なので、生活費を労働という形で補っているわけだが、当然お金はもらっていないし、もらおうという発想もなかった。ましてや、あれを仕事と呼ぶなど、完全に頭の外だった。

誠だって、船に乗らないでできる手伝いなら、さして変わりないのでは。小中学生が風呂の掃除をしたり、窓ガラスを磨いたりするのと、どう違うというのか。

──金がもらえないのは、俺が未熟だからだ。

有人の頭の中で、誠の言葉が繰り返されて消えない。おそらく、仕事についての言葉だからだ。

あの日の前までは、自分にも就きたい職業があったことを、有人はどうしても思い出さずにいられない。

仕事を考えることは、大人になった己を考えることだ。

あの日までは、自分も未来のことを考えられていた。

＊

木曜日、新聞社の取材班三人が高校に来訪した。前日には島に入っていたようで、午前中の早いうちに姿を見せた。取材班は、三十代くらいの男女二人と、校長と同年代の男性カメラマンという構成だった。

三人は授業中の有人たちの教室にも入ってきた。校長が彼らと一緒だった。そのときは世界史Aの授業中だったが、歴史担当の石川先生は、取材が入るのを承知していたのか驚く様子もなく、教科書の『16世紀の西ヨーロッパ』の章に書かれたルネサンスと宗教改革について、かみ砕いた解説を語り続けた。取材班は授業の邪魔にならないように配慮しているらしく、声をたてずシャッター音もなかった。なのに誠はてきめんに彼らを意識して、トイレを我慢しているみたいに落ち着かなくなったので、有人はそっちのほうが気になった。

微かなシャッター音が聞こえたのは、彼らが廊下に出た後だった。教室後方からで、生徒の顔は絶対に見えない角度だった。

取材班は二年生の二人も加わるお昼どきに、また現れた。校長もまだ連れ立っているところを見ると、取材の最初から最後まで行動をともにするのだろう。

「インタビューとは違うけれど、今、みんなが揃っているから」校長は穏やかに切り出した。「少し話しかけてもいいかな？」

島外組の有人、桃花、ハル先輩は無言だったが、誠と涼先輩が気さくにＯＫを出した。

「俺たち全然大丈夫っす！」

「私もいいです」涼先輩は島外組にこう請け合った。「すごく優しい記者さんたちだから」

取材班は涼先輩の家、野呂旅館に宿をとっている。優しいという評価は、旅館内で既に言葉を交わしているためと思われた。

「ごめんね、ご飯食べているときに。私は北辰新聞社社会部の赤羽といいます」

口を切ったのは女性記者だった。落ち着いた柔らかな声だった。この声を聞けと主張するわけでもなく、かといって消え入りそうに乏しい声量でもない。オレンジ色の間接照明みたいだと有人は思った。

「全校生徒でお昼食べるの、いいね。みんな、仲いいんだね」

有人は他の四人の反応を窺った。仲がいいという言葉に嬉しげな表情になったのは誠と涼先輩で、桃花は涼先輩に視線を送り、ハル先輩は我関せずとばかりにエビフライをぱくりとやった。

「インタビュー、五時間目と六時間目にお願いするの。授業中に申し訳ないけれど、なるべく手早く進行するから許してね」

その時間は、体育の授業だった。照羽尻学と水産実習の他にも、体育は生徒数の関係で二学年まとめて行われる。インタビューに五、六時間目の授業時間が割かれることは、朝のホームルームで聞いていた。

「堅苦しくならないでね。私たちもみんなとお喋りできるのが楽しみなの。まずはね、五人全員にいくつか同じ質問をしたいから、私たちが体育館に行きます。その後、個別に少し時間をもらえるかな。一人一人に校長室でインタビューさせて」

赤羽は校長と同じことを言った。答えたくないことは、答えなくてもいいと。

「じゃあ、体育の時間にまたね」

取材班と校長は教室を出ていった。

「お昼ご飯、あの人たち『ブラックバード』で食べるよ」いったん校舎から出て、貸し自転車に乗って消えていく三人を見送りつつ、涼先輩が言い切った。「ここら辺でランチ食べられるお店訊かれたから、私がそう答えたの。日替わりランチか、海鮮ラーメンがおすすめだって」

『ブラックバード』に有人はまだ入ったことはないが、店自体は自転車での島巡りで何度も見ている。島を周回する道路沿いにぽつんとある、レストランと表現するにはあまりにささやかな、平屋の一軒家を改造したような造りの店だ。申し訳程度に出ている屋外用の電飾スタンド看板——薄型の箱みたいな看板部分の中に蛍光灯が仕込まれていて、スイッチを入れると内側から光るやつだ——は、なんとなく場末の飲み屋を思わせた。実際夜になると酒を出すらしく、看板に印刷された『ブラックバード』の屋号の上には、『お食事処&スナック』とあるのだった。

東京なら、おそらくやっていけないだろうその店も、島内ではそれなりに客足があり、観光案内のパンフレットにもしっかり載っている。

しかし、海鮮ラーメンが美味しくても、ウニクリームパスタの存在を店が島民に知らしめることはなかった。素材そのものが良すぎると、その先に進まないこともある。必然現状に留まり、取り残されていく。

東京や札幌との差が生まれる。

札幌に本社を構える新聞社から来島している三人が、この島にどんな印象を持ったか、有人にはわかった。続いて、だからといって軽んじられたくないと思った。

島外の人に島を馬鹿にされたら、せっかく味わった充足感も、島民からの肯定も、無に帰してしまう。なぜならそれらはすべて島で得たものだからだ。

＊

　昼休みが終わり、誠とハル先輩と三人で体育館に行った。トイレでジャージに着替えた涼先輩と桃花は既におり、二人でバレーボールをトスし合っている。

　バレーボールを見ると、道下のことがどうしても思い出される。有人は目を背けた。涼先輩が「さすがに桃花ちゃん、上手いね！」と言った。「フォームとか本当にきれい」

　パンフレットの写真にもあったが、体育館の床は一部たわんでいる。板と板の合わせ目が盛り上がって山脈みたいになっていたり、逆にへこんでいたりする。冬の寒さと建物の老朽化が作り出したうねりだと、最初の体育の授業の際に誠から聞いた。

　校長と体育教師、取材班もほどなく姿を現し、さっそくインタビュー開始となった。生徒五人は体育館の隅に、めいめい好きなように座った。有人はステージに向かって右端に、その隣が誠、中央に涼先輩、涼先輩の隣が桃花、左端がハル先輩となった。赤羽は五人と向き合い、床に膝と爪先をつけて、踵に尻を乗せるという姿勢をとった。

「レコーダー回すけれど、いいかな？」

　駄目だと言う生徒はいなかった。

「お昼にも話したけれど、ここではみんなに同じ質問をしますね。じゃあまずは、学校生活について。どう？　楽しい？　普通の学校より人数が少ないけれど、だからいいとか、不便だとか、感じることはあるかな？」

赤羽がハル先輩に視線を合わせた。左端から順番にという考えのようだ。ハル先輩は「三十人いた中学のクラスに比べたら、かなり違うけれど、それは違いであって、いい悪いの問題だとは思っていません」と、憎たらしくなるほど優等生的な回答をした。桃花も「……私は少人数のほうが合っているみたい」と肯定的な一言で終わった。

逆にデメリットを口にしたのは、島出身の涼先輩と誠だった。

「人数が少ないと、一部の球技やブラスバンドなどはどうしてもできないので、そういうところは不便かもしれません」

「やれるスポーツはマジで限られる。俺、バスケとかすげー才能ある気がするんだけど、やれない。どんなにやりたくても」

「なるほどね。じゃあ、川嶋くんは？」

赤羽は有人の名前と顔を一致させていた。そのことに有人は身構えた。やはり東京から来ている自分が一番注目されているのではと。

「僕は」有人は赤羽が膝を打つようなコメントを目指した。「中学のときに不登校になって、この学校に来ました」

その場にいる全員の目が有人に注がれた。

「ここは確かに東京とか普通の学校とは違います。でもそれは、言い換えれば特別だってことです。いいことも不便なこともあるけど、そういうのは全部ここでしかできない特別な、価値ある体験だと思っています」

言い切ると、赤羽が「すごくしっかりしているね」とにっこりした。誠は「おまえ口うまいなあ」と茶々を入れた。気を良くした有人は、言葉を足した。

「ここに来なかったら、僕は今でも東京で引きこもっていた。水産実習は大きな転機でしたが、そんな授業は普通の学校にはない。島に来た選択は正しかったです。勉強は東京のようにはいかないかもしれないけれど、人生にはそれ以上に大事なことがあるはずなので」

有人はいつになく饒舌になっていた。

ひときわ熱い視線を感じてそちらを見やると、校長が感極まったような顔で、何度も有人に頷きかけていた。その反応に、なぜか有人は抱えた膝に目を落としてしまう。照れ臭さもあったが、それだけではなかった。

赤羽の質問は、いくつか続いた。照羽尻高校に進学を決めた理由、家族の反応、これからの高校生活でなにをしたいか。ありきたりではあったが、つど「ここで答えづらかったら、個別インタビューのときにでもいいよ」と逃げ道をくれた。逃げ道を多く使ったのは桃花だった。彼女は進学を決めた理由のところで、しばらく黙った。その沈黙は、やはり自分と同じく『訳あり』なのだと有人に思わせるに十分だった。同じ質問で有人は、『訳あり』の詳細には触れずに、「叔父が勧めてくれたから」と答えた。当たり障りなく、嘘でもない。赤羽も突っ込んでは来なかった。暗い事情を抱えていない島外組などいない、そう思っていたら、ハル先輩が自ら調べて積極的に照羽尻高校を選んだと答えたので、驚いた。赤羽は、後の個別インタビューで詳細を聞きたいと言い、先輩も同意した。そのやりとりを、涼先輩が嬉しそうに聞いていたのにも、もやもやした。

「では、みんな同時の質問は次ので最後にしますね。個別のときにも詳しく聞くので、簡単でいいですから」

赤羽はそう前置きして、ラストクエスチョンを提示した。

「ここを卒業したら、進学するか、就職するか、道は分かれると思うけれど、もしも進学で島の外に出たとしても、いつかは戻って来て島で暮らしたいかな？　どうかな」

質問を聞いて、有人は内心ひどく動揺した。考えることをとうにやめた未来について訊かれたためだ。だが、生徒に進路を尋ねるのはごく当たり前だと、思い直すこともできた。

ただ、赤羽の問いに深い意味はない。

ただ、ちょっとした引っ掛かりも覚えた。

島に戻って暮らしたい？　大人になっても島で暮らすとは？　ここで働いてここで好きな人と結婚して、子どもをつくって……ということか？　そこまで考えている生徒なんているのか？　好きな人がいるかはともかく。

有人は横目で涼先輩を見た。涼先輩はハル先輩を見ていた。そのハル先輩が真っ先に返答を促された。

すると、ハル先輩は初めて口ごもったのだった。あの、最初の質問に離島留学生のお手本みたいな答えをさらりと言ってのけ、東京でにっちもさっちもいかなくなってここへやって来た有人を尻目に、敢えて自分で選択して進学してきたと返した人が。

自分と同じ点が引っ掛かって、それで返答に窮しているにせよ、とりあえずは進学か就職かを答えておけば済むのではないか。先輩はなにに困っているのか、困った顔はどんなだろうかと、若干下世話な興味をかきたてられてそちらを向くと、ハル先輩は体育座りの姿勢で俯いていた。有人は怪訝に思った。困っているというよりは、悲しげだったからだ。

ハル先輩を見つめる涼先輩の目は心配そうだ。

妙な雰囲気がその場に漂った。赤羽は変わった空気をきちんと察知して、質問を切り上げた。

「今の質問については、個別インタビューに回すわね。答えても構わないっていう人は、答えてくれたら嬉しいわ」

そうして校長と取材班、個別インタビューの一人目として、ハル先輩が体育館を出ていった。涼先輩は体育館を後にする彼らの背を、黙って見送っていた。いつもの明るい愛らしさは影を潜め、ちょっとだけ唇を尖らせた横顔は、仲良しの友達に置いていかれた子どもみたいだった。

残った四人は、体育教師が出してきた卓球台で、ちまちまとピンポン玉を打ち合った。やがてハル先輩が校長と戻って来て涼先輩と入れ替わり、桃花、誠と続いて、最後が有人だった。

有人の順番がやって来たときは、もう六時間目に入っていた。

校長室まで校長と一緒に歩いた。校長は「気負わなくていいからね。体育館のときみたいで大丈夫」と繰り返し、「さっきの受け答えを聞いて、よくぞ短期間にここまで成長したと感慨深かったよ」などと言いながら目尻に皺を寄せた。

赤羽らは、校長室の一角にある応接コーナーにいた。カメラマン以外は応接ソファに座っており、有人は校長とともに向かいに座った。赤羽は改めてレコーダーを回す許可を取り、単刀直入に切り込んできた。

「川嶋くんは、東京から来たのよね。さっき聞いた話によると、不登校だった」原因を尋ねられるだろうと覚悟した有人に、赤羽は和やかに笑った。「辛かったね。でも、さっきの君の答えを聞いて思った。乗り越えたんだね。強いね」

有人の首から上が、かっと熱を持った。水産実習の一件でもそうだったが、自分を肯定してくれる言葉は麻薬のようだ。一度耳にしたらもっと欲しくなる。

「どうして引きこもったのかは訊かないね。ただ、そうしていたときって、どんなことを考えていたのかな？　家族とは話をしていた？」

有人は隠さなかった。隠さないほうが強さの証になるからだ。

「なにも考えていなかったです。家族とも、やりとりはほとんどＬＩＮＥで済ませていました。兄は……たまにドア越しに話しかけてきましたが」

「お兄さんがいるんだね。大学生？」

「……この春、医大に入学しました」

「島に来てからは連絡をしている？」

「兄とは……わりとしょっちゅうＬＩＮＥをくれるので」

　赤羽は一度大きく首肯した。それからの質問は主に、照羽尻高校進学の詳しい経緯についてだったが、合間に飛び道具も仕込んできた。

「正直、一年後れを取ったって思わない？」

「昔のクラスメイトが羨ましくなるときってあるかな」

　このような飛び道具を、有人は上手くかわした。

「後れを取ったのは間違いありませんが、ここの先生たちは僕をフォローしてくれています。すぐに追いつけると思います」

「羨ましくはありません。僕はここで、彼らにはできない経験をしているから」

　有人はいつしか薄い胸を張るように腰かけていた。

「……体育館で聞きそびれた質問をするね。ここを卒業したら、どうしたいかな。島に戻って来て暮らしたい？」

　有人は軽く顎を引いた。やはり、やや引っ掛かるが、高校生に結婚を意識させる質問はしないだろうと思い直す。単純に『進路』、ありていに言えば『将来の夢』について尋ねられているのだ。離島の高校に進学した訳あり生徒たちが未来への夢を語る。記事にまとめるには、うってつけだ――理解した有人は、きっぱりと言い切った。

「それって、広い意味で将来の夢を訊いているんですよね？　僕は、夢って子どもが見るものだと思います。プロ野球選手になりたいとか、ユーチューバーになりたいとか。僕は三ヶ月とちょっとしかまだここにいないけれど、東京ではできない経験をして少しは変わった、大人に近づいたと思っているから、今、夢っていうのはないです。将来についても具体的に決めていないけれど、ここでなら自然と自分にふさわしい道も見えてきて、自然に行きつけるんじゃないかなって思います」

赤羽の唇から、感嘆の吐息が漏れたような気がした。

「ありがとう。きちんと話してくれて、とても助かった。いい記事になりそう」

レコーダーのスイッチを切る間際、赤羽が言った。

「夏休みは久しぶりにご家族に会えるね。お兄さんとも」

それは、もっとも予期しない方向からの飛び道具だった。それで、有人は気づいた。夏休みに帰省しようなんて、一つも考えていなかった。

赤羽は無言の有人に一笑して、レコーダーをバッグにしまった。

＊

「桃花やハル先輩はもちろん、先生たちだって北海道本島に帰ってんのにな」誠が絡んだ延縄（はえなわ）を解（ほど）く手を止め、ペットボトルのお茶を飲んだ。「おまえが残るとは思わなかったわ、マジで」

「だから、言ったとおりうちは開業医だから、別にお盆とかもないし、むしろお盆休みに手術したがる人いるし……帰ってもやることないし」

「確かにうちなら、やること山ほどあるけどよ」

暑い暑いと、Tシャツの袖をまくり上げながら、誠はトイレに立った。がっちりと筋肉がついた腕は、まくってあらわになった肩まで日焼けしていた。

「誠から聞いたぞ、有人」誠がトイレに引っ込むのを待っていたかのように、誠の父から声がかかった。「おまえ、あれだってな。取材のときに大した立派なこと言ったんだってな」

「全然です。ただ普通に思ったことを」

とたん、延縄の針が指先に刺さって、有人は一瞬言葉を途切れさせた。

「大丈夫か。ほれ、ティッシュ」

「ありがとうございます。取材のあれは、普通に答えただけです」

「ふうん、そうかい」漁師の器用な指が、するすると網のもつれをなくしてゆく。「親御さんにもその口で同じこと言ってやりゃあ、大して安心さしたべな」

ほどいた網を畳んで箱に納めた誠の父は、にっと笑った。

「……おまえがなんぼ気に病んだところで、どうにもならんもんはある。天気と過去は変えられねえんだからよ」

以前、誠からも聞いた言葉が、漁師の口から出た。

「時化てるときは船を出さねえ。命にかかわるんだ。でも、凪いだら沖に出る。出なきゃおまんま食えねえからな」トイレから水を流す音が聞こえた。「取材ではお利口さんなことを言えても、親御さんには言えねえなら、有人の海はまだ荒れてんのかもしれねえな」

誠が濡れた手を振りながら戻ってくる。誠の父は黙った。有人も作業に戻った。きわどいところを突いてきながら、過去のあの日については訊いてこなかったことが、意外でもあり、救いでもあった。

夏休みになったが、有人は実家に戻らなかった。叔父には休みに入る前日の夕食時、帰る気がないことを告げた。叔父は有人の目をじっと見てから、「おまえが決めたことなら、家にちゃんと連絡を入れて、そうしたらいい」と頷いた。そういえば叔父も理由は追及しなかった。

「いいんだが、この島でなにをして過ごすつもりなんだ?」

なにも考えていなかった有人は口ごもった。叔父はご飯を少し残して茶碗を置いた。

「勉強し始めたことは知っているよ。でも、せっかく残るなら、他のこともしたらいい」

「アルバイト、とか?」

「正直、この島には高校生がやれるようなバイトは、ほぼないんだが……そうだな」

叔父は誠と話をしてみたらどうだ、と助言した。

「漁師さんのところは、海に出るだけが仕事じゃないからな」

涼先輩と同じようなことを、叔父も言った。

そんな流れで、有人は誠と一緒に平日の午後、誠の父の仕事を手伝っているのだった。作業内容は、スケソウダラを獲るために使った、延縄という仕掛けの手入れだ。無給だと聞かされたときは、不満を飲み下すのに多少の苦労をした。ただ、毎日誠の母が冷たい飲み物を差し入れに来たし、帰り際に魚などをもらえた。誠の母はいつも上機嫌で、家にお邪魔したときみたいに、たいていなにか口ずさんでいた。

有人は、港へ下る急勾配(こうばい)の手前に、斎藤家の作業小屋があることを知った。

初めての手伝いの日、作業小屋に入った有人は、少したじろいだ。六畳間が二つ繋(つな)がった小屋は、ひどく雑然としていた。古びたテレビとラジオ、座卓、タオル、ティッシュ、クーラーボックスの他、所構わずといった感じで、トロ箱というのだろうか、高さのあまりない木箱が積まれており、その中にガラスとプラスチック、二種類の浮きと石の重しがついたロープが、うねうねととぐろを巻いている。ロープにも太めと細めの二種類があった。太めのロープに細めのロープが子分のように何本も結わえられ、その細めのロープの先に、返しのある金属針がついていた。人差し指ほどの長さの針は、互いに引っ掛かり合い、もみくちゃの状態だった。

このもみくちゃの延縄を一つ一つきれいにほぐして、来年の漁で使える状態にするのだと、誠は言った。

「こういうのを陸仕事(おかしごと)っていうんだ。陸に上がってやるから」

「前に誠が言ってた仕事って、これ？」

「これだけじゃねーよ、タコ漁とかの網もあるよ。で、きちんとなってんのがこっちな」

絡まりが解かれた延縄のトロ箱を覗いて、有人は目を見開かずにはいられなかった。作業前のものは、なにがどうなっているのかわからないロープと針と浮きと重しのごった煮だったのに、こちらのトロ箱では、長いほうの縁にすべての針が一列に引っ掛けられており、いつでも船に載せられる状態なのが一目瞭然だった。針は想像以上に多く、優に百個はある。解かれたロープと網の上に、重しと浮きが載せられていた。中央に並んだガラスの浮きは、窓から入る光で薄緑の水晶玉みたいに見えた。

この状態にするまで、どれほど時間がかかるのか。想像して有人は気が遠くなった。そして実際の作業は、想像以上に根気強さが必要だった。誠の父から手順を教えられ、そのとおりにやるものの、延縄は長く大きく、絡まりの元を辿ってロープを追ううちに迷子になる。縄に括りつけられた針はたびたび有人の手に食い込み、思わぬところから皮膚を切った。流れる血をティッシュで押さえながら、有人はようやく誠の手に傷が絶えない理由を知った。

お金をもらっていないなら仕事じゃない、という主旨の言に返された、誠の言葉を思い出す。

——金がもらえないのは、俺が未熟だからだ。

誠の父はもちろん、誠も、当たり前だが有人よりはるかに手際が良かった。お金がもらえないことを知ったときに覚えた不満は、いつしか消えていた。誠の父は、有人などいなくても問題ない。お金の代わりに居場所を与えてくれているのだ。

作業小屋にはエアコンがなかった。北海道の離島といえど、夏の晴れた日はやはり暑い。こもった熱気を逃がすために、小屋のドアから窓から全部開け放して作業をした。すると、風は必ず海のほうを向いた窓から入ってくるのだった。海の上を滑りぬけてくる風は、ほのかな涼しさと潮の香りを含んでいた。

誠は「休み中、沖でも手伝わせてほしい」と毎日せがんだ。有人をだしにしようともした。

「有人も船に乗ってみたいよな？　なあ？」

「いや、僕は絶対酔うから無理」

「酔い止め飲めよ。一番効くやつ教えるからよ」

誠は粘ったが、誠の父は厳しかった。

「船の上で働けねえ子どもは乗せられん」

「子どもじゃねーし」

「有人と一緒なら乗せてもらえるとでも思ったか？　はんかくさい。だから子どもだっつってんだ。ほれ、手を動かせ」

「……有人にも親父をかっけーって思ってほしいんだよ」

誠の父は、ふんと鼻で笑った。「どこの誰にかっこいい悪い思われても、俺は漁師やるだけだ」

むくれる誠をよそに、有人は漁船に乗らずに済むと、内心安堵の息をついた。漁船なら、北海道本島とを繋ぐフェリーや高速船などより、よほど揺れるだろう。人前で吐くのはごめんだ。あの日の体育館みたいじゃないか。

でも、船で酔うことが嫌だから帰らないのではない。

有人は規則正しい生活を心がけた。午前中は遅れを取り戻すための勉強をし、診療所の待合室の整理整頓もサボらずやった。夜も独習をした。そして、スマホの中で笑う涼先輩を見つめたり、空いた時間があれば、自転車を漕いで野呂旅館のそばまで行ったり、長期休暇ですっかり人気が無くなった学校や教員住宅付近をうろうろしたり、港とは反対側の、太古から時が止まったままのような島の端に足を延ばしたりした。崖の岩肌と、日差しを照り返す海と、その輝きの上を飛び交う海鳥を目で追いながら、自分はどうして島に残ったのか、根幹の部分を考えた。

――特別な、価値ある体験だと思っています。

――島に来た選択は正しかったです。

インタビューで確かにそう言った。嘘をついたつもりもない。この島で僕は認められた。あの体験は実際の出来事だ。

けれども、東京には帰れない。

もしも東京で普通の高校二年生、ましてや医大に通う兄を見てしまったら、同じ言葉も口の中で凍りついて、出てこなくなる気がした。

なぜそんな気がするのかは、わかるようでもあり、わからないようでもあったが、その先はもう、考えたくなかった。

首根っこを摑んで「帰らない理由を話せ」と迫らなかった叔父と誠の父は、有人が目を逸らすその先までお見通しなのだろう。

和人からは何度かLINEが届いた。帰省しない理由を尋ねてきたのは最初だけだった。以降は、家族の近況を伝え、有人、叔父の健康や暮らしぶりを気にかける内容に変わった。大学生活の話題もなかった。

『だから、たまには返事くれって』

何度目かの催促に、有人は夏休みの終わりまでには周りに追いつくべく勉強に励んでいる、叔父の診療所の片づけも続けている旨の返事をし、ついでに展望台でたまたま上手く撮れた海鳥の写真も送った。そして、和人には彼女はいるのかなどと思った。

もし自分と涼先輩が付き合うことになったら——手前勝手な夢想に、有人は一人顔を赤らめた。でも、可能性はゼロではない。ウトウと激突したあの日、額を出した有人を見て「かっこいい」と言ったのを忘れていない。あれ以来、髪の毛は短く切るようにしている。

＊

夏休みも終わりに近づき、桃花とハル先輩も寮に戻ってきた。こういう情報は、望むと望まざるとにかかわらず、島民から教えられる。

有人はようやく一つの延縄を再度使える状態に復元した。誠と誠の父が、一日もかからずにやってのけることだ。相変わらず針は両手に刺さりまくり、いつもどこかがじくじく痛み、作業も遅くなるという悪循環だった。

「最初は俺もそんなもんだったぜ」

「誠も傷あるけど、痛くないの？」

「慣れてるし。てか、こんなに引っ掛けてるうちは駄目なんだよ」

親父なんか、全然無傷だもんなと誠が声をかけるも、誠の父はにやりとしただけだった。

その日、作業小屋を涼先輩が訪れた。手にはコンビニのビニール袋を持っていた。有人は涼先輩と初めて会ったときのことを思い出した。フェリーの中でも彼女は、コンビニの袋を持っていたのだった。

「元気？　差し入れだよ。お土産」

夏休みで旅館も書き入れどきではあったが、それまでの手伝いをねぎらう意味合いで、親戚（しんせき）がいる旭川に遊びに行くのを許されたのだという。

「それでね、これを北海道本島で買ったの」

袋の中から取り出されたのは、薄緑、黄、赤の、三色のマカロンだった。洋菓子メーカーのブランドではない、コンビニのスイーツコーナーで当たり前に見かけるやつだ。

「うわ、涼ちゃんサンキュー！」誠がハイテンションでそれに飛びついた。「旭川に行ったって聞いたときから、期待してた」

「おじさんも食べてくださいね。ちょうど三つあるし」涼先輩は誠の父から有人にくりくりした瞳を向けた。「有人くんも。あ、マカロン嫌い？」

戸惑い顔をしていたのだろう。慌てて首を横に振った。

「好きです」

ただ、驚いたのだ。コンビニに普通に売られているものが、お土産として珍重されている現実に。島にコンビニがないのだから実際もの珍しいのだろうが、この差異は東京との差異でもあり、また自分とかつてのクラスメイトたちとの差異なのだと、有人は改めて複雑な思いを抱いた。

とはいえ、コンビニスイーツを無邪気にお土産だとふるまう涼先輩は、相変わらず可愛いとも思った。なにより、自分に買って来てくれた。出先でも気にかけてくれていたのだ。有人は赤のマカロンを齧った。

「でね、桃花ちゃんとハルくんも帰ってきたことだし、夏休み終わる前にみんなで花火しない？」

齧っていたマカロンが喉に引っ掛かり、有人は咳き込んだ。

「大丈夫？」

「……だ、大丈夫」

あまりに青春じみた提案がなされたので、びっくりしたのだった。クラスメイトと一緒に花火など、言うまでもなく有人はしたことがない。

「お、やろうやろう。場所はいつものあそこ？」

「うん、うちの裏手の海岸」

二人はさっさと日取りを決めてしまい、明日の夜七時からということになった。

「有人くんは、五分前くらいにうちに来て。案内するから」

島をそれなりに回ったつもりだったが、花火をやる場所は知らないとみなされている。なぜだろうかと訊く前に、涼先輩は答えを言った。

「あそこ、海岸に下りる道がないんだよね」

なるほど、自転車では行けないところなのだ。有人は得心して、すべてを了承した。

診療所で花火のことを言おうとしたら、叔父の姿がなかった。看護師の桐生が、「先生は今お手洗いなの」と教えてくれた。叔父は五分ほどで出てきた。やや難しい顔をしていたが、有人と目が合うと、いつもの笑顔になった。

「そりゃあいい」叔父は花火をすると聞いて、笑みの色を濃くした。「おまえ、想像以上に勉強もしていたしな。そろそろ追いつけるめどが立ったんじゃないか？　目いっぱい楽しんでこい」

「うん」

「それはそうと、昼の新聞読んだか？」

昼の新聞とは、この島では朝刊のことだ。読んでいないので、首を横に振ると、「おまえたちの記事、明日出るみたいだぞ」と、おどけたように眉を上げた。

「今日から始まった特集の最後に、明日は照羽尻高等学校です、って予告があったからな」

花火の日、昼休みの診療所でその日の新聞を読んだ。叔父の言ったとおり、夏休み前の取材がまとめられて、記事になっていた。赤羽の名前も出ている署名記事だった。『東京からの離島留学生Aくん（一年）』とされた有人の受け答えに関しては、余計な装飾や演出もなく、話したことが正しく書かれてあった。おそらく他の生徒もそうなのだろう。

有人はその記事で、今まで知らなかった高校の歴史を知った。

北海道立照羽尻高等学校は、人口減少に伴う生徒数の激減で、存続が危ぶまれる時期があった。子どもが少ないことに加え、将来を考えて北海道本島の高校を選択する生徒がほとんどで、入学者がゼロという年が続いたのだ。そして昭和の終わりごろ、いよいよ廃校が目前に迫り、ついに一部の島民が立ち上がった。

高校がなくなれば、ますます子どもは島を出て行く。老いるばかりになれば、島は死に体となる。入学者がいないのなら自分たちがと、大人が入学したのだ。中卒で漁師となったもの、漁師を引退したもの、中高年の主婦などが高校一年生となり、学校を延命させた。

以前、誠の父も照羽尻高校の先輩だと聞いていた。高校存続のために入学した大人の一人だったのだろう。

そのうちに教育委員会も助力しだした。島内の子どもの数に限りがあるのなら、都会の学校に合わない子どものために寮を完備し、広く全国に募集をかけたらどうかとなり、現実として有人も入学したというわけだ。

限界集落化に歯止めをかけるための、高校存続及び離島留学の受け入れという事実には、ある種の期待がちらつく。

よそから高校に入学した生徒が、もしも島を気に入ってくれたら、大人になっても島で暮らす選択をしてくれるかもしれない。島で世帯を持って、新しい世代を作ってくれるかもしれない。

赤羽が「島の外に出たとしても、いつかは戻って来て島で暮らしたいかな？」と尋ねた真意が、この経緯を知ってわかった。生徒、特に留学生組は、ただの生徒としてだけではなく、『もしかしたら将来島の人口を維持し、増やしてくれるかもしれない存在』としても見られていたのだ。絶滅危惧種の海鳥みたいだと考えた矢先、その質問だけ返答に窮していたハル先輩を思い出す。

記事中に『二年生のDくん』として登場しているハル先輩が、照羽尻高校に敢えて進学した理由は、『オロロン鳥（ウミガラス）の鳴き声を聴いてみたかったから』だった。

盛大に拍子抜けし、続いて眉唾だと思った。とにかく鳥が好きらしいことは海鳥観察舎での言動や、涼先輩らの言葉でわかってはいたものの、だからといって照羽尻島まで来るとは、有人の常識を超えていた。

また、みんなの前で言いよどんだ将来の展望は、『進学して、海鳥の研究をしたいです』だった。こんなつまらないことが即答できなかったのかと、有人はすぐに読み飛ばし、他の生徒たち――記号化されていても、たった三人を特定するのはたやすかった――の将来、未来についての部分を読んだ。

『島を出る気はない。この島で、親父みたいな漁師になりたい』

『子どもが好きなので、保育士さんはどうかなって思いますが、まだはっきり決めていません』

『結婚して旅館を継ぐのかなあ。結婚できなかったらどうしよう？』

桃花が子ども好きなのは意外だった。また涼先輩が結婚という単語を出したのは、照羽尻高校存続のエピソードにも繫がる、島の高齢化、限界集落化問題を意識してだろう。有人はスマートフォンで記事の全文を写真に撮った。別に和人に送ろうと思ったわけでもないが、自分がインタビューされたという証は残しておきたかった。

問題なく文字が読めるかどうか、画像を開いてチェックする。有人は改めて自分が答えた部分に目を通した。

上手く受け答えできている。校長も褒めてくれた。でも、ざらついた違和感を覚えてしまう。

——親御さんにもその口で同じこと言ってやりゃあ、大して安心したべな。

同じことを東京で言えないのは、なぜなのか。一度は考えるのをやめたその先を考えてみる。そもそもどうしてここまで肯定的な意見を言ったんだろう？　初めて目にしたときに奈落の底だと絶望した港の風景は、今もそのままだ。水産実習などの経験で成長して、自分の視点が変わったからか？　だったら胸を張って東京でも言えばいい。嘘をついていないと思うところから、実は間違っているのだろうか？

そんなこと考えるのはよせと、有人の中の有人が忠言する。暴いたところでいい思いはしない。だから、考えるのをやめているんだ。自己嫌悪の苦い味は、東京で散々舐めただろう？

もうなにもするな、深みを覗くな。

有人は警告に従った。

花火は楽しもう、せっかく涼先輩と一緒なのだから、という思いを胸に、まだ微かな明るさが西空に残る午後七時五分前、有人は野呂旅館の玄関を開けた。玄関はそれなりに広く、靴入れの上には色紙が十枚ほど飾られてあった。テレビ番組の企画などで照羽尻島を訪れたタレントやアナウンサーのものだろうと思われた。

玄関の脇には受付のガラスの引き戸があり、そこから涼先輩の顔がにょきっと出てきた。

「待ってて。今行くね」

デニムの半袖ワンピースに薄手のカーディガンを羽織った涼先輩は、大きなビニール袋と懐中電灯持参である。ビニール袋の中身は、花火セットとガスライターだ。彼女がスニーカーの紐を結んでいる隙に、有人はそれらを手に持った。先輩は「ありがとう。でも、懐中電灯は案内人の私が持つね。有人くんはついて来て」と笑った。

軽トラックがぎりぎり一台走行できる幅の、舗装されていない私道を挟んで、木造二階建ての建物がある。長い時間焙煎されたコーヒー豆の色をした外壁のその建物が、照羽尻高校の寮なのだった。ちょうど玄関からハル先輩と桃花が出てきて、合流する。右手下方に波音を聞きながら、四人は私道を少し進んだ。そのうちに、西の空も暗くなった。

「ここから海岸に下りるから、足元、気を付けてね」

涼先輩は斜面に分け入った。丈の短い雑草が顔を出す斜面は、思いのほか急で、おまけに石がごろごろしている。有人はスマートフォンのライト機能をオンにし、注意深く歩を進めた。

海岸まで下りると、誠が水の入ったバケツと駄菓子類、ジュースを用意して待っていた。

「早くやろうぜ！　ほら、桃花。ここ来いよ」

誠がそれぞれにお菓子や飲み物を、涼先輩が花火を配る。誠は棒状のスナック菓子を口いっぱいに頬張ると、懐中電灯を消して、ロケット花火に火をつけた。青みがかった銀色の光が、闇を切り裂いて飛んでいく。

涼先輩も線香花火に火をつけた。ほとばしる火花がやたらと煌めいて見える。

有人は空を仰いだ。恐ろしくなるほど星が瞬いていた。下ってきた斜面が、もともと数の少ない人家の光を遮り、海岸はほぼ真っ暗だった。北海道本島の明かりも、ささやかなものだ。こんな闇は東京にはない。どんな小さな光もまばゆかった。

線香花火の火花で、涼先輩の笑顔が浮かびあがる。

有人の心臓はばくばくし、手に汗がじんわり滲んだ。

赤羽らには言えなかった、島に来て良かったことが確実に一つある。有人は鼻から息を強く吸い込んだ。煙や火薬の臭いの中に、水産加工施設で写真を撮ったときにも嗅ぎ取った、甘く華やかな春の花みたいな香りが紛れている。

――涼先輩は僕のことをどう思っているんだろう？　もし、付き合うみたいなことになったら、やっぱりデートは島の外で……。

五人はお菓子と花火が底をつくまで、海岸で遊んだ。誠は桃花の隣をキープし続け、有人は夜空と花火と涼先輩の顔ばかり見ていた。

線香花火の最後の火花が落ちたとき、五人の誰もが、誠までもがため息をついた。

門限がある寮生の二人を先に帰らせるために、涼先輩の先導で桃花とハル先輩が斜面を上っていく。有人は誠と花火の後片づけをしながら、遠くなっていく懐中電灯の光に、ちらちらと視線を送った。

「はー。夏休み終わっちまうな」

「……桃花と毎日会えるようになるから、誠は嬉しいんじゃないの？」

誠の気持ちなんてとっくにお見通しだとほのめかしてみたのだが、彼はじたばたせず、

「お、そうだな。じゃあ夏休み終わっていい」と一転目尻を下げた。

「好きなんだ、やっぱり」

「桃花すげー良くね？　俺、ああいうクールできれいなのが好きなんだよ」

「告白とか、しないの？」

涼先輩に対してそうする勇気がまだ出せそうにない己を棚に上げて尋ねる。誠は二つの袋にまとめたゴミの重そうなほうと、汚れた水が入ったバケツを、軽々と持ち上げた。有人はお菓子の包装などが詰め込まれた袋を受け持った。

「本当に言いたいことは言葉にしねーの。態度とか行動とかで語るんだ。それが海の男ってもんよ」

にもかかわらず、桃花の態度に変化がないことは平気なのかと、多少意地悪な問いかけをするか否か迷ったその矢先だった。

「好きって言ったら、涼ちゃんはハル先輩なんだよなー」

「え」有人はゴミ袋を取り落としそうになった。「ハル先輩？　なんで？」

あんな、なんの取柄もなさそうな海鳥オタクを？　確かに涼先輩はハル先輩の花火を切らさないよう、気を配っていたが、有人にだって手渡してくれた。前髪を上げた顔を見て、かっこいいと言ってくれた。加工施設で写真を撮ったときは隣にいた。

「なんでって、そんなの知らねーよ。とにかく去年の秋いっぺん告って速攻振られて、それでも好きなんだって。好みなんじゃねーの？　ああいう白衣似合いそう系。あ、でも違うか？」誠は片方の鼻の穴をふさいで、もう片方をふんとやり、穴の中のなにかを飛ばした。「涼ちゃん、中学のときは、うちの兄貴が好きだったんだよな。兄貴とハル先輩、全然顔似てねえ。そういや兄貴も涼ちゃん振ってたな。なんか、ガキの頃から一緒だったから、今さら彼女とかそういうふうに見られないとかってさあ」

「ええ……」思わず漏れた声は、裏返っていた。「……ひどい」

「わりと惚れっぽいんだよな、涼ちゃん。ただ、まだハル先輩は好きなんだから、そこらへんは一途だな」

涼先輩にほのかに抱いていた恋心が、無残に砕け散った瞬間だった。しかし、一度振られてもまだ好きだとは。横顔はまあまあかもしれないが、それ以外のどこがいいのか。オロロン鳥の鳴き声が聞きたいから照羽尻高校へ進学したというのだって、言い方を変えれば変人だ。ウトウの帰巣を見た日は、みっともなく倒れていたし、缶詰実習だって、特別活躍してもいなかった。

「有人、どうした？　腹痛いのか？　え？　おまえ……」

誠の言葉を、「違うって、なんでもない」と有人は早口で遮り、野呂旅館のところでゴミ袋を押しつけると、猛烈に自転車を漕いで家に帰った。叔父はもう就寝している気配だった。隣室で寝ている叔父を気にしながらも、有人は自分の枕に何度もパンチをくれた。

薄い壁を隔てて、叔父が呻きながら寝返りを打つ音がした。

有人は最後に思いっきり拳を叩き込んで、よれよれになった枕に顔を埋めた。

——速攻振られて、それでも好きなんだって。

有人が一番応えたのは、涼先輩がハル先輩のことをまだ想っていることだった。自分がまだ島にいないとき、誰かを好きになるのは仕方ない。でも、有人と出会ってからも、有人以外の、しかも一度振られた相手を好きでい続けているというのは、悲しかった。あんなに優しくて、いつも笑いかけてくれていたのに、マカロンのお土産だってくれたのに、まるで眼中になかったのだ。

スマホの中の、涼先輩と写った写真を見つめる。そういえば、花火のときは写真を撮らなかった。写真を撮るのも忘れて、夢中で涼先輩を見ていた。

写真を削除しようと、ゴミ箱マークに指を伸ばす。

タップはできなかった。

＊

夏休みが明けてすぐ、テストがあった。失恋のショックを引きずりつつも、休み中にこつこつ勉強した成果を有人はそれなりに出せた。英語と数学では、誠を僅(わず)かながら上回った。

「うっそだろ、おまえ。マジ？　うっそだろ、やベー」

「先生たちが作ってくれた教材が良かったんだと思うよ」

「だからってよ……」

頭を抱える誠の向こうで、いつもはクールな桃花が笑いを堪(こら)えていた。

とはいえ、有人はまだ落ち込んでいた。涼先輩のことは、出会ったときから意識してはいたが、水産実習を経て気持ちはかなり膨らんでいたのだ。もしデートするときは北海道本島へ行かなければ、などと夢想するほどに。それが完全な独り相撲だったと知り、しかも他に好きな相手がいたことにも気づかなかった事実を前に、有人は打ちひしがれてしまったのだった。

テストの結果が出た日、有人は診療所に寄るハル先輩と帰途が一緒になった。

先輩は初めて帰り道を共にした六月の日のように、特に話しかけてこなかった。それが妙に癪(しゃく)に障った。勝者の余裕という言葉が、有人の頭の中で明滅した。

「……涼先輩に告白されて、振ったんですってね」

だからつい、腹立ちまぎれのように口にしてしまった。口にしてしまってから、失敗したと悔いたが、一度出してしまった言葉はもう飲み込めない。

ハル先輩の声は、死人に取りつけられた心電図みたいに平坦だった。「君もそういうことに興味あるの？」

「興味っていうか……」

「誰から聞いたの？　斎藤くん？」

黒縁眼鏡の奥の目が、心なしか鋭くなった気がして、怯んだ有人は地べたに視線を落とした。それでハル先輩は納得したようだ。

「そうか。そうだよね。君の耳にも入るよね」

有人が診療所の片づけを始めた翌日、大勢の島民が診療所で待ち構えていた。この島は大体の情報がオープンだ。高校生の恋愛事情なんて、きっと特に。ハル先輩もそれはわかっているのだ。

わかっていて振ったのか。涼先輩はきっと泣いた。想像して、有人も泣きたくなった。顧みられないのは、惨めだ。

ハル先輩の歩調が速まる。

「こんな狭い島で、かわいそうだ」

それは、有人の独り言だった。ハル先輩に聞かせるつもりは一切なかった。だからこそ、言えたのだ。なのに、そのときに限って、風がいたずらをした。有人の呟きは海から吹きあがってきた風に乗って、先輩のむき出しの耳に届いてしまったらしい。

ハル先輩がいきなり足を止めた。

やばい、と有人は冷や汗をかいた。海鳥観察舎でもそうだったが、ハル先輩は静かにキレるタイプだ。涼先輩がかわいそうだというのは嘘ではないが、君には関係ないと一刀両断されても文句を言えない立場に有人はいる。

先に謝っておこうかとハル先輩の顔色を窺って、ぎょっとなった。

ハル先輩はそれほど暗い表情だったのだ。『沈鬱』というタイトルで額縁に入れたいくらいに。

「……そうだね」

声は表情以上に暗澹たるものだった。ハル先輩は有人を置いて、診療所に行ってしまった。

——そういえば。

赤羽のなんでもない質問に困っていただけでなく、悲しそうだった。あれは将来について、暗に島に残って世帯を持つか、というようなニュアンスを秘めた問いだった。あの反応はおそらく、涼先輩とのことを思い出して気まずかっただけではない。気まずい以上の別な理由が、ハル先輩にはある。

ハル先輩が島に来た事情は、鳥の他にもあるのかもしれない。有人は思ったが、すぐにどうでもいいことだと足元の小石を蹴った。彼の事情とやらが、自分の過去や今まさに抱えている失恋の痛手より辛いものだとは、どうしても思えなかった。

休みが終わっても、有人はしばしば誠と一緒にもつれた網を解く手伝いをした。なにかしていたほうが、気が晴れると思ったからだ。夏休みの終わりごろよりよほど、手に針を引っ掛けてしまった。小一時間ほど作業をしてから自転車を漕いで診療所へと戻り、雑誌類を片づけ、観葉植物の葉を拭いた。

気は晴れるどころかまぎれもしなかった。なにをしても涼先輩の明るい笑顔や触れ合った肩の柔らかさ、ふんわりした甘く優しい香りが記憶の海から浮き上がってきて、そこに「まだハル先輩は好きなんだから」という誠の声の高波が襲いかかる。

涼先輩の写真は、やっぱり削除できない。未練がましい自覚はあったが、どうにもならなかった。せっかく追いついた勉強のほうにも、身が入らなかった。叔父との食事どきも、ほとんど会話しなかった。

九月が目前に迫ったある朝、和人から偶然デジタル記事を読んだというＬＩＮＥメッセージが入っていた。

『インタビューとかすげーじゃん』

有人はそれを、既読スルーしてしまった。

＊

九月一日の朝だった。起床して居間に下りると、叔父が有人の分だけトーストを焼いていた。

「おはよう。話があるんだ」

改まったふうに切り出され、有人は叔父を久々にまじまじと見た。そして、やや顔色が悪いと気づいた。花火の夜以来、自分が抱えるやるせなさとがっかりで手いっぱいだったが、知らぬうちに少し痩せたのでは、と思った矢先、叔父は言った。

「急なんだが、俺は島を出なくちゃならなくなった」

青天の霹靂だった。恋心が砕けたショックも吹き飛ぶほどの。叔父は「ごめんな」と悲しそうに笑った。

「な、なんで？」

叔父は理由を口にせず、ただおもむろに有人の肩に手を置いて、しみじみと言った。

「誰のせいでもない。おまえのせいでも。こういうこともあるのさ」

「こういうことって……」

「ああ、少し筋肉ついたなあ」

休日だって携帯電話を肌身離さず持ち歩き、急患に備えていた叔父なのだ。年始に有人の家へ来たのだって、しばらくぶりだった。なのに島を出る？　到底信じられなかった。

だが一週間後、叔父は本当に照羽尻島を出て行ったのだった。有人の入寮手続きを勝手にやり、代理の医師が赴任して来るのも待たなかった。

叔父の乗る船を見送るため、港にはほとんどの島民が詰めかけた。

甲板で手を振る叔父の姿を呆然と眺め佇む有人の隣で、誠の父が言った。

「これほど港に人が集まったのは、俺も初めて見たな」

別れを惜しむすすり泣きが、あちこちから聞こえた。

5

「改築したときに、断熱剤もしっかり入れているから、見かけほど寒くはないのよ」

教えてくれたのは、照羽尻高校の寮の管理人、後藤夫妻のおばさんのほうだった。

「もともとは、建築会社の社屋だったの」

潰れてしまったあと、放置状態だった建物を、教育委員会が寮として造り替えたのだという。

叔父が島を出ていってしまい、勤務医用の住宅に一人で住むわけにもいかず、有人は入寮するしか道がなくなったのだった。

寮は想像していたよりも近代的だった。生徒用の七室はすべて個室で、Wi-Fi が使える。男子と女子の居住区域は一階と二階で完全に分離されており、一階に女子と後藤夫妻、二階に男子の部屋があった。風呂とトイレも男女別で、トイレは温水洗浄便座だ。

玄関から一階の食堂と談話室までが男女共同で使えるエリアで、屋内では必ずスリッパを履く決まりだった。

食事は一日三食付き。管理人になる前は民宿を営んでいたという後藤夫妻が腕を振るう。日曜日だけ各々自炊するのだが、寮生が自由に使えるキッチンや冷蔵庫もちゃんとあった。小型の冷蔵庫を自室に置くのも許されるのだそうだ。

寮費は月額四万円。十一月から四月までは灯油代として別途八千円がかかるが、叔父は手続きの際に今年度分をすべて支払っていったと、後藤夫妻は話した。

「それにしても川嶋先生、急にどうしたの？　よほどのことがないと島を離れる人じゃないのに」

「有人くん、なにか聞いていないかい？」

後藤夫妻に尋ねられたが、首を横に振るしかなかった。

有人があてがわれたのは、二階廊下を挟んで海側に三室、道路側に二室あるうちの、海側の真ん中だった。奥隣がハル先輩で、他は言うまでもなく空室だった。

二重窓の向こうには、海と北海道本島、そして手前には花火に興じた場所もぎりぎり見えた。野呂旅館はすぐ隣だが、方角が違うために見えなかった。

叔父と住んでいた家からは、身の回りのもののほか、テレビと布団、叔父の書斎にあったパソコンを持ち込んだ。たったそれだけなのに、もともと備え付けられているストーブと机があるため、六畳の部屋は、たちまち手狭な印象になった。

叔父のパソコンは、次に有人が使うのを想定していたのだろうか、初期状態に戻っていた。叔父がどうして急に島を離れたのか、日記めいたものもなかった。

島民は有人を見かけるや、こぞって叔父の離島の理由を知りたがったが、一番教えてほしいのは有人自身だった。

ただそれも間もなくわかった。叔父が島を離れた翌々日、兄の和人からＬＩＮＥが来たからだ。

『雅彦叔父さん、こっちで検査入院したぞ』

『おまえ、なんか気づいてたか？』

検査入院を要するほどの体調不良など、当然寝耳に水だった。いくら記憶を掘り返しても、叔父は普通の生活を送っていたように見えた。だが、最近は思い返せる叔父の姿がさほどないのも、もう一つの事実だった。登校を開始し、水産実習で知恵を絞り、夏休みに入ったら勉強と誠の家の手伝いと自転車を漕いでの島巡りに多くの時間を割いた。そうして、いきなりの失恋。道を歩いていたら物陰から飛び出してきた暴走ダンプに轢かれたみたいに、有人の世界は大きく変わり、必然叔父との対話も減っていたのだ。

ただ、言われてみれば、叔父の食欲は落ちていた気がする。食べるのが遅かったり、ご飯を残していたり、朝食のトーストを有人の分しか焼いていなかったり。

診療所のトイレから出てきたとき、難しい顔をしていたこともある。寝ている叔父の呻きも何度か聞いた。洗面所の鏡を覗いていたのは、目に黄疸が出ているか確認していたのかもしれない。

全部考えてみれば、だ。健康な人でも、そんな日はあるだろう程度の『ささやかな異変』だ。

でも叔父の身に起きていたのは、本物の異変だった。

さしあたっては、週に二日、北海道本島から臨時の医師がやってきて、半日診療をすることになったが、島の空気は落ち着かなかった。

離島に医師がいない。それがどんなに島民を不安にさせるのかを、有人は肌で感じ取った。

誰もが叔父の帰島を待ちわびていた。有人は寮の食堂の壁にかけられてある、叔父の家のと同じカレンダーで、検査入院の報せがあった日から勘定した。検査は一週間程度で終わるだろう。それからもし治療が必要だとして、一ヶ月くらいは不在を覚悟しておくのがいいかもしれない。叔父が帰ってきたら、寮を出てまた一緒に住み、今度こそは、柏木さんに言われたとおり、できるだけ家のことを手伝おう——そう有人は考えた。

有人と食卓を囲むのは、桃花とハル先輩になった。ときには後藤夫妻も一緒だった。食事はおかずの種類も豊富で美味しく、高校生の舌に合うように工夫されてもいた。叔父の家では食卓に上らなかったハンバーグや豚の生姜焼き、鶏のから揚げなどが、魚料理と交互に提供された。

後藤夫妻は気さくでお喋り（しゃべ）で世話焼き、言い換えるといささかおせっかいだった。たとえば有人が入寮して間もなくの夕食どき、おばさんのほうがこんな話題を食卓に投げ込んだ。

「ハルくん、涼ちゃんを振ったのは惜しいわよ。あんないい子、お嫁さんにしたらいいのに」

涼先輩とハル先輩のことが後藤夫妻に知られているのはまだしも、そんなデリケートな話題が食事の場に放り込まれる事態に、有人は大変な気まずさを覚えた。人によっては立腹するか、いたたまれなくなって席を立ってもおかしくない状況で、ハル先輩はなにも言わずに箸（はし）を止めてうなだれた。また、桃花が「涼先輩はもう全然気にしていませんので、そういうことを言うのはやめてあげてくれませんか、おばさん」と毅然（きぜん）として物申したのには、驚かされた。日ごろ口数の少ない桃花の、知らない一面を見た一幕だった。

このように、寮生活を送るようになって、ハル先輩や桃花との距離は、少しばかり縮まった。

他にもハル先輩については、一つ秘密を知った。彼は食後に薬を飲んでいるのだが、普通の錠剤のほか、朝食後には透明な水薬も服用していた。ハル先輩はその薬がとても嫌そうだった。いつもだらだらと一番遅くまで食事を続け、飲むところを見られたくない様子だった。一度食卓にスマホを忘れて取りに戻ったら、ハル先輩はその日飲む分量の水薬を流しに捨てていた。そして、有人に見られたことに気づくと観念したように天を仰ぎ、「後藤のおじさんおばさんには言わないでほしい」と手を合わせた。

「この薬、すごくまずいんだ。飲むと具合が悪くなるんだよ」

「それは本末転倒ですね。でも、出されてるなら飲んだほうがいいんじゃないですか」

変な薬を叔父が処方するはずはないという確信のもとに、有人は言った。「飲まないからウトウの帰巣のときも倒れたんじゃないんですか。せっかく叔父が出したのに。子どもみたいだ」

図星を突かれたのか、ハル先輩は黙った。有人は涼先輩を振り、叔父の労力も無駄にした彼へ、一撃を食らわせてやったことにほのかな満足を覚え、同時に満足を覚えた自分を嫌悪した。最近の身の回りの激変で溜め込んだストレスを発散したくて、八つ当たりをした自覚があったからだ。

登校初日に誠とやり合ったときは、先に向こうが謝ってくれて事なきを得たが、ハル先輩とはそう上手くいきそうにもない。なのに今回は一つ屋根の下の相手だ。その日一日、先輩が話しかけてくるのを待ったが向こうからはなにもなく、入浴を済ませて部屋でため息ばかりついていたら、ＬＩＮＥメッセージが入った。

『おまえの学校の二年に、すごく成績いいやついる？』

和人からだった。なぜそんなことを尋ねてくるのか不思議で、有人はそれに返事をした。

『二年生は二人しかいないけど、いきなりどうしたの？』

『模試の成績優秀者に照羽尻高校のやつがいる。俺が家庭教師やってる生徒もそれ受けた』

和人はその部分の画像も送ってきた。夏休み中に行われた、大手予備校主催の模試だった。理系総合で偏差値69・7の位置にいる一人の在籍高校名が、確かに照羽尻高等学校だ。

有人はびっくりした。こんな離島の高校から全国模試の成績優秀者に食い込むなど、あり得るのか。そしてこれはハル先輩だ。涼先輩が夏休みに島を出たのは、旭川に遊びに行ったときだけだが、ハル先輩はずっと帰省していた。

話しかけるきっかけ作りというより純粋に真偽を質したくて、スマホを片手に部屋を訪ねた。ドアを開けてくれたハル先輩は、タブレット端末を持っていた。右耳だけにイヤホンを差し込んで。

「先輩、これ」

画像を見せると、先輩は「どうしたのそれ」と首を傾げた。タブレットには、なにかの講義風景が映し出されていた。

ハル先輩は寮のWi-Fiをフル活用し、この離島で大手予備校の通信講座を受けていたのだった。

「君は以前こんな環境で医者になれるわけがないと言ったけれど」初登校の日に誠とい

きなりやり合ったときのことだと、有人はすぐに思い至った。「勉強する手段はあるよ。医大や医学部への入学レベルに到達できるかどうかは、保証できないけれど。通信は本人次第のところもあるし」

ハル先輩は自分の成績を自慢するふうでもなく、また有人にやり込められたこともなかったかのように、いつもの調子で淡々と話した。

有人は自室でハル先輩が受講している予備校のサイトをチェックした。医学部受験に特化したコースが存在していた。通信でも受けられるのか、ほんの少し画面をスワイプすれば解決するささやかなクエスチョンを、有人はそのままにした。仮に通信があったとして、どうするのか。この島で受講するのか。かつての夢をここで追いかけるのか。ひどく無駄で、むなしいことのように思えた。

ハル先輩が離島に来たくせに本格的な受験勉強をしている意味もわからなかった。取材で明らかになったのは、『オロロン鳥の鳴き声を聴いてみたかったから』照羽尻島に来て、将来の展望は『進学して、海鳥の研究をしたいです』ということだった。でも研究者になれば、鳴き声くらい聴き放題だろう。ならば目先の進学を優先的に考えるのが普通だ。予備校を利用するにしても、札幌にいたほうがずっといい。

自分の意思で照羽尻高校を選んだという積極性の裏に、しばしば違和感が見え隠れする。これで訳ありじゃないはずがない。

桃花も過去を隠している。インタビューでもお茶を濁していた。

寮は訳ありな島外組の避難小屋だ。

だからといって、同病相哀れむみたいな感覚で馴れ合うつもりもない。過去については自分が一番悲惨だと、有人は思っていた。それに叔父が帰ってきたら、どうせ退寮する。病み上がりの叔父のために、今度こそ家事を手伝うと決めたのだから。

だが、そんな決意を打ち砕く報せが、有人のもとに届いた。

十月に入ってすぐ、叔父が島を出てひと月も経っていなかった。夕食前にスマートフォンへ着信があった。兄の携帯からだった。LINEではないことに、胸騒ぎを覚えた。受話器のマークをスライドさせる。一瞬の間を挟み、兄の声が聞こえた。久しぶりに耳にする彼の声は、とても緊迫していた。

『有人、落ち着いて聞け。すぐ帰ってこい。叔父さんが危篤だ』

＊

まるで事故だと、フェリーの中で有人は思った。

危篤だとの連絡は有人を激しく動揺させた。すぐに後藤夫妻に説明し、夕食を取らずに帰り支度をした。最終のフェリーは出てしまっている、明日の朝一番に乗るしかないから、なにか食べなさいと言われたが、断った。動揺は吐き気を誘発していた。

そして、日付が変わる直前、また兄から電話が来た。

叔父の死を伝えるものだった。

翌朝、後藤夫妻が作ってくれたおじやを少しだけ口にして港まで送ってもらい、その日最初に出るフェリーに乗り込んだ。叔父の訃報はまだ誰も知らないようで、港にいる大人からは、「有人、学校休んでどこ行くんだ?」と問いかけられた。有人は答えなかったが、送ってくれた後藤のおじさんが、声を低めてそれに応じていた。

島へ来るときに叔父がくれた酔い止めと同じものを飲んだのに、眠気は来なかった。そばに来て北海道本島へ行く何人かの島民は、後藤のおじさんが漏らした情報を聞いたのか、有人を気遣いながら、泣いているものもいた。「大変なことになったな」「頑張って、気を落とさないで」と声をかけてきた。

それらの言葉に、有人は返事もろくにできなかった。とにかくなにがなんだかわからず、目の前がゆらゆらして気分が悪かった。

来たときとそっくり逆のルートを辿って、有人は夕方羽田空港に着いた。和人が迎えに来ていた。久しぶりに顔を合わせた兄は、「おかえり」の一言ののち、有人の肩を軽く叩いた。

「通夜に着るスーツ、買いにいくぞ」

はじめはなんでもない口調だったのに、兄は声を詰まらせた。それを聞いて、有人の目の周りもたちまち熱くなった。

和人と叔父の関係性より、自分と叔父の関係性のほうが密だと、有人は決めてかかっていた。叔父のようになりたいと願い続けている有人と違い、和人にはどうなりたいかという明確なビジョンなどなく、単に父の跡を継ぐために医大に進学したのだと思っていた。

和人がそんなふうに声を詰まらせたのを、有人は初めて聞いた。だから返事も、俯いて「うん」と絞り出すのが精いっぱいだった。

紳士服チェーン店で買った、つるしの黒いスーツと靴で、有人は叔父の通夜と葬式に参列した。葬儀は身内だけのものだった。叔父が強く望んだのだそうだ。それでも参列を希望する知人、友人が多く斎場に訪れた。照羽尻島からも問い合わせがあったと漏れ聞いた。

驚くほど早く叔父の命を奪った正確な病名を、有人は聞かなかった。ただ、非常に予後の悪いガンであったことと、体調不良を押してぎりぎりまで島で頑張ったのだろうことは、大人たちの会話で窺い知れた。

白い花に囲まれた棺の中の叔父の顔は、島を出た日と比べても、あまり痩せていなかった。骸骨に皮を貼り付けたように面変わりをしてしまうのは、ある程度長患いした人で、叔父はそうなる間もなかったのだ。ただ、キャラメルみたいな色をした生を感じさせない質感の皮膚に、有人は息を呑んだ。

感情を大雑把に表現するのであれば、ありきたりだが「信じられない」になるのだろう。しかし、その「信じられない」の中には様々な構成要素があった。混乱、悲しみ、やり場のない怒り、無力感。なぜ、叔父はこんなことになったのか。ご飯を一緒に食べ、弁当も作ってくれ、診療所の観葉植物の葉を拭けと言い、土日もたゆまず文献を読んで、島民の健康を思ってポスターを作り、島民のために尽くしていた叔父が、二度と目覚めず、二度と話もせず、動かない。それが、どうしたって受け入れがたいのだった。

「自覚症状が出てから苦しい治療を始めても、一年長らえたかどうかだったはずです。自分でもわかっていたから、せめて限界まで医師として診療する道を選んだのだと思います」

喪主を務めた父が、通夜の挨拶で言った。通夜のあとの食事の場では、こうも漏らした。

「離島という環境じゃなければ、もう少しなんとかなっていただろう」

都会の勤務医なら、設備の整った施設での定期検査で、早期発見に繋げられた。繋げられたらこんなに早く死ぬことはなかった——そんな意味だと有人は理解した。

土日で行われた通夜と告別式のあと、遺骨は有人の家に持ち帰られた。父は四十九日法要までの小さな祭壇を和室に作り、その祭壇に叔父の遺骨と遺影、お菓子や果物、仏花などを整えた。

幸子伯母をはじめ、数名の親類も家に寄った。突然すぎる叔父の死は親類一同に衝撃を与えたが、一連のセレモニーを経るにつれて、彼らの会話には少しずつ雑談もまじりはじめていた。

「有人くんは雅彦と一緒に照羽尻島にいたんでしょう？」

親戚が集うリビングの隅で、目立たぬように身を小さくしていたのに、まず銃口を向けてきたのは、噂話が好きな幸子伯母だった。

「小さな離島なんでしょう？　一緒に住んでたのよね。どんなところなの？」

叔父と生活していた有人は、それまでも嫌というほど病気の兆候や、生活の様子を尋ねられていた。十分な答えを得ている幸子伯母の興味は、東京の学校をドロップアウトした有人が、離島でどんな高校生活を送っているのかにシフトしたようだ。

「そんな小さな島に高校があるなんて。雅彦が入学の橋渡しをしてくれたんですってね。生徒は何人？　二十人くらい？」

「こう言っちゃあなんだが、有人の顔を久しぶりに見たな」

「今年の正月も、部屋にずっといたから」

引きこもっていた事実が、当たり前のように話題に上り、有人は一目散に自室へ逃げたくなる。

「雅彦もこんなことになってしまったし、東京に戻ってくる気はないの？」問いを重ねるほどに、幸子伯母の舌は回った。「勉強だって、離島じゃままならないでしょう。大学への進学を考えたら、帰ってきたほうが……」

「伯母さん。有人の先輩にはとても優秀なのがいますよ。俺が家庭教師やってる子よりも、はるかにできるのが」

和人が助け舟を出してくれた。幸子伯母は怪訝な顔になった。

「そうなの？　離れ小島の高校に？」

「予備校の通信講座で勉強しているみたいで。そうなんだろ、有人」

有人は頷いた。まさかハル先輩がここで救世主になってくれるとは。とはいえ、離島の高校での学力向上については、幸子伯母に限らず、その場にいる親戚全員が懐疑的だった。

「その子はどうか知らないけれど、普通は不利よねえ」

「特別な授業はあるのかい？　受験用の補習のような」

特別な授業は、郷土を学ぶ照羽尻学と水産実習だ——とは言えなかった。その水産実習で作ったパスタ用のウニクリームソースは、有人に大きな自信という輝きを与えたが、この親戚たちを前につまびらかにすれば、せっかくの輝きもたちまちくすんでしまいそうだった。

「その学校ならではのメリットはあるの？　推薦入学枠とか」

——全部ここでしかできない特別な、価値ある体験だと思っています。

——島に来た選択は正しかったです。勉強は東京のようにはいかないかもしれないけれど、人生にはそれ以上に大事なことがあるはずなので。

赤羽らの取材の際に答えた言葉が思い出され、それに誠の父親の一言が突き刺さる。

——取材ではお利口さんなことを言えても、親御さんには言えねえなら、有人の海はまだ荒れてんのかもしれねえな。

答えられないまま、有人は俯いてトイレに行った。出てもリビングには戻らず、二階の自室にこもった。

島に行ったあと、母が掃除をしてくれたのだろう。引きこもっていた当時より清潔に片づけられた自室のベッドに、有人はスーツのままで腰を下ろし、上体を横に倒した。

正月と同じだ。あれこれ訊かれたくなくて親戚から逃げ、安全地帯から出ない自分。なぜ夏休みに帰省できなかったのか。胸を張って親の前で、赤羽らに言い放ったのと同じことを、なぜ言えない気がしたのか。考えようとして、自然とストッパーがかかったその命題を、心を決めて一人静かに考える。ついにさっき水を向けられ、本当になにも言えなかった。

赤羽らが昼食に出かけたとき、なんて思ったのだったか。

軽んじられたくない。

そうだ、そう思った。だから、自分を認めてくれた島や学校を肯定しないと、自分自身の価値も道連れになり、しぼんで消えてしまうように感じたのだ。

ことさらに良く言ったのは、全部自分のためなのだ。特別な場所にしておかなければ、そこにしかいられない、そこでしか認められない自分がいっそう惨めになる。東京に帰れば、自分にとって真に輝かしいもの、たとえば医大に通う兄の姿などがあるから、帰れなかったのだ。

あれは、自己欺瞞から生まれた言葉だった。

導き出された答えに、有人は脱力感を覚えるほど情けなくなった。ストッパーがかかって当然だ。こんなこと、直視したくない。でも、心の奥底では気づいていた。

奈落の底は、奈落の底でしかないのだ。

そう認めると、夢から覚めたような気分になった。

島で生活した約半年間で、結局なにも変わっていなかった。パスタソースで褒められてちょっといい気分になったのも、遅れを取り戻そうと勉強にいそしみ、延縄のもつれをほどいて手にたくさんの傷をつけた夏休みも、五人で遊んだ花火の夜も、涼先輩への思慕でさえ、なんだか馬鹿らしくなった。

どうせ変わらないのなら、もう無理に島へ行かなくてもいいのではないか。ここで時を止めて動かずにいれば、失敗することも傷つくこともない。どうせ未来はあの日になくなっているのだ。

このまま東京に残ったら、誠はどう思うだろう。涼先輩は、桃花は、ハル先輩は、島のみんなは――階下の親戚たちと同じく、不在をいいことに、好き勝手な噂話をされるのか。それとも。

有人はスマートフォンを眺めた。誠たちとはＬＩＮＥをしていなかった。日常で一緒にいる時間が多すぎて、ＳＮＳで繋がる必要性を感じなかった。ただ、携帯の番号は教えていた。四人はショートメッセージをくれていた。

『親父は昨日と今日、手に針を刺した。おふくろは泣いてる。でもおまえが一番辛いよな』

『有人くん。うんと泣いちゃえ。そのほうがすっきりするよ。無理に元気出さなくていいよ。気温差あるから、風邪ひかないでね』

『先生とはあまりお話ししたことなかったけれど、ご冥福をお祈りします』

『心よりお悔やみ申し上げます。僕はお世話になっていたから、参列できないのが残念です』

　ここから動かなければ、彼らとも、もう会うことはない。水産加工施設の中で撮った写真を、一つ一つ表示させては、お気に入りのマークを外していく。トリミングして涼先輩と二人だけにした写真が出てきた。こんなことをして、浮かれていた己を恥じる。寒々しい奈落の底に小さな熱を感じて、なにかが変わるような気がしたあれも、ただの錯覚だったのだろう。

　スマホの画面に並ぶアイコンの中に、懐かしいアプリを見つけた。クリアできずじまいで放置している脱出ゲームだ。久々に立ち上げてみた。

　しばらくプレイしたが、まるで進展はなかった。ひらめきの欠片も落ちてこない。やっぱり変わっていないと思うと、全然可笑しくないのに、乾いた笑いが漏れる。

　有人はスマホを枕元に置いて目をつぶった。

　そのとき、階下で固定電話が鳴った。

叔父の訃報を知った誰かが電話をかけてきたのか。父は、故人の遺志により葬儀は身内で行う旨の死亡広告を、今日付けの朝刊に出していたのだった。

足音が階段を上ってきて、誰かが有人の部屋のドアを叩いた。

「有人、おまえに電話」

兄の声に面食らった。なぜ自分に？　家に電話をかけてくる友人など、いやしない。

しかし、驚きはもっと先にあった。

「あのな、道下さんからだ」

＊

「びっくりした？」

道下の言葉は、ラ行の発音が若干不明瞭（ふめいりょう）だったが、聞き取れないほどではなかった。

「……びっくりした」

同じ教室にいた短い間、道下と挨拶以上の会話をしたことはなかった。有人はテーブルに置いたグランデサイズのダークモカチップフラペチーノのストローで、クリームの頂をつついた。

「なんで連絡をくれたの？」

道下はキャラメルフラペチーノのトールサイズだった。

「言語リハビリの先生が、川嶋くんの叔父さんを知ってたの。朝刊にも出ていたし、だから、帰ってきてるんじゃないかなって」

言語リハビリという言葉が、ウニみたいなとげとげの形状になって、有人の心にぶつかってくる。まともに道下の顔が見られなかった。きれいに渦を巻いていたクリームは、どんどん形を崩していく。

「……帰ってきてるってことは、僕が今どこにいるのかも知ってたんだ」

「川嶋くんのご両親、今でも私の家に折に触れていろいろと贈ってくれるの。その節は申し訳ありませんでしたって。こっちの不注意なんだからお気遣いなくって断っているのに」

両親が詫び続けているのを、有人は知らなかった。

「お手紙も添えてくれるの。それに書いてあった。川嶋くんは照羽尻島の高校に進学したって。今年のお中元だったかな」

ストローをいじる有人の手が止まった。道下は逆に、キャラメルフラペチーノを一口飲んだ。

二人は荻窪のスターバックスにいた。

電話で今から会えないかと言われ、有人は驚きのあまり毛髪が抜け落ちるかと思った。加えて、有人のほうは会いたくなかった。しかし、道下には負い目がある。あの日以降、顔を合わせてもいない。自分の口で詫びていないのだ。

荻窪の駅で待ち合わせることとなり、普段着に着替えて出かけた。

道下が先に来ていて、有人を見つけてくれた。有人はこちらに手を上げた少女が道下だと、すぐにはわからなかった。ワンピースにデニムジャケットを羽織った彼女は、記憶の中の顔よりきれいだった。口元の輪郭が整い、薄く化粧もしている。そういえばあの日の道下は、前歯に矯正器具をつけていたのだった。ハーフアップにした長い髪がなびいて、その動きが行きかう人の目を彼女に向けさせた。

中学のときには上原という少女が男子の人気を集めていたが、今の道下の容姿なら、その上を行くに違いない。

それだけに、ラ行の発音というちょっとした傷が、致命傷みたいに思えてしまう。これさえなければと悪目立ちする。

なのに道下は、なにを喋るのにもためらいを見せなかった。

「高等部に医学部進学コースが新設されるんだって。前からできるらしいとは小耳に挟んでたけどね。来年度からスタート。川嶋くんは知ってた？」

知るわけない。有人は黙って首を横に振った。

「川嶋くんって、お医者さんになりたいんだったよね。少しの間しか一緒にいなかったけど、覚えてる。あの日も確か、男子たちでそんな会話をしてた」

道下の記憶力は大したものだった。言葉のとおり、体育館に行く前に、有人はクラスメイトの男子とそのようなやりとりをした。

今なら、あのクラスメイトは内心冷笑していたのだとわかる。

有人はつつきすぎて崩れたクリームを、ストローでぐちゃぐちゃにかき混ぜた。

「最初に全部混ぜちゃう派？」道下が自分のコップを持ち上げた。「フラペチーノって美味しいよね」

照羽尻島ではこんなのは飲めない。涼先輩や誠は飲んだことがないかもしれない。

「川嶋くんのダークモカチップフラペチーノ、私は飲めないの。小麦が原材料に含まれているから」道下は一口飲んでから、言葉を継いだ。「キャラメルフラペチーノは、乳と大豆。これは大丈夫。キャラメル味、大好き」

そこで有人は俯き、両手を膝に下ろした。

謝らなければ。今この流れに乗らなければ、機を逸してしまう。有人は握り込んだ手のひらに爪を食い込ませた。

「……ごめんなさい」

「なに、川嶋くん？」

「僕が……あの日よけいなことをしたから」

ぐっと喉が詰まって、言葉が途切れた。空咳を繰り返し、詰まりを取り除こうとするも上手くいかない。目尻が熱くなってくる。

「僕の……せいで。なにもわかってないのに……出しゃばって」顎先が胸元につくくらいに、ますます深く頭を垂れた。「み、道下に取り返しのつかないこと……」

聞こえよがしの大きなため息がテーブルに落ちた。

「やめてくれないかな」微かにではあるが、怒気を帯びた声だった。「あのとき、真っ先に駆けつけてくれたこと、私は感謝してるよ。それについては全然怒ってないの。親を通して、何度も言ってるんだけどな。聞いてない？　一番の落ち度は私にあるの。自己管理できる年齢だったもの」

有人は顔を上げられない。道下が長く喋っている間、ラ行の不自然さを数えてしまう。

「ねえ、聞いてるの？」華奢な指が、テーブルを叩いた。「私が川嶋くんに会いたかったのはね、あの日のお礼を直接言いたかったからなんだよ」

世界の動きがすべて静止した気がした。道下は繰り返した。

「聞いてる？　お礼を言いたかったの、あの日のこと。だから、どうしても会いたくて、電話しました」

「……お礼？」

「そうだよ。女子たちが気味悪がって遠巻きに見ているとき、川嶋くんが走ってくるのが見えた。川嶋くんだけが、あのときの私に近づいてくれた。それがどんなに嬉しかったかわかる？　わからないよね。わからないから謝ってるんだよね。でも、本当に嬉しかったんだ」

「でも……エピペンはわかんなかったし、先生やお父さんにも怒られたし……」

「エピペンが伝わらなかったのは、仕方ないと思ってる。転入してきて間もなかったし。私の体質が周知されていたら、違ってたかもね。先生、怒ってた？　誰？　担任の先生？　いつ？」

「担任……救急車を待ってるとき。怒鳴られた」

「意外だな。病院にお見舞いに来てくれたけど、川嶋くんを怒っている雰囲気なんてなかったよ。救急車待ちのときなら、焦ってただけなんじゃないかな。そういうとき、声が大きくなる人って多いでしょ」

　言われてみればそうかもしれない。だが、あの日のことは極力思い出したくないのだった。うなだれたままでいると、道下の指がひときわ強くテーブルに打ちおろされた。

「私は怒ってるけどね」

　びくりと肩が震えた。有人の前のフラペチーノに刺さったストローまでが、ころりと動いた。

「もちろん、あの日についてじゃない。ついさっき別のことで頭にきた」

　下を向きながら、恐る恐る視線だけを上げて道下を窺う。

　道下は、小さくなっている有人を、その場に縫い留めるような目をしていた。

「川嶋くんが、勝手に私の人生決めたことを怒ってる」

「……僕、そんなこと」

　してないという弁解も、道下は許さなかった。

「してるよ。さっき言ったでしょ。取り返しのつかないこと、って。思わず遮っちゃったけど、あれ、取り返しのつかないことしちゃって、ごめんなさいって言いたかったんだよね。文脈からして」

そのとおりである。有人は頷くしかなかった。道下はまたため息をついた。それからキャラメルフラペチーノのストローの先を咥えて、ついばむように飲んだ。

「川嶋くん、あの日を境に学校に来なくなったんだよね。正確には、次の日登校したけれど早退して、それ以降ずっと。引きこもってるっていうのも聞いてたよ。川嶋くんのご両親が最初にお詫びにいらしたときに、教えてくれた」

道下は声を荒らげなかったが、特別低めもしなかった。引きこもってる、という響きが有人に突き刺さり、次に周りの視線の棘が続いた。まさに針のむしろだった。だが道下は一切の忖度をしなかった。

「私は学校に戻ったよ。正直、結構厳しかった。最初はみんな、体育館で気持ち悪い姿になって倒れた子が来たっていう顔をした。みんな、あんなの見たくなかったよね。わかる。私だって見られたくなかったし。しかもあのころは、今よりもはるかにろれつが回らなかった。だからなおさら、気持ち悪がられた。でも私は、休まなかった。早退もしなかったし、黙りもしなかったし、ましてや引きこもるなんて。ふふっ、笑っちゃうね」

有人は顔を上げた。道下はきれいなラインの顎を上げて、挑発めいた微笑みを浮かべた。

「川嶋くんが、いつまでもあの日のことを引きずっているなら、私は感謝してるんだってどうしても言いたかった。けれど、ここに来てもっと言いたいことができたよ。言っていい？」

微笑みながらも、道下の瞳の奥には憤りの炎が揺らめいていた。

「私と川嶋くんを一緒にしないで。取り返しがつかないお仲間に、私を巻きこまないで。引きこもっちゃった川嶋くんは、あの日が自分の人生を変えたくらいに思ってるかもしれない。取り返しがつかない、つまり、順当に過ごしていれば未来に得られるはずだったものを、あの日のせいで永遠に失ったと思っているのかもしれない。私の言語障害も、一生私の足を引っ張るものだと決めてかかってるんでしょ？　おあいにく様、違うから。こんなことで人生狂ったなんてへこたれるほど、弱くないの」

柔らかそうな頰っぺたをすぼめて、キャラメルフラペチーノを一気に飲み、道下は空になったコップをとんとテーブルに置いた。

「私はちゃんと生きてるし、やりたいことだっていっぱいある。駄目になったなんて一ミリも思ってない。でも川嶋くんは、自分と一緒に私の未来も駄目になったって決めつけた。それってすごく失礼だよ。まるで私が死んじゃったみたい。勝手に殺さないでくれる？」

店内の客がこちらを見ている。道下もだ。四方八方から照射される視線は、虫眼鏡で集められた光みたいだった。当たったところから有人の体をちりちりと焦がしていく。焦げ目は内部まで到達して、ずっと頭にこびりついていた核の部分をあぶりだす。

——未来なんてない。

思い続けてきたそれは、確かに死んでいるのと変わらない。

「決めつけるなら自分だけにしておいて。私は引きこもりするほど暇じゃないから」

圧倒されながら、有人は一つ尋ねた。

「……なんか将来のこととか、考えたりしてるの？」

「私は子どものころから同時通訳者になりたいと思ってるの。米原万里(よねはらまり)さんのエッセイをニューヨークにいたときに読んで、それからずっと変わらない。今もね」

同時通訳者。喋る仕事だ。ラ行はどうするのか。しかし道下は前を向き続けている。

「誰に言われたわけじゃない。私がそうなりたいんだから、怯(ひる)んでなんていられない。ラ行は逆風だけど、私の推進力のほうが勝つって信じてる」

道下はこんなに強い子だったのか。転入してきてからろくに関わりを持たないまま、あの日を迎えてしまった。道下の人となりも把握しきれていないのに、有人は確かに、自分と同時に彼女の未来も奪われたと思い込んでいたのだった。

「当ててみようか。私が電話をしたとき、後ろに人が何人かいる感じだった。親戚の方がいらしてたんじゃない？　告別式のあとだもんね。で、電話は結構保留にされた。ということは、川嶋くんはそういう集まりと離れて、自分の部屋にいた。違う？」

頷くと、道下は「やっぱりね」と無感動に言った。

「また引きこもっちゃうの？　そんな雰囲気だね。なにも変わってない感じ。少なくとも、ここにいる川嶋くんは」

　道下の言葉は鋭い槍となって、ことごとく有人の弱い部分に突き刺さった。

「それもお似合いかもね。どうせお医者さんにはなれそうもないし」

　道下は自分のトレーを手に立ち上がった。

「本当は、お礼を言うだけで終わりたかった。心から感謝してるんだもの。でも、それ以上に腹が立っちゃったから。ごめんね。まあ見てて。十年後には、私は同時通訳者になってみせる。取り返しがつかない、とかいじけちゃってる川嶋くんは、ご自宅のお部屋にいるかもだけど」

　じゃあね、と並びの良い白い歯をこぼして背を向けた道下は、唖然とするほど颯爽としていた。デニムジャケットを着た背は伸び、顔は進む方を向いたまま、一度も振り返らなかった。彼女はどんどん離れて、すぐに見えなくなった。

　置いていかれたと有人は痛感した。

　もう、影も形も見えないほどに差をつけられた。一緒に未来を失ったと思っていた相手に。

　しかし、だ。有人は道下が飲めないと言ったダークモカチップフラペチーノを、猛烈な勢いですすった。本心から悪かったと頭を下げたのに、ひどい言われようではないか？　気に障った内容はわからなくもないが、ああまでこき下ろされる必要もない。特に最後なんて、ひどかった。

有人にとって、道下は『あの日』の大いなる負を唯一共有する存在だった。それなのに、失態を馬鹿にして散々嘲(あざけ)ったクラスメイトよりも、よほど厳しい言葉を投げかけてきた。

あの日と絶望を繋げていた糸の一本が、ぷちんと切れた気がした。

道下に嗤(わら)われたくない。

——私と川嶋くんを一緒にしないで。

＊

道下に会った翌々日、初七日の法要を待たず、有人は照羽尻島へと発(た)った。

和人が空港までついてきた。

「一人で大丈夫なんだけど」

「おまえとあんまり話せなかったし」

兄は自分と話したかったのか。そのわりには、せっかく座れた移動の電車の中でも、あまり口を開かなかった。開こうとしては、走行音や車内アナウンスを気にしてか、それを止め、いつしかぼんやりと車窓を眺めだした。兄の髪は以前よりも長かった。多忙な大学生活に加え、叔父のこともあり、散髪に行く機を逸しているのだ。三月に家を出たときは自分のほうが長かったなと、吉田理容店で整えているスポーツ刈りの頭を軽く撫(な)でて、有人はリュックを腹に抱え、兄の横で目をつぶった。

兄は医大で彼女ができただろうかと、ちらりと思った。

少しばかり時間に余裕をもって羽田空港に着いた。

「お土産、買えば？」

和人が並ぶ店舗を指さしたので、夏休みの終わり、涼先輩がコンビニスイーツのマカロンをお土産にしていたのを思い出した。ならばマカロンでも探そうかと洋菓子を売るお土産屋に歩み寄りかけたときだった。

「おまえさ、覚えてるよな。叔父さんにニセコに連れて行ってもらった帰り。飛行機の中でさ」

自然と足が止まった。振り向くと、兄は笑った。

「あのときの叔父さん見てから、おまえ、医者になりたいって言うようになった」

どうして今、こんな話をするんだろう。医者になりたいと無邪気に吹聴していた過去など、蒸し返してほしくなかった。有人は自分の顔が強張るのを感じた。

「……昔の話だよ」

「叔父さんみたいになりたいと思ったんだろ」兄は聞き入れてくれず、初めて耳にすることを言った。「わかるよ。俺もそうだし」

空港でしか聞かないチャイム音が鳴った。

「俺さ、叔父さんが死ぬ二日前にお見舞いに行ったんだ。そのとき、有人と同じで、俺も本当はすごく格好いいと思ったって伝えたんだよ。そうしたら叔父さん、もう結構話すのもキツそうだったけど、こんなこと言ってくれた。和人が医者になりたいのは、俺が格好良かったからか？　俺以外の誰かが同じことをしても、格好いいと思ったか？って」

兄の言葉が叔父の声に聞こえた。和人の口を通して、叔父が問いかけてくる。

「叔父さん以外の誰か……」

考えたこともなかった。和人は前髪をうるさそうにかき上げた。

「叔父さんじゃなくても、俺はたぶん格好いいって思ったって答えた」

リュックのショルダーハーネスを、有人は両方握った。「そしたら？」

「叔父さん、それでいいってほっとしていた。そう思うならいい。おまえが格好いいと感じたのは俺じゃないんだって」

「じゃあ、誰？」

「誰でもない。行動、考え方、生き方に対してそう受け取ったってこと」

——生き方の問題なんだ。

余計なことをしたと苦言を呈す父に、叔父がそう返していたのを思い出す。

「叔父さんみたいに、ってのは、なにも医者になればいいってわけじゃないんだよな。俺はなるつもりだけどさ」

またチャイムが鳴った。和人は続けた。

「たださ。あのとき叔父さんが呼びかけに応じて、席を立って行動してくれなきゃ、それもわかんなかったんだよ。だからさ、有人。俺が言いたいのは」

和人がリュック越しに背を叩いた。堪(こら)え切れず、前にのめった有人がつい睨(にら)んでも、悪びれずに親指を立てた。

「東京だろうが島だろうが、動け。行動しろ。動けるくせに止まったままは、マジで意味ない。動かないで留まっている時間だって、取り返しがつかないものの一つだぞ」

もちろん、公序良俗に反しない行動だからな、と付け加え、最後に「おまえ、ちょっと筋肉ついたな」と言って、和人は踵(きびす)を返した。お土産を買うのを勧めたくせに、見とどけもしなかった。

道下みたいに和人も振り返らず、すぐに雑踏に消えた。

「……なんだよ」誰にも聞こえないほど小さな呟きを足元に落とし、有人は摑(つか)んだままのショルダーハーネスを強く握り締めた。「こっちはこれから離島なのに」

正月に有人がトイレに出てくるまで廊下で粘った叔父と、今日、来なくてもいいのに空港までついてきた兄が、不思議と重なる。

兄はいつの間にか、叔父に似てきていた。

もしかしたら、本当はもっとずっと前、有人が島に暮らしを移す前から、兄と叔父は似ていたのかもしれない。気がつかなかっただけで。

確実なのは、二人とも自分を心に留めおいてくれていたということ。

有人は垂れてきた洟(はな)を一度すすり、出発便案内の電光表示板を挑むように見上げた。

それから、洋菓子を売るお土産屋に入り、学校のみんな、一人に一つ行き渡るだけの数が入ったマカロンの詰め合わせを買った。

＊

フェリーのエンジン音が変わる。舳先(へさき)では乗組員が太いロープを準備しだした。

照羽尻島の港が近づいている。船と一緒になって飛ぶカモメの鳴き声がうるさい。だが、三月には多く飛んでいた黒っぽい海鳥は、めっきり数が減っていた。繁殖期を終えて島を離れたのかもしれない。

客室で一緒になった数人の島民は、みんな涙ぐみながら、叔父へのお悔やみを言ってくれた。

「川嶋先生がいないと、本当に寂しいよ」

甲板に出ると、潮風が有人の顔面を叩いた。風が強いのはいつものことだが、この日はとりわけ強く感じられた。

港には何人かの人影があった。目を凝らすと、その中に涼先輩もいるようだ。時刻はもう放課後だ。旅館に泊まる客の出迎えに、女将(おかみ)であるお母さんとともにきているのかもしれなかった。

やっぱり島はすたれていて辺鄙(へんぴ)だ。荻窪のスターバックスがここにあったら、UFO以上にそぐわない。

フェリーが接岸しタラップがかかると、有人は一番に下りた。

「有人くん」涼先輩が駆け寄ってきた。「……おかえり」

有人は「おかえり」を嚙みしめた。この島が僕の帰るところなのかという自問には、まだ大きく頷けない。でも、帰ってきた。

涼先輩はいつもよりも気遣わしげだった。「お疲れさまだったね」

「大丈夫です、ただいま」心からのただいまを言えなかった罪滅ぼしのように、有人は手に提げている紙袋を上げてみせた。「みんなにお土産あります。マカロン。明日学校に持ってきます」

「本当？　めっちゃ嬉しい。ありがとう」

涼先輩の声色も、めっちゃ嬉しいというほどのものではなかったが、笑ってくれた。

「そういえば、寮に郵便物が届いてるみたい。桃花ちゃんが言ってた」

「僕に？」

涼先輩のお母さんが、野呂旅館に宿泊する老年夫婦の観光客に話をつけてくれた。老年夫婦も鷹揚だった。有人は送迎の車に同乗させてもらい、寮に戻った。

「おかえりなさい」

玄関まで出迎えた後藤夫妻が、口をそろえて言った。有人は視線を下に向け「ただいまです」と応じた。古いがよく磨かれてきれいな床板だなと、ぼんやり思う。

「有人くん」後藤のおじさんが、大きな茶封筒を差し出した。「いない間に届いたものだよ」

「ありがとうございます」

封筒は二つあった。しかも一つは、叔父宛であった。

「これは？」

叔父宛のを示して問うと、今度は後藤のおばさんがいきさつを説明してくれた。

「そっちは、有人くんが東京に行った日に届いたの。川嶋先生、もういらっしゃらないでしょう？　だから、島で一緒に暮らしていた有人くんにとりあえず、って配達が回ってきたの」

他の地域なら差出人に戻されるケースだろうが、ここは照羽尻島である。配送の荷物も玄関の中に置かれるのだ。同居していた身内がいるのならという判断も、島でならあり得る。

「もう一つは、今日届いたばかりよ」

そちらは速達で、ちゃんと有人宛だった。内側に緩衝材が付いたクッション封筒だ。

宛名のラベルシールは、どちらも同じ字体に見えた。裏返すと、やはり差出人も同じだった。

柏木道大。

六月に、叔父の診療所を訪れていた医大生の名が、そこにあった。

6

【川嶋雅彦先生御侍史
拝啓
仲秋の候、先生におかれましては、ますますご清栄のこととお喜び申し上げます。
さて、昨年来ご協力賜りました件ですが、研究論文の草稿がまとまりましたので、お送りいたします。川嶋先生のお言葉も一部引用しておりますので、不都合がございましたらご連絡いただければ幸いです。
その後、ご体調の方はいかがでしょうか。お元気に過ごされていることを、切にお祈り申し上げます。
敬具
北海道大学医学部医学研究科博士課程三年　柏木道大】

東京から戻って来てすぐ、有人は寮の自室で、先に届いていた叔父(おじ)宛の封筒を開いた。

同封されていた草稿の表題を読んで、初めて有人は柏木の研究テーマを知った。

『様々な疾患における転地療法の有効性と無効性の検討』

転地療法、つまり療養のために住み慣れた場所から離れて環境を変えることだ。だから柏木は、離島の診療所にやってきたのだ。持病のあるハル先輩と話をしていたらしいのも頷ける。

そこで、ふと有人の胸がざわついた。

引きこもっていた時分、両親に連れられて心療内科を受診したことがあった。柏木は今年の六月で三度目の来島だったはずだ。

叔父はなぜ、照羽尻島に自分を誘った？

有人はホチキス留めされているＡ４サイズの草稿をめくった。

＊

「有人くん、おにぎり作ったから。少しでも食べて」後藤のおばさんが、ドア越しに声をかけてきた。「ここに置いておくね」

しばらくしてドアを開けてみると、ラップがかかった皿に、たくあんが添えられた小さなおにぎりが二つ並んでいた。有人は自室でそれを齧った。

夕食は要らないと断ったのだった。柏木が書いた草稿の内容は、有人から健全な欲求をすべて奪った。東京からの道中で、カロリー補給のゼリー飲料を一つ飲んだきりなのに、空腹を感じないばかりか、てんぷらを揚げる脂っこい匂いに胸がむかむかした。

夜食のおにぎりも、数口で限界になってしまった。少しでも食べたのだから努力は認めてくれるだろうと、有人は残したそれを台所へ下げにいった。

後藤のおばさんが、水を切った皿をしまっているところだった。

「……ごめんなさい、残して」

「具合が悪いのかい？　風邪かねえ……川嶋先生なら、この時間でも診てもらえたけど」

有人は猛然とかぶりを振った。「大丈夫、疲れただけです。今日はもう寝ます。お休みなさい」

有人は二階に駆け上がって、自室に飛び込み鍵を閉めた。

今、有人の中の叔父は、その姿を変えた。柏木の草稿によって。

机の上に置いたその草稿が、ドブネズミやゴキブリの死骸みたいに思える。

読まなければよかった——有人は布団を乱暴に敷き、着替えもせずに中に潜った——

叔父さんがあんな風に僕を見ていたなんて。

柏木の草稿の中には、ハル先輩だけではなく有人もいた。

一患者として。

十六歳の少年、東京での不登校、抑うつから来る引きこもり、心的外傷、離島に来て約二ヶ月で登校可能状態まで回復。

要点はそんな感じだった。

これに該当するのは、有人しかいない。

『北海道の離島・照羽尻島に医者として常駐勤務しつつ、一次予防医学の観点から、地域医療を支え続けている。』と紹介されている叔父のコメントまであった。

『東京から離島という思い切った環境の変化が、彼にとって良い方向に働いたのだとしたら、好ましい結果に相違ない。』

叔父は僕を患者と見ていたのか？　島に誘ったのは純粋に僕のためを思ったのではなく、症例として観察したかったからか？

――未来の自分を想像してみないか。

あの言葉はなんだったんだ。

確かに東京で心療内科にかかった。薬だって飲んだ時期がある。けれども、なんの解決にもならなかった。病気とは違うのだ。

機内でドクターコールに応える叔父を見たときから、一心に憧れ続けた。叔父みたいになりたかった。あれが別の誰かだったとしても、やっぱり兄と同じく格好いいと思っただろう。だが、別の誰かは仮定でしかない。名乗り出たのは叔父、たった一人。それが事実だ。

だというのに。

また、土日の休みも勉強にあて、緊急時にも対応できるよう常に携帯電話を離さずにいた叔父に、有人は地域医療に携わる使命感を見て取っていた。しかし、純粋にそうとは言い切れないのもわかってしまった。

草稿には取材を受けた医師たちへの、地域医療に対するインタビューの章もあった。

有人の目に留まったのは当然、叔父の言葉だった。

『休日であっても、島を出ることはためらわれます。島民が抱く医師像は、都会のそれとはまったく異なるのです。プライベートはなく、すべての時間、島民のための医師であることが求められ、通常の勤務医とは違うプレッシャーや、束縛を覚えることも少なくありませんが、そのような内情や私の心情について、島民が理解してくれることを期待してはいません。地域医療とはそういうものです。』

　みんなと親しく接し、ウニやら晩御飯のおかずやらをもらい、先生先生とあれほど慕われていたのに、叔父は内心では、彼らの無理解にため息をついていたのか？　休日でも文献に目を通し、携帯電話を肌身離さずにいたのは、島民の無言の圧力に屈していたからなのか？

　理解を期待していないと言う草稿の中の叔父は、知らない人みたいだった。しかし、真意を問いただそうにも、叔父はもうこの世にはいない。

　他の医師たちも、地域医療の難しさをそれぞれの言葉で語っていた。その中では、叔父はマイルドなほうだった。それでも有人は失望した。

　今、憧れは踏みにじられた。叔父を羨望してきた日々は一体なんだったのか。

　尊敬と人望を一身に集めながらも、裏では甥の自分を患者とみなして島に呼び、島民の勝手さを嘆く。そんな叔父の姿は知りたくなかった。

　加えて、島や島民にも改めてがっかりした。島や島民に対する叔父のネガティブな独白は、有人が島に来た当初に感じた『寒々しい奈落の底』という印象の正しさを、がっちりと補強したのだ。

島に戻ったのは、なりゆきだ。久しぶりの東京の自室で、もう帰らなくてもいいと折れかけた心を、道下がバットでフルスイングした。有人の弱い部分を真っ芯で捉えたから、こんな遠くの島まで跳ね返った。とはいえ、叔父がぎりぎりまで頑張った場所でもある。長年の憧れだった叔父の『生き方』を考えるとき、照羽尻島はもはや外せない。

空港での兄の言葉は、おまえもそこでなにかを見つけてみろと言わんばかりだった。なのに、帰った早々これである。叔父を思って己を奮い立たせようとしても、こうして内幕を知ってしまえば、気分は逆に萎えるばかりだ。いつしか「おかえり」と迎えられるようになった場所で、有人はひどく心もとなく、孤独を感じた。

もう一つのクッション封筒のほうには『ワレモノ在中』と書かれていた。触ると薄く硬いものが中にあるのがわかる。ケースに入ったCDかDVDの類と思われた。

それを、有人は開封しなかった。

草稿で患者扱いされているのだ。もしも記録媒体の中身が心身の治療や健康を指南するものだったら、いよいよやりきれない。そして、十中八九そうだと思う。なぜなら自分宛だから。

「……最悪」

涙を懸命にこらえながら、有人は布団の中でひとりごちた。

『あの日』に匹敵するかそれ以上の最悪の日が今日だと、有人はきつく唇を噛んだ。

＊

気分がすぐれないから学校を休みたいと寮の後藤夫妻に訴えると、また特別におじやが用意され、学校にも連絡を入れてくれた。

「叔父さんのことや長旅で、疲れたのかもしれないけど」後藤のおばさんは、平熱が表示された体温計を眺めてなお、有人の額に手を伸ばしてきた。「診療所で診てもらおう、念のために」

「ゆっくりしていれば治ると思います」

気分が悪いのは、草稿の内容にショックを受けたからだ。病気ではない自覚がある有人は遠慮したのだが、後藤のおばさんは首を縦に振らなかった。

「ちゃんと診てもらわなくちゃ心配だから。週明けから、新しい先生が来てくれているの」

有人は後藤のおばさんに連れられて、午前九時過ぎに診療所へ行った。お土産のマカロンは桃花に託した。

診療所の待合室には、既に十名以上の島民がいた。看護師の桐生、医療事務の森内の姿もあった。違うのは、診療室にいるのが叔父ではないことだけだった。だが、そのたった一つが大きかった。叔父がいたころは和やかだった待合室の空気は、静電気をはらんでいるかのようにぴりぴりとしていた。

「星澤先生が来たの、八時四十五分だったのよ。それもなんだか陰気でねえ。おはようございますって言って、すぐに診療室に引っ込んじゃった」

叔父がいた時分から診療所の常連だった熟年女性が口を切ると、他の島民も続いた。

「川嶋先生よりずっとお爺ちゃん。私と同じくらいかねえ」

「カルテを見て、お変わりないですか、って二言三言の問診で、お薬診療終わらせたんだもの」

「言ってやったわ。前の川嶋先生は、八時には診療所に来ていたし、もっとずっと丁寧で親切で、お喋りも弾んだって」

「川嶋先生なんて、来島したその日に、急に具合悪くした子を診てくれたってのにね。ほら、斎藤さんとこの誠くん」

「まだ呼ばれていないから、無愛想だったら言ってやるわ」

彼らの話で、新しい医師の名前は星澤で、老齢に片足を突っ込んでいる男性ということがわかった。さらには、すでに不興を買っていることも。

「川嶋先生、本当に残念だわ。有人くん、ご愁傷さま。おばちゃんたちも悲しい」

お悔やみの言葉をくれた吉田理容店のおばさんの顔を、有人はしっかりと見られなかった。

――私の心情について、島民が理解してくれることを期待してはいません。

あの、島民と自分との間に黒々と太い境界線を引くような叔父の言葉を知らないから、理容店のおばさんも悲しんでいるのだ。その重い秘密が有人を俯かせた。

「具合悪いんだね。ほれ、ここ。ここで少し横になりなさい」

待合室のソファに座っていた元気そうな何人かが、腰を上げて有人に場を譲ってくれた。森内が体温計を持ってやってきて、測り終えたあとに回収していった。

やがて、桐生が有人を呼んだ。診察の順番が来たのだ。有人は後藤のおばさんに付き添われて、診療室に入った。

星澤医師は小太りで老眼鏡をかけていた。後ろに撫でつけている髪は乏しくなりかけていて、かつ不自然に黒い。老眼鏡を下げてフレームの上から様子を窺う視線に、有人はあまり好感を抱くことができなかった。

「……川嶋先生の甥御さん、だね」

星澤医師の第一声は、体調を尋ねるものではなかった。

「先生にはずいぶんと信者が多かったようだね。お悔やみ申し上げます」

信者というのは島民のことに違いない。星澤医師は手で患者用の椅子に座るよう促した。

「で、今日はどうしました？　平熱だけれど」

「気分が悪いって、食欲もないみたいなんですよ」有人が答えるより先に、後藤のおばさんが説明をした。「親代わりと思って預かっているものだから、心配で」

星澤医師は有人の喉を触った。冷たい手だった。

「口開けて」

言われたとおりにする。星澤医師はすぐに「腫れは無いね」とデスクを向いて、カルテに書き込みをした。

「疲労でしょう」星澤医師の見立ては、後藤のおばさんと同じだった。「近親者との死別は大きなストレスになりますからね。特に薬は必要ないです。今日明日はゆっくり休んで、消化の良いものを食べてください。病気じゃないから、悲しくても日常生活を送ることが大事だよ……」

もういいですよと、星澤医師は診療の終了を告げた。五分とかかっていなかった。

「なんだか、そっけない先生だわね。川嶋先生と大違い」

診療室を出てすぐ、後藤のおばさんは有人に耳打ちした。耳打ちにしては大きな声だった。星澤医師に聞こえていても、なんの不思議もなかった。

川嶋先生のほうが。

川嶋先生だったら。

川嶋先生がいれば。

叔父が他界して四十九日も過ぎていないのに、それらの言葉は照羽尻島島民の合言葉みたいにすっかり浸透していた。

＊

「おまえ、帰ってきてからずっと元気ないな」

誠にそう言われたのは十一月のはじめ、叔父の死からおよそひと月という頃合いだった。

「気落ちするのはわかるけどさ。俺だって寂しいし。てか、みんなそうだし」

同じ一年の教室には、桃花もいた。桃花は二人の会話に耳を傾けているふうだったが、口を挟んではこなかった。

「星澤先生、金曜日の午後休診にしてるじゃん？　なんでだか知ってっか？」質問の形を取りつつ、誠は自分で答えを言ってしまった。「帰ってんだって、北海道本島に。金曜夕方の最終フェリーで。で、日曜の最終フェリーでこっちに来る」

「……単身赴任で島に来ているみたいだし、自宅に戻ってんじゃないの」

「後茂内のスナックで飲んでるとこ見たって、海老原のおっちゃんが言ってた」

海老原のおっちゃんとは、誠の父とタラ漁の船団を組む島の漁師の一人だ。三十代後半で独身で、少しお腹が出ている。

「話しかけたら、すげー嫌そうな顔して店出ていったってさ」

むっつりとした星澤医師も、それを語る海老原の口調も、有人には簡単にイメージできた。

――新しい先生、本当に無愛想だなあ。川嶋先生とは大違いだべや。

一度診療されているから、有人にも星澤医師の愛想のなさはわかる。着任早々だったにもかかわらず、あのときすでに星澤医師は、前任の叔父と比較されることにうんざりしていた。

兄の和人や叔父がそばにいた有人は、比べられるのがどれほど嫌なものなのかがわかる。

さらには、星澤医師がこの島に来てどんなことを思ったのかも、わかってしまうのだ。

――奈落の底。

ある程度の予備知識はあったとしても、実際に離島の光景を目にすれば、やはりインパクトが違う。潮の匂い、海鳥の鳴き声、風の強さ。フェリーから迫る港を目にしたとき、星澤医師は離島の現実に直面した。とんでもないところに来てしまったと思ったはずなのだ。そこで、最初から叔父と同じレベルを求められたとしたら。

有人も、毎日島民に話しかけられる。新しい先生より叔父のほうがずっと良かったと、あたかも日常の挨拶のように。

そのたびに、柏木の草稿が思い出されて、地べたを見てしまう。地べたには、かつて煌めいていた憧れが粉々になって、薄汚く散らばっている。

抱えてしまった秘密を誰かと共有したいと、有人は思う。もしもその誰かが「川嶋先生にはがっかりだな」と言ってくれたら、患者扱いされた自分も救われるに違いなかった。

でも、口をつぐんでいる。死してなお評判が上がり続けている叔父への愚痴をこぼしても、同意は得られそうにない。下手をすれば、そんなはずはない、嘘をついているのではないかと、こちらが否定されてしまいそうだ。そうしたら状況は今より悪くなる。

「久保のおばちゃんとか、すげーやきもきしてたわ。あそこ、翔馬ちゃんいるからな」

港近くで旅館を営む久保一家の大人たちが、目に入れても痛くない翔馬は、まだ一歳の誕生日を迎える前だ。島内に三人しかいない乳幼児の名前は、さすがに有人も把握していた。

「たぶんね、土日も島にいてくれるようになると思う」五人そろっての昼食時にそう言ったのは、涼先輩だった。「この前の日曜日、先生が帰ってきたところを捕まえて、港で直談判したって聞いたもん」

「直談判って？」

有人は思わず尋ねた。桃花とハル先輩も、後藤のおばさん特製カツ丼弁当を口に運ぶ箸を止める。誠が横から答えた。

「ああ、なんか俺も聞いた。翔馬ちゃんが金曜の夜から熱出したんだろ。星澤先生いないから、桐生さんのところに連れてったって」

「そう。だから久保のおじちゃんおばちゃんとか、まだ小さいお孫さんがいる村雨さんとか、松本さんとかが家族みんなで港に行って話をしたんだって。川嶋先生なら土日もいて携帯も通じたから安心だったのに、子どもになにかあったらどうするんだ、って」

「それを港で？」ハル先輩が淡々と確認した。「日曜日の最終便が着くのを大勢で待ってたの？　星澤先生、びっくりしただろうね」

「うん、びっくりしてたって聞いた。桃花ちゃん、オレンジあげる」涼先輩が、くし形切りのオレンジが並んだタッパーを、桃花へと差し出した。「翔馬ちゃんは熱が下がったからよかったけれど、もしも一刻を争う病気だったら怖かったよ」

「……お医者さんがいないって、困るよね」桃花がオレンジを一つとった。「札幌なら、休みの日や夜も当番の病院があるし、救急車も呼べるけど」

「ま、いざというときは救急車のかわりにヘリ来るけどな」

以前、叔父が言っていたことが、誠の声で再現された。

「でもな。翔馬ちゃんが具合悪くした日って、天候荒れてたからな。親父も船出してなかったしさ。そういうときは、マジやばい」

「誠くんもあったよね。小学三年？　四年生だったっけ」

「あーあれな。あのときは川嶋先生がさ……」

待合室で小耳に挟んだ話が当人の口から語られるのを、有人は聞き流した。半分以上の土地が海鳥に占拠されているこの島で、今自分と一番気持ちが近いのは、星澤医師なのではないかとすら思った。

「有人」ふいに誠に名前を呼ばれた。「おまえ、どうした？　腹でも痛いか？」

からかう口調ではなかった。

心配してくれているのはわかった。誠に草稿のことを話したらどうかとも思った。だが有人は「別に……」と答えてしまった。

誠は島で生まれ育っている、島側の人間だ。その事実がためらわせた。

照羽尻島診療所の入り口に、一枚の紙が貼られたのは、それから間もなくのことだった。

＊

『北海道立照羽尻島診療所の体制について

現在勤務している星澤医師が、十一月二十日をもって退職することとなりました。

後任の医師につきましては、現在、確保に向けて努力しており、それまでの期間は、派遣の医師により診療を実施する予定です。

なお、星澤医師退職後の診療日時につきましては、派遣医師が決まりしだい、改めてお知らせいたします。

島民の皆様には、ご不便をおかけしますが、ご理解とご協力をお願い申し上げます。

北海道立照羽尻島診療所』

「うち島民のことをなんだと思ってるんだべ」

「最初っから、嫌々来ているって顔していたもの」

「したって、こんなにすぐ辞めなくても」

「川嶋先生が懐かしい。川嶋先生は、いつだって島の味方だった。神様みたいだったもん」

＊

例の紙が貼られてからというもの、島民は星澤医師への不満をもはや隠さなかった。そして、その不満と叔父への賛辞は、シーソーの両端のようだった。一つのものとして語られ、片方が下がれば下がるほど、もう片方が上がる。

星澤医師の退職日が間近となったある日の放課後、有人は診療所を覗きにいった。島は駆け足で冬へと向かっており、ダウンを着ていても寒く感じる。特に耳が冷たかった。薬を処方してもらうというハル先輩が一緒だった。ハル先輩は耳あてに手袋までして、完全防備だった。不味い薬を捨てる悪癖を続けているのか、顔色も冴えない。

柏木の草稿で、有人は図らずもハル先輩の病名を知ってしまった。あの草稿の内容は、今もって誰にも言えていない。孤独感を募らせる有人は、同じく患者として記されていたハル先輩なら、多少は理解を示してくれるのではと思った。寮という一つ屋根の下で暮らしながら、親しみまでは持てずにここまで過ごしてしまっているが、彼もまた島外から来た一人でもある。

彼は星澤医師と島民の軋轢をどう見ているのだろう？

「あの……」

低めた声で呼びかけてみたが、黙殺された。やっぱり感じが悪いなと思った次に、偶然知った彼の病名と耳あてをしている姿が、芽生えた軽い苛つきを流し去る。

診療所の屋根が見えてきたころ、先輩から逆に話しかけられた。「あの郵便物がどうかしたの？」

「はっ？」

見事な不意打ちだった。軽く受け流すなど到底できず、有人は変な声を出して立ち止まってしまった。

「柏木さんから来ていたあれのせいで、具合が悪くなって、次の日学校を休んだんだよね？」

「なんでそのこと……」

「ああ、やっぱりそうなんだね」

かまをかけたのか確信があったのか。いずれにせよハル先輩は、「なにが書いてあったの？」と尋ねてはこなかった。尋ねてくれないから、有人も話せなかった。

どうして詳しく話せと言ってくれないんだろう？　水を向けられたら喋る用意はあるのに。

先ほど、ハル先輩なら理解者になってくれるかもしれないと思ったのに、差し伸べられた手が翻ってしまったようで、不満の火種が胸に燻ぶる。

「じゃあ、僕はここで。海鳥観察舎に寄っていくけれど、夕食の時間までには帰るから」

診療所の中へ消えていく薄情な背を眺めつつ、有人は中の様子を探った。叔父が診療室にいたときは島民でごった返していた待合室に、人影は一つもなかった。

後日、星澤医師が島を後にするときも、誰もフェリーを見送らなかったと、噂で聞いた。

医師のいない島は、不穏な空気に包まれていた。島民は有人を見るや、星澤医師を引き合いに出して、叔父を懐かしんだ。有人はまるで、星澤医師の悪口を投げ込まれるポストになった気分だった。

ポストに一つ悪口が投函されるたびに、そんなに悪い医師だったか？　と擁護したくなった。医者だって人間だ。休みの日は好きにくつろいでも、文句を言われる筋合いはない。この島にくつろげる場所がないなら、北海道本島に戻るのは当然だ。共に医師である両親も、休診日は自分の時間を持っていた。都会ではそれが普通だ。だがそれを、島の人は「自分たちのことをないがしろにしている」と責めるのだ。フェリーで帰ってきたところを取り囲むまでして。

あの話を聞いたとき、有人はぎょっとなり、続いて離島の閉鎖性を思い知った。家に鍵をかけなかったり、配達の荷物が玄関の中に置かれたりするのを、一つも疑問に思わないのと同じだ。

戻ってきたのに、島がどんどん嫌いになっていく。島が嫌になると、島に来るしかなかった自分自身の無価値さも痛感する。兄は空港で行動しろと励ましてくれたが、こんなところでなにをすればいいのか、こんな自分が行動してなにになるのか、有人にはもはや一つも見えなかった。

気づけば有人は、島に誘った叔父を恨んでいた。誘ったのも叔父として良かれと思えばこそならまだしも、草稿のせいでただのサンプルだったと知ってしまった。島を出ると伝えられたときの「誰のせいでもない」という言葉ですら、こうなることを見越しての自己弁護に思えてくる。

恨みがないぶん、部屋に引きこもっていたころのほうがまだマシだった。今は奈落の底にさらに穴を掘っている。

この、延縄（はえなわ）以上にこんがらがってどうしようもない気持ちを、誰かに理解してもらいたい。味方がいれば、少しは救われる。でも、星澤医師と叔父に対する島民の言動からして、その望みがかなうとは思えないのだった。

＊

十一月の末、体育の授業前だった。

「あ、痛っ」

桃花とバレーボールをトスし合っていた涼先輩が、右手を胸の前に抱え込んだ。桃花が真っ先に駆け寄って尋ねた。

「どうしたの？」

「突き指したみたい」

「見せて」桃花は涼先輩の右手を取って、顔を曇らせた。「人差し指だね。腫れてきてる。骨折していないといいけれど」

「涼ちゃん、なした？」

誠と一緒に、有人も二人の女子に近づいた。涼先輩は「骨は大丈夫だと思うよ」と、腫れた人差し指を曲げたり伸ばしたりして見せた。

「それができるなら、少しは安心だけど……」桃花は体育館の入り口を振り向いた。

「先生のところに行こう。早めに湿布貼って冷やそう」

「無理に動かさないほうがいい」一人隅に座ったままのハル先輩が忠告した。「切れかけている腱が断裂するかもしれない」

「ハルくん、怖いこと言わないでよ」

体育館を出ていく涼先輩と桃花を見送ったあと、誠がぼそりと言った。

「レントゲン撮りたくても、医者がいねーからな。まさか一ヶ月でトンズラするとかねーよな。ひでーよ、いくらなんでも」

次は叔父への賛辞が来る。聞きたくなくて、時間が止まればいいと有人は一瞬願った。だがもちろん、止まらなかった。

「川嶋先生はいつもいてくれて、優しくて頼りがいあったのに」

もういい加減にしてほしい。誰もわかってくれない。

そんな気持ちが、ついに声になってこぼれた。

「……本当の叔父さんを知らないくせに」

「え？」誠は聞き逃さなかった。「だってマジでそうだったじゃん。ていうか、本当の叔父さんってなんだよ。嘘の川嶋先生とかいるのかよ？」

有人は目を泳がせた。「言葉の綾だよ。ただあんまり」乾いてきた唇を舐める。「あんまり島の人が、叔父さんのことすごいってべた褒めだから……なんでそこまで評価されるのかって」

「いや、だってマジで先生普通にすごくね？　お医者さんだから、自分の病気のこと、うすうすわかってたと思う。でも、ほとんど最期まで島にいてくれたんだぞ？　星澤先生なんて週末になったら北海道本島に行って酒飲んでたのに」

誠は叔父の擁護一辺倒だ。島外組のハル先輩に視線を向けると、彼は青白い顔でこう言った。

「なんでそこまでと君が思うほど、島の人たちに必要とされていたのでは？」

そこに、応急手当てを施された涼先輩と桃花が帰ってきた。

「涼ちゃん、大丈夫かよ？」

「うん。中指をギプスがわりに固定したから。湿布で楽になった感じするし」涼先輩はその場の空気に敏感だった。「なになに？　なんかあったの？　私なら平気だよ？」

誠が有人を顎でしゃくって示した。「こいつが変なこと言うからさ。なんでみんな川嶋先生を褒めまくるんだって。でも、星澤先生と川嶋先生なら、雲泥の差じゃん？　マジでさ」

「……叔父さんが褒めまくられたら、嫌なの？」

桃花の呟きが痛いところを突く。誠は当然のように桃花を後押しした。

「そうだよな、嫌みたいに聞こえるよな。本当の叔父さんとかなんとか言ってさ」

「あのね、有人くん。私、ここにずっといるから、川嶋先生が来る前のことも知ってるんだけど」

包帯が巻かれた痛々しい右手を、涼先輩は軽く自分の頰に当てた。考えるようなポーズだが、患部を下にしていると、痛いのかもしれない。

「昔もこんな感じだったの。島にお医者さんがいなくて……みんな具合悪くてもできるだけ我慢してた。医療事務の森内さんいるでしょ？　森内さんのお父さんって心臓発作で亡くなったの。ちょうどお医者さんが島にいないときに倒れて、ドクターヘリを呼んだけど間に合わなかった。それに、どんなに長くてもお医者さんは一年くらいで出て行っちゃうのが当たり前だったんだ。でも、川嶋先生は違った。結果的に……七年かな？

いてくれた。お母さんもあんな先生は初めてだって言ってたよ」

「俺も親父から聞いたけどさ、川嶋先生がここにいるの、最初は一年の予定だったらしいんだ」

有人はそのことを知らなかった。「任期とか、そういうこと?」

「任期っていうのかどうか知らねーけど、一年で次の医師に交替するって、赴任当初は先生本人が言ってたってさ。親父が聞いたんだから確かだ。親父も離島の診療所に勤務するなら、そういうもんだろうってたな。でも、次の医者が決まんなかった」

つまり、後任を募ったものの誰も手を挙げなかったのだ。

「川嶋先生は、ここは海産物が美味しいからとか言ってくれてたけど、本当は島民のことを思って残ってくれたんだって思ってる。そんなん、尊敬されるの当たり前じゃね?」

だからそれは上っ面なのだ。草稿を読んだ有人だけが知っているのだ。島民側もどうせ「任期満了になったら島に医者がいなくなる」などと、懇願の皮を被った脅しの言葉を投げたのだろう、島の常識のもとに。言いそうな顔は、いくらでも思い浮かんだ。

「ちょっと遅れたな、始めるぞ」

体育教師がやってきて、有人は口をつぐんだ。誠はしばらくの間、じっと有人を見ていた。ハル先輩が教師に見学したい旨を申し出た。そういえば弁当も残していた。体調が悪いのだろう。涼先輩が彼の隣に座り、心配そうにこんな言葉をかけた。

「診療所が開いてたら点滴してもらえるのにね」

結局ハル先輩は早退した。歩くのもままならず、誠に背負われて体育館を出て行った。

＊

「おまえ、なんかあったんじゃねーの？」放課後、帰寮する有人に誠がついてきた。

「島に帰ってきてから。あったろ？」

鋭く切り込んできた誠に、有人は狼狽を隠してわけを尋ねる。

「なんでそう思うの？」

「マカロン」即答だった。「おまえ、俺たちにわざわざお土産買ってきただろ。コンビニのやつじゃない、なんかすげーマカロン。涼ちゃん、マジビビってた」

「確かに羽田でお土産は買ったけど」

「それ、明日学校に持ってくって港で涼ちゃんに言ったんだろ。つまり、港まではちゃんと学校に来る気満々だったってことだ。ちょっと疲れたっぽい顔はしてたけど寝込むとは思わなかったとも、涼ちゃん言ってた。おまえが急に体調崩したのは、寮に帰ってからなんだ」

指摘してくる点がいちいち正しくて、有人は相槌も打つ気になれない。誠は郵便物のことも知っていた。

「おまえに川嶋先生宛の郵便物が来てたはずだ。あと、もう一つおまえ宛にも同じ人から時間差でなんか届いたんだろ。それ持って部屋に戻って、もう夕飯食べに出てこなかったんだってな。その郵便物になんか書いてあったのか？」

「……誠って意外と冴えてるんだな」

「八割、ハル先輩の受け売りだけどな」

どうもこのところ有人の様子がおかしい、どう思うかと、誠は先輩をおんぶしながら尋ねたのだと言う。

「先輩ヘロヘロだったのに」

「でも答えてくれた。なあ、なんか腹に溜めてることあるなら聞くぞ。頭悪いから、アドバイスとかは無理だけど、ぶちまけてすっきりするってこともあるからさ。親父も船酔いしたときは、ゲロ吐いたらとりあえずはすっきりするって言ってた」

「嫌なたとえするなよ」

顔をしかめつつも、有人は誠の言葉がありがたかった。確かに自分は島のみんなが知らない叔父の顔を抱え込んで、にっちもさっちもいかず、ストレスを溜めるばかりだった。誰かに聞いてほしかった。

「じゃあ……話す。寮に来てくれる？」

後藤夫妻に許可を取って誠を寮に入れ、来客用のスリッパを履かせる。有人は自室から二つの郵便物を持ってきて、誠と談話室にこもった。

「あのさ、実は……」

そして、柏木の草稿で知った叔父の横顔を話しだした。

はじめは誠の様子を窺いながらだった。誠は真剣な顔で聞いてくれた。そうすると、だんだんと有人の口も滑らかになった。抑え込んでいた感情を言葉に変えて自分の外に出す作業は、叔父の隠されていた一面を客観視することでもあった。有人はその叔父の姿に改めて傷つき、ときおり言葉をつかえさせたが、とにかく草稿に書かれていた内容すべてを打ち明けた。

「……え、それって」話し終わった有人へ誠が返してきた第一声は、聞きたかったものではなかった。「川嶋先生の悪口？」

「悪口じゃない、本当のことだ。照羽尻高校への入学を勧められたとき、叔父さんは未来の自分を想像してみないか、とか、なんかむずむずするようなことを言った。それでも引きこもる僕のために誘ってくれてるのかなと思ってた。でも違ったんだ。あれ、病人相手の言葉だった。このままじゃ再起不能だから……治療しようっていう意味だったんだ」

「先生がおまえを転地療法のサンプル患者として見てたって？　いや、ないない。先生はそんな人じゃねーし。おまえが悪い方に考えすぎなんじゃねーの？　被害妄想だよ」

晩秋から初冬に足を踏み入れた島は、日の入りがとても早くなっている。外は既に薄暗く、談話室の中はもっと暗かった。

「川嶋先生が、嫌々島にいたとは思いたくねーよ」誠は肩をいからせた。「嫌だ嫌だと思ってる人が、あんな風にみんなに慕われるわけない。そういうのはどっかで漏れる。おまえの様子がおかしいって、俺にわかったみたいに」

「だったら、実際草稿を読んでみたらいい。ほら」全部話して否定されたら――危惧していたことが現実になりそうな予感を前に、有人も必死になる。「叔父さんの見方が変わるはずだ。はっきり言わせてもらうと、誠が叔父さんをかばうのは照羽尻島の島民だからだよ。島のみんなの星澤先生への接し方、正直ないなって思った。星澤先生はなにも悪くない。あれが普通なんだ」

「川嶋先生がそれだけ特別だったってことだろ？　俺たちはずっとそう言ってる」

「その特別を押しつけてるじゃん。草稿のほら、ここ」有人は叔父が地域医療について語っているページを開いた。「休日にも島は出られない、都会とは違うけれどそれについての理解は期待しないって言ってる。叔父さんはなにも聖人君子じゃない。内心では思うところがあったけど、閉鎖的な環境を考慮に入れて黙っていただけだ。処世術だよ。これが本当の叔父さんなんだ」

「俺はおまえの言うとおり照羽尻島で生まれて育ったよ。おまえからしたら、信じられないほど田舎者なんだろうな」誠は凛々しい眉を悔しそうに寄せて、とっぷりと闇に沈んだ海を睨んだ。「俺は小学生のころから、なにかあったら川嶋先生に診てもらった。おまえがなんて言おうと、俺の中には俺だけの川嶋先生がいる。その先生は、自分の甥をサンプルにしない。島のために責任を持っていてくれた人だ。おまえの言うことがもし本当だとしたら、俺は俺個人としても、島民としても、すげー悲しい」

北海道本島の方角に、小さな明かりが灯りはじめる。

「もう一つのほうは、なんで開封しないんだよ」

「……CDとかDVDとか、そういうのが入ってるみたいだ。大体中身はわかる」心を病んだ患者向けのなにかだ。「いらない」

「もしかして取材音源か？」

有人は意表を突かれた。「インタビュー内容とかをレコーダーで録音してた、ってこと？　赤羽さんみたいに」

「え、おまえはなに想像してたんだ？　書き起こししてんだから、あり得るだろ」

「そうだとしても、いらない」

自分が負ったトラウマや、引きこもっていたこと、島に来てから登校に至るまでの心身の状態を、『病人の症例』として語る叔父の肉声。そんなものは絶対に聞きたくなかった。耳にしたら、それこそ心のどこかが深いクレバスみたいに傷ついて、生涯折に触れその声が亀裂からあふれ出し、自分を悩ませるだろうと思った。有人は封を切っていないクッション封筒を、談話室のゴミ箱に叩き入れた。

「なげんのかよ」

「僕に来たものだ。僕が勝手にしていいだろ」

「なげたんなら、もう誰のものでもないよな」誠はそれを拾った。「じゃあ、俺が聞く」

有人は青ざめた。自分という患者に宛てたメッセージであれ、取材音源であれ、その中で消したくても消せない体育館での出来事——あの日の行動に触れている可能性がある。ひた隠しにしてきた恥部を知られてしまう。

「ちょっと待って、僕のプライバシーが」

「だったら俺の目の前であんなふうになげるな」誠は返してくれなかった。「おまえのプライバシーなんて興味ない。川嶋先生の声が聞きたいだけだ。俺だって先生が好きだったんだ。ガキのころ、死にかけたのを助けてもらった。先生が島に来た日だった。命の恩人だと思ってる。こっちのデータで、川嶋先生がマジで島の悪口言ってるのを聞くまで、俺は信じない」

おまえが嫌なら他の誰にも聞かせないと断り、誠は本当に大事そうに封筒をリュックに入れ、寮を出て行った。

＊

十二月に入ると、いよいよ雪も頻繁に降るようになった。風が強く、積もる前に飛ばされるせいで、道路はまだアスファルトが見えていたが、一面白の世界になるのも時間の問題に思われた。

船団を組んで行うタラ漁も始まった。冬の時期の漁だ。夏休みに手を傷だらけにしてほどいた延縄が、誠の父親の船にも積み込まれた。

「あれ、やっぱ音源データだった」誠は持ち帰ったものをちゃんと聞いたようだ。「おまえも聞けよ」

「……僕になにがあったか、もうわかったんだ」有人は封筒を渡そうとする誠と、目を合わせられなかった。「あの日の僕のこと」

「あの日？　いや、そんなことは話してなかった」

「えっ、ほんと？」

「昔、おまえになんか大変なことがあったんだなってのは、わかった。でも、話しているのはそのことじゃなかった」

拍子抜けして、すぐにほっとする。訳ありなことくらいは、島に来ている時点で周知の事実だからだ。

「善きソロモンの秘宝？　だったっけか、正直俺の知らない単語も出てきたけど、おまえならわかるんじゃないかな」

「いや、全然知らないし」

本当は、かつて似た響きの言葉を聞いた気がするが、有人は否定する。

「とにかく、おまえに聞いてほしくて送ってきてる、これ」

「勝手に送ってきたんだ。僕が頼んだわけじゃない」

誠はそれでも聞いてみろとしつこかった。そんな誠の態度から、あからさまに島の悪口を言っていたのでもなさそうだと判じられた。だからといって有人が救われる内容だという確証などない。聞いてみると応じる決心もつかず、差し出されるクッション封筒を突っぱねるたび、有人は自分の周りに孤独という名の積み木を積み上げているような気分になった。

北海道本島から照羽尻島にやってくる臨時の医師が、時化によるフェリーの欠航で来られなくなったのも、十二月頭のことだった。冬期運航期間に入り、フェリーは朝夕の二往復しかなく、医師も週に一度しか来島しなくなっていた。本格的な冬になれば今以上に欠航が発生し、医師不在の時間が増えることは、有人でも予想がついた。

照羽尻高校では毎日のように「風邪をひかないように」と言い含められた。なにかあっても診てくれる医師がいない。とりわけ持病のあるハル先輩は注意されていた。姿の見えない不吉な影に身構えるような雰囲気が、島全体を覆った。

その影をさらに濃くする出来事が起こった。

看護師の桐生が怪我をしたのだ。自宅のカーテンを洗濯しようと、椅子を踏み台にして取り外している最中、転倒して肩を強打したという。桐生は苦痛に耐えつつフェリーで北海道本島まで行き、脱臼骨折と診断され、そのまま入院となった。

アクシデントは、たちまち島中に知れ渡った。

「翔馬ちゃんのときは、桐生さんがいたからまだ良かったのに」

医療という点において、照羽尻島は丸裸になったのだ。

このタイミングを計ったかのように、地元紙に記事が出た。

【照羽尻島の常勤医不在　診療所の医師11月中旬辞職】
社会面の、そう大きくない扱いではあったが、長く務めた叔父の死、後任の医師が一ヶ月ほどでいなくなったこと、臨時の医師がフェリーの欠航で予定日に島に来られなかったことまで、過不足なく書かれてあった。

「お母さん、ショック受けてる」昼休み、三年生の教室でお弁当を食べながらぼやいたのは、涼先輩だった。「お客さまが減るかもしれないって。オフシーズンだけど、冬休みに来る人もいなくはないし。こういうの、風評被害っていうのかな」

医師不在の記事が、ネット掲示板やSNSなどで話題になってしまったのだった。

『田舎はこれだから』

『よそ者の医者をいじめて追い出すの、他県の村でもあったな』

『おそらく前任の亡くなった医師も、辞めるに辞められなくて手遅れになったのだろう。田舎に殺されたみたいなもの』

照羽尻島と検索ボックスに打ち込めば、候補に『医師いじめ』と出てきてしまう。島民はネット通販をよく利用するので、外部の人が考えるよりはるかにインターネットを活用していることは、有人も島に来て知った現実の一つだった。

「こっちの事情も知らないで、言いたい放題なのがなまらムカつく」誠は憤っていた。

「僻地(へきち)だって馬鹿にしてるだろ、こいつら」

すると、桃花が口を開いた。

「……私も札幌にいて記事だけ読んだら、ネットの人たちと同じふうに思ったかもしれない」

誠がショックを受けた顔になった。涼先輩は大きな瞳（ひとみ）を少しだけ伏せた。

「そうなの？　桃花ちゃん」

「うん……。星澤先生を港で取り囲んだ話も、あまり印象は良くなかった。表面だけ見たら」

日ごろ口数の多くない桃花だからこそ、言葉の一つ一つが重く教室に落ちた。さすがの誠も黙りこくった。

一方で桃花の発言は、有人が自分で抱え込んだ孤独を一部壊した。星澤医師に対する島民の行動に、ついに疑問を呈する人が出てきた。有人はどん底の中で微（かす）かな光明を見いだした気になり、それにすがって追従した。

「はっきり言うと、僕もあの話には引いたよ。東京じゃありえない。島のみんなは被害者みたいな顔をしているけれど、早くに辞めていった原因は、正直島のみんなの無理解にあると思うよ」

星澤医師をかばいながら、自分自身が抱える叔父や島への不満を吐き出しているみたいだ——そんな思いが胸をかすめた次の瞬間、桃花の冷ややかな眼差（まなざ）しが飛んできた。

「私、そういうことは言ってないよ、有人くん」

桃花の目と物言いは、明らかに「自分と一緒にしないでくれ」と訴えるものだった。顔貌も声も全然似ていないのに、スターバックスで向かい合った道下を彷彿させた。

暖房のせいだけじゃなく、有人の顔がぶわっと熱くなった。どこをどう取り違えたのか、これっぽっちもわからず、サンドイッチが入っていたバスケットに食べ残しを入れて、蓋をかぶせた。

「有人くん、あのね」

涼先輩が場を取りなすような口調で話しかけてきた。だが、有人は席を立ち、荷物をまとめて無人の一年生の教室に戻った。

窓際に立ってガラス越しに外を見る。夏よりも黒く沈んだ色をした海の上は、白波が筋雲のように連なっていた。水産実習で缶詰を作った作業小屋も、道路も住宅の屋根も空も、全部の色彩が薄かった。そのうちに吐息で窓ガラスが曇った。

「有人」

誠の声が背後からした。振り向くと、誠の手には何度もつき返した封筒があった。

「……しつこい」

「おまえになにがあったのかは、ほんとわかんねえし、別に知らなくていい。でもおまえがそのことを今もすげー気にしてるのはわかる」

「……だから？　それを聞いたらなんとかなるの？」

「いくら考えたって、天気と過去はどうにもならない」

「おじさんの受け売りか……じゃあ僕はなにをしても無駄だ」

「でも俺は、か……」

「ごめん、説教は聞きたくない」

続きを言いたそうな誡を遮り、有人は顔を背けて席に座った。

過去はどうにもならない。まったくもって、それは正しい。その過去のせいで、自分はこんなところにいるのだ。


翌日は土曜日で学校が休みだった。寮生各々が自分の時間を過ごす中、有人は朝食を食べた後、自室にこもってインストールしてしまったパズルゲームで暇をつぶした。

クリアしたゲーム、飽きたゲームは削除している。その中で、東京からずっと持ち越しているアプリが一つある。

脱出ゲーム。たまにタップして数分考えてみるが、やはり出る方法はひらめかない。脱出ゲームにはそれなりに自信があった有人は、必要なアイテムが表示されないバグを疑い始めていた。

冬の陽に黄昏の気配が早くも潜み始めたころ、

「有人くん、一階に来てくれないか」

ドア越しに後藤のおじさんに声をかけられた。スマホの時刻表示を見ると、午後三時少し前だ。

「桃花ちゃんが下で呼んでいるんだ」

有人は耳を疑った。桃花が自分になんの用だ？　同じ寮生になったものの、大して親しくないのは変わらない。ましてや昨日は昼食中に険悪な雰囲気になったばかりだ。

「まかなっておいで」

外に出る格好をして来いということだ。有人は首を傾げながらも従い、階下に下りた。

食堂では桃花が光沢のある白のロングダウンにマフラー、ニット帽といういで立ちで待ち構えていた。その桃花が、帽子とマフラーでは隠れない目を、鋭く有人に注いでくる。見下ろされている気がした。

「有人くん。ちょっと一緒に来てくれない？」

「え、今から？　どこに？　話があるなら」

談話室でもいいんじゃないの、という言葉を、桃花は継がせなかった。

「海鳥観察舎まで。今ならそこに、ハル先輩もいるから」

似ても似つかぬ道下の顔が、またしても桃花と二重写しになる。問答無用の迫力が桃花から感じられた。

逆らえなかった。有人は桃花とともに自転車に乗った。

冷たい向かい風を押し分けるように、凍てつく一歩手前の道路を、二人は進んだ。

7

寒風に抗(あらが)うように自転車を漕ぎ進める。道は途中で冬期通行止めとなっていた。鉄パイプで作られた簡素なゲートを無視してその横をすり抜け、路面が乾いた場所を選びながら、ようやく海鳥観察舎まで辿(たど)り着く。ユーラシア大陸側の断崖(だんがい)の上に建つ観察舎は、冬の暗い海の色を背景に頼りなくちっぽけで孤独に見えた。

吐息がかかった口元のマフラーが、薄く凍りついている。桃花の息は有人ほど荒くなかった。振り向きもせず、さっさと観察舎の中に入っていく。

中ではハル先輩が一人で望遠鏡を覗(のぞ)いていた。どこからか持ち込んだパイプ椅子の上で両脚を体育座りのように折り畳み、黒いダウンコートの中に収めて丸くなっている姿は、それこそ寒さに羽毛を膨らませる鳥みたいだった。両手に使い捨てカイロを持ち、耳当てを外した耳たぶも赤かった。

「あれ？　君たちどうしたの？」ハル先輩がもぞもぞと脚を下ろした。「僕、ここにいていいのかな。もしかして邪魔？」

「いてください。ハル先輩にも話に加わってほしいし」

きっぱりとした桃花の口調に、有人は驚いた。ハル先輩は姿勢を正す。

「寒いし、単刀直入に言うね」海鳥観察舎の中央で、桃花が有人を見据えた。「有人くん、この島や島の人たち、今大嫌いじゃない？」

そう切り出した桃花に、有人はまたもや道下の面影を重ねた。

「東京から帰ってきてずっと悩んでない？　それってたぶん、川嶋先生のことと、ここがものすごく辺鄙な離島ってことに関係してる。違うかな」

図星だ。有人はハル先輩の顔を見た。誠のときと同じく情報源なのかと疑ったからだ。

「私、頼まれたの。涼先輩に」有人の疑りを、桃花がすぐさま否定した。「有人くん、絶対なにか抱え込んでるって。だから、相談に乗ってあげてって」

「涼先輩が？」

だったらどうして自分で直接訊かないのか？　その疑問にも、桃花は先回りして答えた。

「私じゃきっと上手くいかないって言ってた。誠くんともやり合ったっぽいし、照羽尻島の人には無理だって」

桃花はハル先輩を見ずに、有人だけに視線を向け続けている。

「有人くんって、七月の取材のときは結構島びいきのことを言っていたけど、今はそう思ってないでしょ？　川嶋先生のことも……嫌いになるようななにかがあったんじゃないかな。だから島の人たちが先生を褒めると、辛くなる。昨日、星澤先生に対する島の人たちの態度に引いたって言ってたよね。島のみんなは無理解だって」桃花は丁寧に、なぜ海鳥観察舎まで呼び出しているのか、説明を続けた。「だから、涼先輩は寮の子たちで話を聞いてあげてって。自分や誠くんじゃ駄目、きっと照羽尻島や島の人たちのことを嫌いになってるから……でも、外から来た私やハル先輩になら、もしかしたらって」

有人は下を向いた。「……それで、僕がここで二人になにを話すの？」

島や叔父に対してのもやもやを言葉にしたい気持ちはある。しかしあくまで、後に同意と共感が待っていればだ。わかってもらえなければ、いっそうの孤独にさいなまれる。

誠に打ち明けて思い知った。

「悩み事って、強制して打ち明けさせるものではないと思うな」

使い捨てカイロを揉みながらハル先輩が続けた言葉は、手を差し伸べてこなかった言い訳に聞こえた。

「誰にだって話したくないことがあるのは、わかっています。でも、涼先輩が本当に心配しているから……」桃花は意を決したようにふうと息を吐いて目をつぶった。「だから、とりあえず私の話をする。有人くん、良かったら聞いて。私がどうして、島に来たのか。気になったことあるんじゃない？」

寮生。島外組の三人。つまりは、訳あり。

桃花もハル先輩も、札幌にはいられない事情があるから島に来たと睨んでいた。有人自身、道下が倒れたあの日がもしもなかったら、こんなところにはいない。だが、それは叔父のことよりいっそう口にできない。それこそ屈辱的で惨めで、「なるほど、それは未来がないね」などと第三者からとどめをさされたら、いっそ死にたくなるに決まっていた。事情を話すのは危険が付きまとう。桃花にだって。

「中学のころ、私は」

でも桃花は、本当にそれを話しだしたのだった。

「バレーボールで実業団に入るつもりだった」

彼女にとっての『あの日』の話を。


バレーボールを始めたのは小学四年生のとき。身長を見込まれて、地元のクラブに勧誘されたの。身長は校内で一番だったと思う。六年生よりも高かった。テレビ塔って呼ばれてた。札幌の大通(おおどおり)にあるやつ。スカイツリーだったら、もう少し様になったのにね。スポーツ選手ってフィジカルも才能なんだ。その点で言えば、私には才能があったと思う。それに、運動はもともと得意だった。クラブ自体は全国レベルの強豪じゃなかったからそのまま地元の公立中学に進んだけれど、すぐにサイドアタッカーでレギュラーを取れた。それで、一年生の中体連地区大会で、春高バレー常連校の監督に話しかけられた。そう、スカウト。卒業までまだ二年あるから具体的な話はしないけれど、うちでやってみることを頭の片隅に入れておいてほしいって言われたの。

すごく嬉(うれ)しかった。部活の仲間も先輩たちも、喜んでくれた。

あの学校の監督から声をかけられるなんてすごいね、一年なのに、って。

だって、中学校のチームはそんなに強くなかった。地区大会でベスト8に入れたらいいかな、って感じ。私以外は単なる部活でしかなかった。大人になったらバレーボールの選手になりたいなんて、できたら日本代表チームに呼ばれたいなんて思っているの、私しかいなかったから。

でも、二年の中体連では、違うスカウトに声をかけられたの。

その人は芸能事務所のスカウトだった。中学を卒業したら上京してモデルにならないかって言われた。名刺だけじゃなくて運転免許証も見せてもらった。ああいうのって、身分証明書も一緒に提示するんだってね。

みんながいるところで呼び止められたから、全部聞かれた。

そういうの興味もなかったから、びっくりしてその場で断った。

なのに、みんなは変わった。バレーのスカウトに声をかけられたときとは、反応が全然違った。私はなにも変わっていないのに、モデルのスカウトが来たからっていい気になってる、お高くとまってるって、一瞬でいじめられるようになった。いつの間にか学校中に広まって、部活だけじゃなくてクラスでも陰口叩かれた。誰がどう話したのか知らないけれど、良く話さなかったのは確実だよね。断ったのももったいつけてるだけだって。本当は嬉しいくせに、本当は裏でコンタクト取ってるくせにって、勝手に決めつけられて。ジャージやユニフォームをぼろぼろにされたし、シューズは一ヶ月で三度買った。無くなるの。たまに再起不能の状態でゴミ箱から出てきた。

だから、がむしゃらにバレーボールをやった。誰も相手にしてくれないから一人で。

絶対高校の推薦取ってやる、いくらプレーで足を引っ張られても、そのぶん自分が引き立つと思って意地張ったの。

そうしたら、怪我しちゃった。三年の中体連地区大会の直前だった。腰椎分離症。要は腰の疲労骨折。

試合の日は病院にいた。入院したから。

推薦取って実業団に行ってみんなを見返してやりたくて必死にやったのが、あだになった。大会にも出られないし、怪我をしたことはすぐにばれちゃう。そうしたら、一年のときに声をかけてくれた監督は、きっと別の子を選ぶ。それでも最後まで望みを捨てられなくて、病院に来てくれるのを待ってたけど……やっぱり来なかった。

いじめられるとか、無視されるとか、そんなことくらいなら我慢できたけど、夢見てきたことが全部駄目になったんだと思ったら、気持ちが切れちゃった。

退院しても学校を休みがちになった。部活引退したら、嫌がらせも無くなったんだけど、なんかもう、どうでも良くて。受験勉強する気にもならなかったな。

札幌にいたくないって思った。なにかの拍子に行きたかった高校の制服見たり、いじめられてた中学校の制服見たり、いじめた子たちに会ったりしたら、耐えられないなって。

進路指導の先生が親に照羽尻高校の話をしたのは、三度目の進路相談のとき。私はその場にいなかったけど、話を聞いて……進学を決めた。

照羽尻島なら絶対に、私の見たくないものを見ないし、会いたくない人に会わないから。

「逃げてきたんだ」腹を括っているのか、桃花の口ぶりは落ち着いたものだった。「正直ここって、なにもないのに来るところじゃないよね。みんな訳あり……」桃花と有人の視線が、自然とハル先輩に向いた。「だから、ハル先輩が好きで来たっていうのがいまだに信じられないんです」

ハル先輩は面接中の学生みたいに居住まいを正したまま、黒縁眼鏡の奥の目をうろつかせた。

「クラスにいじめはあったけど……僕じゃなくて同じクラスの女の子がされていた」歯切れが悪いのに早口でもあった。「彼女が照羽尻高校を知ったら受験したかな……夏休みが明けたら転校してて、いなかった」

いつもの彼らしからぬ口調に、有人は自分や桃花とは逆の、いじめる側だったのでは、という疑念を抱いた。しかし、その仮定もしっくりこない。

「先輩はオロロン鳥の鳴き声を聴きたいから来たんでしたよね。赤羽さんの記事を読んで、なんかお爺さんみたいだなって思いました」

桃花もやはりハル先輩の理由に首を傾げたのだ。有人も疑問だった。なぜそれが今でなくてはならないのかと。ハル先輩は鳥の研究者になりたいと、記事中で語っていた。

研究者になれば聴き放題のはずなのに――。

そこで有人は、柏木の草稿にあったハル先輩の病名と、今でなくてはいけない理由が、ようやく結びついたのだった。

「もしかして、病気のせいですか?」

彼には持病がある。ウトウの帰巣を見に行った折も、みんなの前で倒れた。

ハル先輩は、口をついて出てしまった有人のぶしつけな質問にも動じなかった。

「うん。中学二年の六月に発病した」

三人とも転機が訪れたのは中学二年生だ。奇遇だと有人は思う。

「ぐるぐる眩暈(めまい)がする病気なんだけど、これね、原因は内耳にあるんだ。だから、耳の聞こえが悪くなる。いろいろ検査して病名がわかったとき、すごく珍しがられた。普通はもっと大人、三十代くらいが好発年齢なのに、中学生の男子がって」

諸説あるが、ストレスが引き金になることもある病気だと、有人は草稿を読んだ後に調べて知っていた。

「たいていの人は片耳だけが悪くなるんだけれど、僕は最初から両耳が悪くてね。確定診断がついたとき、担当の先生がおっしゃったことは、今でもはっきり覚えている」

「なんて言われたんですか?」桃花はわきまえていた。「差し支えなければ」

「差し支えないよ。君、このままじゃ失聴するよって言われたんだ」

ハル先輩は、話しかけられても返事をしないことが、まれにあった。あまり感じのいいものではなかったが、実のところは単に聞こえていなかったのだ。

聴力を失う可能性をはっきり指摘されたハル先輩は投薬治療に励んだものの、一度悪くなった聞こえは元に戻らず、むしろ眩暈を起こすたびに悪化していったらしい。

「だから僕は、将来的に失聴もやむなしと考えて、今のうちにいっぱいいろんな音を聴いておく方向にシフトチェンジした。聴きたいもののリストを作ってみたら、一番上がオロロン鳥の鳴き声になった。だから来たんだ。三年もいれば、忘れないくらいには聴ける。問い合わせたら寮は Wi-Fi 完備だったし、勉強も自分次第でやれると思った」

「親は反対しなかったんですか？」桃花が尋ねた。「私みたいに札幌がどうしても嫌な理由があるなら、親も認めるだろうけど、持病があるのに離島に進学って」

有人もこれには頷いた。普通の親なら、いくら本人の希望でも諸手を挙げて賛成とはいかない。

「僕には父が三人いるんだ。みんな生きてる」ハル先輩は唐突にそう言った。「三人目の父と母が結婚したのは受験の年だったから、僕が家を出るのは歓迎だったんじゃないかな。

つまり、ハル先輩のお母さんは、二度離婚して三度結婚したのだ。

ずっと一人っ子だったけれど、そのうち歳の離れた弟か妹ができるかもね」

「先輩のお母さんって、涼先輩に似ていたりしますか？」

有人の質問に、ハル先輩はぽかんとなった。「どうして？」

有人なら、自分の母親に似た女の子は、ちょっと避けたい。「お母さんに似ているから、振ったのかなって」

「顔は全然違うけど……」

答えながらハル先輩は、少し前までは伸ばしていた背を丸め、奥歯が痛むみたいに右頬に手を当てて俯いてしまった。この人は、あんなに愛らしくて明るい涼先輩を袖にした。最初は信じがたくて嫉妬めいた感情も覚えたが、こういうふうに妙に沈んだ顔を見ると、ハル先輩はそのことに、必要以上の負い目を感じているのではと思えてくる。

「涼先輩は全然気にしていませんよ」桃花がフォローした。「ばかりか、誠くんのお兄さんと先輩に連続で振られて、将来を考えるきっかけになったって言っていました」

島のことが有人くんを悩ませているなら、全部話してもいいと言ってくれたのだと、桃花は断りを入れるのも忘れなかった。

――二人に振られてみて、初めて私、結婚できないかも、だったら自立して働かなきゃって考えたんだ。そうしたらね、照羽尻島って女の人が働くところ、めっちゃないの。診療所か保育園くらい？　アルバイトならもう少しあるかもだけど……あとは自分でお店をやるとか、私なら旅館を継ぐとか？　私はたまたま旅館の娘だから、そのへんはラッキーだけど、自営業向いてなかったら……厳しいね。仕方ないんだよね、漁業メインの島だから。でも女の人で漁師ってここでは聞いたことない。私、ここが大好きだから、死ぬまで暮らしたいんだけど、もし正規のお仕事しながら一人で生きていくとしたら、めっちゃキツいんだよ。

「有人くんやハル先輩は知らないかもしれないけれど、島のおばさんたちって、誰それのお嫁さんになっちゃえば、ってよく言うの。もちろん、悪気はないし冗談っぽい。でも言われるたびに、自分が求められてる役目って、ここではお嫁さんなのかなって思っちゃう。知ってる？　漁師の奥さんって、島の外から来た人が多いの。誠くんちもそうだよね。観光で来た人と知り合って、みたいなパターン」

島外から来た高校生には、過疎にあえぐ島の次代を担う期待もかけられていると、赤羽が書いた記事をきっかけに知った。その期待は、女子の方が大きいのかもしれない。女子は働く場を求めて島を出ていかざるを得ない。おそらく今までもそうだった。逆に漁師を継ぐなどして島に残る道がある男子は、そのぶん相手がいない。

「この島、生きづらいよ。逃げてきたけど、札幌にはなかった生きづらさがある」

桃花が言い切り、核心に迫ってきた。

「有人くん、最初の質問に戻るね。七月の取材のときにはかなり島びいきの発言してたけど、今はそう思ってなくない？　なにかがあって、それで……この島、最悪って思ってない？」

もはや否定する意味はなかった。

「思ってるよ。照羽尻島は『奈落（ならく）の底』だって」有人は二人と順に目を合わせて答えた。

「ここの人たちは外の世界を知らないで、島の常識が正しいと信じ切ってる。やたら距離が近くてなれなれしいのに、そのくせひどく閉鎖的だ。窮屈で狭い。来なきゃよかった、東京の部屋に留まってたほうがマシだった」動かなければ現状維持で済んだのに。

「……二人も最悪って思ってる？」

「今はともかく」いつもは涼しげな桃花の目元が、寒さのせいかうっすらと赤みを帯びていた。「島の人たちと、外から来た私たちの感覚は違う、相容れないことも多いって、ここに来てすぐ思ったよ」

ハル先輩も頷いた。「閉ざされた環境で交雑が無いまま、独自の進化を遂げた感があるね」

「有人くんがドン引きしてうんざりしているあれこれって、有人くんだけのうんざりじゃないよ。島外組はみんなそう。有人くんがまだ登校してないとき、私も正直外歩くの嫌だった。みんな話しかけてくるし、見られてる感じしたし、息が詰まった。でもだよ」

海鳥観察舎に来る前は、見下ろされていると感じた桃花の視線が、いつの間にか自分と同じ高さになっているように思えた。

「有人くんの力になってって言ったのは、涼先輩なんだよ。島で育った人なんだよ」

有人ははっとなった。

結局は決裂してしまったが、最初に事情を聞くと手を差し伸べてくれたのも誠だった。

「距離が近くてなれなれしい、確かにそうだと思う。でもそれ、裏返してみて。近いから涼先輩は有人くんが悩んでるって気づいたんだし、私に頼んだってことは、島外組と島育ちの相容れない部分も、ちゃんとわかってる。最初のころに、外歩きたくない、むやみに話しかけられたくないと思ってた私にも、涼先輩は気づいたの。それでね、自分から誠くんのお兄さんとハル先輩に振られて、しかもそのことをお母さんにこぼしたら、いつの間にか島民みんなが知ってたって話をして、キツいところあるよねって寄り添ってくれた……だから、さっき私が自分の話をまずしたのは、涼先輩の真似なの」

聞いていると、桃花の声は意外に心地よく優しいものだと気づく。

「昨日私が、星澤先生のことでそういうことは言ってないよって一緒にしないでほしいみたいな態度とったのはね、有人くんが、悪い面だけしか見てなかったから。ほんと、港で待ち構えてってあり得ないんだけど、あれ、翔馬ちゃんを思ってのことなんだよね。自分のためじゃなくて、他の誰かのためにああいうことをしたの。誰かのためならなにをやってもいいわけじゃないけど、そういうのを上手く裏返したら、涼先輩みたいにもなると思うの。私、涼先輩みたいな人、ここに来るまで会ったことなかった」

桃花の言葉と声は、春の雨粒みたいだった。

「有人くんが考えているよりは、最悪じゃない。決めつけて閉じこもるのは自由だけど、もし話してくれたら、なにか変わるかもしれない」

桃花が紡ぐ言葉の雨粒は、一つ一つ根気よく有人の心を叩いた。

それは今度こそ有人の周囲に築き上げられた孤独の壁に、確かな一穴を穿(うが)ったのだった。

道下といい、桃花といい、なんで僕はきれいな女の子にぐうの音も出なくされるんだろう？　しかも桃花の境遇は自分と似ている。理不尽ないじめに遭い、夢破れ、逃げて島に来た。いじめられたときも怪我したときも待ち続けたスカウトが来なかったときも、どれだけ心が痛かったことか。なのにこの強さはなんなんだ。

かなわない。いや、道下の言ったとおり僕は本当に弱いのかもしれない。なのに、見捨てられていない。手を差し伸べてくれる人たちがいるのだ、ここには。

一種の敗北感を覚えつつも、桃花やハル先輩に対して仲間意識という若芽が吹いた。

「……東京から帰ってきたら郵便物が届いていたのは、二人も知っていると思う。その中身のこと、もう暗くなってきてるけど、聞いてくれる？　あとで涼先輩にも教えていい」

そうして有人は、草稿の内容の一部始終と、誠との喧嘩のこともすべてありのままを二人に打ち明けた。

桃花とハル先輩は、真面目に耳を傾けてくれた。誰が悪いとも正しいとも言わなかった。ただ先輩は「そんな内容だったんだ」と納得顔になり、桃花は「話してくれてありがとう」と微笑んだのだった。

＊

とっぷりと日が暮れた道を、三人は自転車を漕いで寮へと戻った。寮の玄関を開けると、温もった空気が迎えてくれた。寒さで強張った顔が解けていく。ちょうど夕食の時間で、食堂からは少し懐かしい匂いが漂ってきた。

「今日はみんなが作ったウニクリームのパスタなの」後藤のおばさんの声が明るく響いた。「あと、カボチャのシチューと手羽元の煮つけとサラダ。早く着替えて手を洗ってらっしゃい」

桃花とハル先輩が、スリッパに履き替えて寮内へと入っていく一方、有人は玄関で今一度漂ってくるパスタの匂いを嗅いだ。

こんなにいい匂いだったのか。

叔父の死以来、長いこと忘れていた健康的な空腹感が体の中から生まれて、口の中に唾がわく。お腹がぐうっと鳴った。

ダウンのファスナーを下ろしながら部屋へ戻り、手洗いうがいを済ませて食堂へ行く。桃花やハル先輩と一緒に配膳を手伝い、後藤夫妻も一緒にテーブルについた。パスタにフォークはなかったけれど、箸で十分だった。

お腹を鳴らしながら、有人はウニクリームのパスタの一口目を、ゆっくりと口に運んだ。

「有人くん、どう？　おばちゃん、美味しく作れてるかい？」

後藤のおばさんが笑うと、右の犬歯の奥に銀歯が見える。ずいぶんと野暮ったいけれど、今は無性にその輝きが好ましい。噛むごとに頷く。

桃花とハル先輩も、「美味しいです」と口を揃えた。

有人は食卓に並ぶすべてのものを、一口一口いっぱい嚙んで大事に飲み込み、久しぶりに心から美味しいと思いながら食事を終えた。出されたものはすべて食べた。パスタは少しおかわりもした。後藤のおばさんは嬉しそうに笑い、また銀歯を光らせた。

食器類を台所に運んだあと自室へ戻ろうとすると、ハル先輩に呼び止められた。

「草稿だけど、できたら読ませてもらえないかな。僕のことも書かれているんだよね？」

失聴するとまで宣告されているハル先輩は、当たり前だが病人扱いされたことをなんとも思っていない様子だ。有人はハル先輩らしき患者についてどんなことが書かれていたか、記憶をたどった。転地療法にからめた内容で、先輩が読んでショックを受けそうな、たとえば病状は悲観的だとか、そういった記述はなかったはずだ。

「わかりました、貸します」

「ありがとう」

一緒に二階に上がり、廊下で少し待っていてもらって草稿を封筒ごと渡した。

渡してしまうと、隣の部屋から紙をめくる音がしないか、隔てる壁につい耳を寄せたくなる。有人は昨日までよりはるかに近く感じるようになった同じ年齢の先輩のことを、布団の上に寝ころんでつらつらと考えた。桃花がここへ来た理由は納得のいくものだった。だが彼に関しては、もう少しなにかある気がするのだ。

病気になった原因——おそらくは大きなストレス——については、はっきりと話さなかった。自分や桃花と同じくいじめか、それに類する弱者側にいたと考えたほうがわかりやすいのだが。

とはいえ、叔父や照羽尻島、島民へのわだかまりと、その原因となった草稿については打ち明けたものの、ここに来る原因となった『あの日』については有人もまだ黙している。そこまではためらわれたし、時間もなかった。

と、ドアがノックされた。ハル先輩だった。

「もう読んだんですか？」

三十分と経っていなかった。

「僕と君と先生に関係あるところしか読まなかったから。ありがとう」

有人の手に返した草稿の角を数秒見つめてから、ハル先輩は踵を返した。

「あの」

呼び止めた有人に、ハル先輩はちゃんと反応した。「なに？」

「あの……具合、どうですか？　最近」

「すごく良くはないけど……」先輩は黒縁眼鏡のブリッジを軽く押さえた。「どうして？　ああ、そうか。それに僕の病名が書いてあったね。病気について調べた？」

「なんかたまに、芸能人とかがなってるやつですよね。少し調べました、すいません」

「いいよ、本当にみんな知っているし。よく君の耳に入らなかったな」そこで先輩は得心したように笑った。「そうか、だから最近君の声が聞き取りやすいのか。今までより大きな声で喋ってくれてるんだね」

特に低い音が聞き取りづらいだろうからと、声自体も少し高めに出すように心がけていた。頷くと、ハル先輩は「ありがとう」とまた言い、自室へ帰りかけていた足を止めてしばし考えた。

「……音源データは、斎藤くんが持っているんだったね。僕も聞きたいな。君さえ良ければ貸してもらえないだろうか」

自分について語られている部分があるなら聞きたいからと、ハル先輩は説明した。

「君宛てだからカットされているかもしれないけれど、一応」

誠に聞かれているのだから、もう秘密でもなんでもないことだ。道下との一件に触れていないのも確認している。加えてハル先輩がなにかを聞きたいと望んでいるなら、断るのも申し訳ない。有人は「僕は構いません。誠から直接借りてください」と答えた。

ハル先輩は三度目の「ありがとう」を残して、部屋に戻った。

戻ってきた草稿を開き、有人は自分ではなくハル先輩について書かれている箇所を読んだ。

『十六歳少年。札幌市生まれ。十三歳五ヶ月時に両耳メニエール病発症。低音域に顕著な難聴。照羽尻高等学校に進学し環境を変えて以降、眩暈発作の頻度はやや減少。』

最初に読んだときは自分のことで頭がいっぱいになったが、比べるとハル先輩の記載のほうがはるかに字数を取っていた。質疑応答の要約もあった。先輩は聞き取り調査にも応じていた。

環境や生活習慣の変化を問われ、札幌にいたときよりもよく歩き、自転車にも乗るようになったと答えていた。ハル先輩はよほど天気が悪い日でなければ、海鳥観察舎に行く。

叔父はこんなコメントをしていた。

『この疾患に限らず、適度な運動は健康保持に重要である点から、転地による生活習慣の変化は好ましいといえる。また、神経質でストレスを感じやすい性格傾向だが、現在の環境下で当患者の趣味である野鳥観察が日常的に行えるのは、良い気晴らしとなっているはずであり、病状の安定に繋がっていると考えられる。睡眠の質にも改善がみられる。』

自分や桃花は望んだ未来を諦めたが、ハル先輩は失聴の可能性について楽観視できないにもかかわらず、研究者を目指し続けている。有人は自分の身に置き換えてみた。片耳ならまだしも両耳が聞こえなくなるなら、道が閉ざされたと感じるだろう。姿の見えない鳥をさえずりで探す場面を想像すれば、小学生でも無理だとわかる。

この違いはなんだ？　先輩は自分の将来をどう捉えている？

――未来の自分を想像してみないか。

もしもハル先輩があの言葉を聞いたら、なんて思うだろう。

入浴するらしい彼が、隣室から出ていく音がした。

＊

海鳥観察舎での一件は、有人が自ら、草稿のことも含めて涼先輩と誠に話した。桃花とハル先輩に立ち会ってほしかったから、昼食の時間にそうした。涼先輩にはきっかけをくれたことへの礼と、誠には行き違ってしまった際の「ごめん」も忘れなかった。涼先輩は「なんもだよ！」と白い歯をこぼして、大きなみかんを半分くれた。誠は照れ笑いをしながら、机の下から軽く脚を蹴ってきた。それから、なにごともなかったかのように父親のタラ漁が今季いかに豊漁かということを自慢しだした。父親への憧れを隠さない、いつもどおりの誠だった。有人は初めて誠と言い合いになった六月の日のことを思い出した。誠はこういうやつなのだ。後を引かない。

そうだとしたら、音源を聞けと勧めるのも、友人として本気で良かれと思うゆえだろう。

「柏木さんの音源データだけど」ちょうどハル先輩が誠に切り出した。「僕に貸してくれないかな。川嶋くんの許可は取ってある」

「有人がいいって言ってんなら」

誠はリュックの中から封筒を取り出し、ハル先輩に手渡した。そして口元は笑ったまま、目つきだけに真剣な色合いを漂わせて、繰り返した。

「これ聞いてさ」食べ終わった弁当箱を藍色のランチクロスに包み、ぎゅっと縛る。

「俺、先生かっけーって思った」

格好いい叔父。心の水面にさざ波が立つ。

「……そうなんだ」

有人は桃花にさりげなく視線をやった。桃花ならばここで「じゃあ自分も、ちゃんと聞く」と頷けるのではないか、自分よりも一歩先を行っている彼女ならと、羨望めいた思いを抱きつつ、有人はまだ「聞いてみる」とは返せなかった。


ハル先輩は音源データを聞くのも早かった。その日の午後十時過ぎには返却しに有人の部屋を訪れた。

「ありがとう。これ、君に返していいよね」

誠に返してくれと言うのも大人げないと思い、クッション封筒を受け取ると、ハル先輩の手にポータブルDVDプレイヤーがあるのに気づいた。

「プレイヤーがないならこれを貸すよ」

有人はパソコンがあるからと、封筒だけを受け取った。

「確かに返したよ。じゃあ、おやすみなさい」

「あの、先輩」草稿のときに続き、またも素直に呼び止められてくれたハル先輩に、有人は思い切って尋ねた。「なんで、鳥の研究者なんですか？」

「鳥が好きだからだけど」

「このままじゃ失聴するって言われたとき、駄目だって思わなかったんですか？　研究するのに、鳴き声も聴かなきゃならないこと、ありますよね。なのになんで」

レンズ越しに見える先輩の目の周りに、力が入ったようだ。彼はそのままの難しい顔で、口元に握り込んだ手を当てて考え出した。

「あの、すいません。変なこと訊いて」ストーブをつけている室内よりも廊下の温度は低く、ドアを開けていると冷気が入ってくる。「忘れてください」

しかし、ハル先輩はしばらくそこを動かなかった。

やがて、

「……部屋の中で話していい？　ここ、寒いんだ」

先輩はそう言って、室内を指さした。有人は振り返って六畳間をざっと検め、彼を部屋に入れた。多少の散らかりは仕方ない。

有人は椅子を勧めたが、ハル先輩は敷きっぱなしの布団を避けて、床に正座した。

「君は野呂さんが好きなの？　斎藤くんが言ってたけど」

いきなりの剛速球に、有人の顔が一気に熱くなる。「いやそれ、今関係ありますか？」

「あるんだ」先輩の表情が一転暗くなった。「君の質問に関係ある」

全然繋がらなさそうですけど、と言いたくなったが、言葉にはできない。それほど彼は思い詰めた顔だった。

「デコイってわかるかな」

「崖に設置されている海鳥の模型ですか？　あれがあると仲間がいると思って鳥が寄ってきて、繁殖地になるんですよね」

「そう。有名なのはアホウドリの繁殖プロジェクトだね。そのプロジェクトで、特定のデコイに執着した個体が現れた。名前はデコちゃん。九年もデコイナンバー22に求愛のダンスをし続けたんだよ。相手は求愛なんてわからないのにさ」

「そんな名前、つけられちゃったんですか」

「アホウドリは、一度相手を決めたら死ぬまで添い遂げる。僕はデコちゃんの話を知って、鳥、特に海鳥に興味を持った。なんでかというと……」

僕もデコイなんだと、ハル先輩は言った。

「わからないんだ、好きとか付き合いたいとかそういうの。今まで誰にもそういう気持ちを持ったことがない」

あっけに取られていると、先輩は「なんだこいつ、って顔してるね」と目を伏せた。

「嘘じゃないんだ。でも、アーティストは恋愛のことばっかり歌うし、恋愛映画はヒットするし、漫画や小説も恋愛扱うし、芸能人の熱愛とかニュースになるから、みんなは興味あるんだよね。彼女もそうだった」

「彼女？　涼先輩ですか？」

「いや、中学のときの同級生。ちょっといじめっぽいことをされてた。僕、その子から告白されたんだ。中一のバレンタインデーに」

自慢かと白けかけるが、ハル先輩はどんどんうなだれていく。

「いや、わかんないからって即座に断ったら、彼女すごく泣いてた。しかもそこ、見られてたみたいでさ。女子たちはこぞって、塩対応された発情期のブタって彼女をからかった。僕は気にしなかった。理解できない気持ちを向けられたこっちだって困ったんだ」言葉は悪いけれど、と前置きをし、ハル先輩は自分の感覚をこう表現した。「頭の中に恋愛がある人って、僕にしてみたら宇宙人みたいなんだよ。根本から世界が違う。だから僕は、彼女に対してなにもしなかった。もうどう見てもからかいじゃないってレベルになっても、本当になにも……その子は五月に教室の窓から飛び降りた。二階だったから踵の骨折で済んだけれど、学校には来なくなった。誰かが、おまえが付き合ってやってたらこんなことにならなかったかもなって言った。あり得ないって返したら、いない彼女がまた嗤われた。それから少しして、何度も夜に目が覚めるようになって、ある朝起きたら、世界が高速回転してた」

「ああ……そうだったんですか」

いろんな要素がまじっているものの、これがハル先輩のストレス要因なのだと、有人は合点がいった。繕わずに言えば、恋愛がわからないと主張する先輩のほうが意味不明だが、それはお互い様で、彼も他人にとっては自分が宇宙人側だということくらい百も承知だろう。

「涼先輩には言ったんですか？　先輩のその……」

「言ったよ。おそらく僕は一生、誰とも付き合わないって」

「やっぱ、びっくりしてました？」

「わからない。でも僕が想像するよりずっと、彼女を傷つけたと思うようにしてる。いろいろ考えさせたみたいだし」

　にもかかわらず、彼女の態度が変わらなかったことに救われたと、ハル先輩は微笑んだ。

　赤羽の取材時に、ハル先輩が一つだけ返答に窮した質問があった。進学で島の外に出たとしても、いつかは戻って暮らしたいか。質問の裏に隠れていた島の事情を知って、島外組は絶滅危惧種の海鳥みたいだと思った。同じことにハル先輩も思い至っていたのなら、答えに困るのも頷ける。島に戻ろうが戻るまいが、先輩は個人の事情で、どうしたって期待には応えられない。

「いつのころからか、周りはあの子が可愛いとか、かっこいいとか言いだすし、付き合いだすし、好きな子教えろとかしつこいし、母親は男の人をとっかえひっかえするし。宇宙人の中で困惑してたら、デコちゃんのことを知った。人間のあれこれはさっぱりだけど、鳥のことなら興味を持てた。一途にデコイに想いを寄せるデコちゃんのことだけは、面白くて好きだと思えたんだ」

　そう言いつつ、ハル先輩は黒縁眼鏡の位置を正して背を伸ばした。

「前置きが長くなったね。さっきの君の質問に答えるよ。聴力の問題が浮上したとき、僕は確かに鳥類研究の道は無理かもと思った。そこで、もう一度自分と相談したんだけど」

いつしか口調も、普段どおりの落ち着いたトーンに戻っていた。

「どんな仕事ならできるか、じゃなくて、どう生きたら満足かなって考えたんだ。耳がどうなろうと、僕が僕なのは変わらない。そうしたらやっぱり鳥は外せなかった。たとえば鳥類学者という職業がなかったとしても、僕は彼らの近くにいて、観察したり調べたりしたい。欲を言うなら、鳥の研究を通じてもっと大きなことを知れたらいいね。地球環境の変化とかさ。そういうふうに周囲と関われたらいい……耳のことは、僕が本当にやりたいことを導きだすきっかけになったと思ってる。だから、無意味じゃないんだ。小中学校前にある、あの信号機と同じで」

――意味があるから、あるんだ。

存在意義がわからなかった島唯一の信号機について、彼はかつてそう言ったのだった。

「鳥はいいよ。鳥を見ていると、周りとの違いなんて些細なことに思えるんだよね。思い煩いが些細なことになったら、周りにもきっとより良く振る舞える。そういう大らかな自分でありたいと思った……だからここにいるんだ」

「東京から帰ってきたとき思ったんですけど、今、海鳥少ないですよね。なのにまだ観察舎に通ってる……本当に鳥が好きなんですね」

春の海鳥観察舎で投げかけられた「鳥、舐めるな」というきつい言葉が、懐かしさとともによみがえる。

「南に行っちゃった海鳥も多いけど、ウミウとかは残ってるよ。それに今の時季は、オオワシが見られるんだ。あとはハギマシコ、シノリガモとかも。全然飽きないよ。それに彼らは空を飛ぶからね。宇宙に一番近い。それも魅力的だと思う」

「海鳥はあまり高く飛ばなくないですか」

先輩は「それはそうだね」とにこやかに同意し、足がしびれた様子も見せずに立ち上がった。

「じゃあ、おやすみなさい。居座ってごめんね」

「先輩、意外にお喋りだったんですね。知らなかった」

するとハル先輩は、先ほどの笑みを嘘のように消して呟いた。

「ずっと考えてるんだ。彼女は宇宙人だったけれど、もし僕がなにか……クラスメイトのからかいを止めるとかしてたら、ちょっとは違っていたのかなって」

しゅっとした横顔に、有人は悔いの翳りを見た。

「……口出ししてたら、先輩もいろいろやられてたと思います」

「君が悩んでいるときも僕は傍観者だった。だからさっき呼び止められたとき、もしここでスルーして君の様子がいっそうおかしくなったら、僕はこの先今晩のことも、後悔まじりに考えるに違いないって思った。だから、いっぱい話したんだ」

「そうだったんですか」

デリケートな告白をした理由が、腑に落ちる。いち早くなにかあったと気づきながら、昔と同じくなにもしないことに、彼は一人で葛藤していたのだろう。顔色が悪かったり、早退したりしていたハル先輩の姿を、有人は思い出した。行動を起こさなかった過去を抱える人が、目の前にいる。彼は後悔の末、今夜動く道を選んだ。

羽田空港で別れた兄の顔と言葉が、寸時よぎった。

「きっかけをくれてありがとう」ハル先輩は有人が手にし続けている封筒を視線で示した。「……それのせいもあるかも」

「これ？」

「うん。それと、もう薬は残さないよ。聞こえなくなってもいいと思ってるわけじゃないんだ」

先輩は部屋に戻った。

一人になると、有人はクッション封筒からCDケースを出した。CDケースと一緒に、『川嶋有人様』とだけ宛名が書かれた白封筒を見つけた。封は切られていなかった。

有人はCDケースから中身を取り出し、パソコンの前に座った。

＊

冬休みに入って、最初に帰省したのはハル先輩だった。年末に行われる予備校の短期集中講義に出席するためだった。桃花はハル先輩の次の日に帰った。

「おまえはいつ帰んの？」桃花の出航を見送った帰り、誠が訊いた。「寮、閉まっちゃうだろ？」

「明日、二十九日に帰るよ」

三十日から年明け三日までは、後藤夫妻も年末年始の休暇なのだ。

星澤医師の一件がネット上でちょっとした炎上を呼んだにもかかわらず、島には僅(わず)かながら観光客が訪れだしていた。家族連れもいる。

「照羽尻島で年越しするっていう人、すっげー少ないけどいるんだよ。天文マニアが休み使って冬空の撮影に来たり」

有人は誠とともに斎藤家の陸仕事(おかしごと)を手伝っていた。年末ギリギリまで島に残るのは、夏休みのときとは違う意味で、帰るのがためらわれるせいだった。

不愉快だと決めつけてきた島のあれこれにも、見えていなかった面がある。自分が考えているほど最悪じゃないと、桃花の言を認めるのはやぶさかでない。でも帰って、島で暮らすより引きこもりの巣のほうがやっぱり楽だと再確認したら、甘えてしまうかもしれない。

――弱い。

海鳥観察舎で島外組と話をした一件以来、有人は自分のことをとみにそう思うようになった。つらつら振り返れば、東京での引きこもりも、島に来てからの自己欺瞞(ぎまん)も、すべて弱さから生まれていた。

今の有人に具体的な弱さを突きつけているのは、柏木が送ってきた音源データだ。パソコンのDVDドライブにセットしたはいいものの、結局再生はできないでいる。何度となく再生ボタンをクリックしようとした。誠やハル先輩の言葉から、興味も芽生えている。有人が傷つく内容なら、このデータは有人の手に返ってこなかっただろう。にもかかわらず、二人は気がつかない、有人にだけ刺さるような矢が潜んでいるのではと、土壇場で怖気づく。同封されていた手紙も、開封していない。

ため息をつきつつタコ網を解いていたら、作業小屋に誠の父が入ってきた。

「明日っからしばらく時化るぞ」

風が積もった雪を吹き上げてはいるが、空は快晴である。スマートフォンで確認したが、出ているのは晴れ時々曇りのマークだった。

しかし、誠の父が正しかった。翌日からフェリーは欠航になり、有人は帰省の足を失った。後藤夫妻は「寮にいていい」と言ってくれたが、誠からも誘いが入った。

「なんならうち来いよ。陸仕事手伝うなら泊めるって親父とおふくろも言ってる」

誠には一つ目論見があるらしかった。二十九日の午後に斎藤家へ向かう道すがら、こんな耳打ちをしてきた。

「このまま欠航が続いたら、おまえ俺んちで年越しするだろ？　もしそうなったら、一度でいいから海の上で御来光を見てみたいって親父に言えよ。おまえが言ったら折れるかもしれねー」

父親の船に乗りたいと言い続けている誠は、また有人をだしに使う気なのだ。

「時化てるなら漁船も出せないんじゃないの」

「そこだよなー。天気にだけは勝てねーからな」

「天気がこの世のラスボスみたいだね」

有人のたとえに、誠は「ははっ」と軽やかに笑った。

その日の夕食は、あれも食べろこれも食べろと胃袋の限界までごちそうを勧められた。寮ではあまり出なかった刺身――しかも寒ヒラメだ――とタラ鍋、ニシン漬けなどをみんなでつついた。誠の父は酒を飲み、母は鼻歌を歌いながら鍋に具を足し入れた。

「母ちゃん、その歌やめれや。下手糞だぞ」

「いいじゃない。好きな歌くらい歌わせてよ」

夜明けの来ない夜は云々という、なじみの歌を口ずさみ、食器を洗う誠の母は明るかったが、有人はその脂肪のついた背に、ささやかな寂しさが張りついているのを見て取った。

誠には至という兄がいたはずだ。涼先輩を振り、パティシエになると言って家を出た至は、帰省していない。有人が帰れないように、北海道本島側で時化が治まるのを待っているのか？

誠ですら、兄貴のあの字も口にしない。

「有人、おまえ家に電話しろや」

晩酌で顔を赤黒くした誠の父が切り出した。

「そうね、おばさんもご挨拶しなくちゃ」

フェリーの欠航が決まった時点で一度LINEは送っているものの、有人は素直に受け入れ、斎藤一家の前で実家に電話した。取ったのは和人で、荒天のニュースは東京でも報じられていることを教えてくれた。

『年明けまで続くって。ついてなかったな。今、母さんに代わる』

有人は母に今一度、欠航が解消され次第帰るつもりだと伝え、スマホを誠の父に渡した。

アルコールで少しとろんとしていた誠の父の目は、スマホを受け取るといつもの精悍さを取り戻し、大きめのはっきりした声で話し始めた。浜言葉はそのままだが、はたで聞いていても頼もしさを覚える挨拶だった。有人は母を思い、内心ちょっと笑った。たぶん母は、誠の父のような人と話したことはないだろう。

誠の母は気を遣わせない語り口で、フェリーが出るまで責任を持って預かると請け合ってくれた。有人に戻ってきたスマホの向こうでは、母がひどく恐縮し、親切なご家族だ、なにか贈らなければ、住所を教えろと繰り返したのちに、こう言い含めた。

『あなた甘えてお年玉もらっちゃ絶対に駄目よ？　お母さんからも甘やかさないでくださいって頼んでおいたからね』

斎藤家の夜は更けていった。有人は一番風呂(ぶろ)をいただいた。誠の兄からは、知る限り一度も連絡が無かった。誠の父は早々に就寝した。

有人の布団は、二階の誠の部屋の床に敷かれた。

「屁(へ)とか俺気にしねーから、おまえも好きにやれよ」

誠は言い放つと、彼の体格には狭苦しいベッドの中で、本当に放屁(ほうひ)した。

「臭いよ」

「俺の屁は臭くない。いい匂い。フローラルの香り」

「誠って馬鹿だろ？」

笑って言うと、誠は逆に真面目な声になった。

「有人が来てくれて、なんか良かったわ」

「なんで？　一家団欒(だんらん)に迷惑すぎじゃん」

「兄貴が帰ってこないの、親父あれですげー気にしてるからさ。おまえがいるから気が紛れてんだ。親父は俺と兄貴で漁師を継いでほしかったみたいなんだよな。俺も兄貴と船に乗るつもりだったし。うーん、俺だけじゃ頼りないんかなー」

「誠はなんで漁師になりたいの？」

「やっぱ親父を近くで見てたからかな」誠が脚や腕を動かすたびに、暗がりに布団が擦れる音が広がる。「島の外で生まれ育ってたら、パイロットとか野球選手とか言ってたかな。でも俺はやっぱここが好きだし、どうせ歳食っておっさんになるなら、親父みたいなおっさんがいいんだ」

「そっか」有人は心から言った。「似合うと思うよ」

「俺は酒好きじゃないけどな。ガキのころこっそり飲んで、死にかけた。助けてくれたのが、川嶋先生。島に来たその日だった」

大いに呆れ、次に大笑いした。叔父のこの島での最初の患者が、急性アルコール中毒の小学生だったとは。

「死にかけたって、そんな原因だったの」

「いやマジでヤバかったんだって。先生いなかったら、俺ここにいない」

酔っぱらって意識朦朧となりながらも、誠は自分を助けてくれた叔父に、格好いいと憧れたかもしれない。最初に照羽尻高校へ登校した日、もしも頭が良かったら、医者になって島に尽くすのもアリだと言っていたのだ。

だとしたら、同じだ。叔父への憧れという同じ気持ちを持っている。

　ほんのりと温かいものが胸の奥に生まれると同時に、叔父の姿が思い出される。草稿を読んで以降のもやもやが風に流されるように薄らぎ、現れた記憶の中の叔父は、こちらを見つめて優しく晴れやかに笑っていた。

　明日、一緒に御来光見たいってお願いするぞと、誠は拳骨を伸ばしてきた。その拳骨に自分の拳を軽く合わせて、有人はリュックの中に忍ばせているクッション封筒にいっとき思いを馳せてから目をつぶった。

三十日と大晦日もフェリーは欠航だった。常時強い海風が斎藤家に吹きつけ、茶の間の窓から見えるはずの海も見えない。吹雪と積もった雪が風に巻き上げられる地吹雪で、島はホワイトアウトの状態だった。

元日も居候することになってしまった有人は、斎藤家の陸仕事はもちろん、正月料理の準備をする誠の母も手伝った。掃除が終わると、慣れない手つきながら誠と台所にも立った。

いつもの歌を口ずさむ誠の母が、ふいに有人に訊く。「おばちゃんの歌ってる歌、知ってる？」

「聞いたことはあるような気がします」

「松田聖子の『瑠璃色の地球』っていうの。若いころ大好きだった。今も好きだけど」

誠の父はラジオを聴きながら漁協に連絡し、ファックスで取り寄せた天気図を睨んでいた。

「親父、明日の朝どうよ？」誠は何度目かのジャブを繰り出している。「沖から見る御来光。せっかく有人もいるんだしさ。いい機会だと思うんだよな」

はんかくさいこと言うんでねえ、と今までのジャブは却下されてきたが、このときは違った。

「有人」誠の父が意向を尋ねてきたのだ。「おまえはどうだ。見たいか？」

——有人はどうしたい？

叔父の言葉が浮かび上がって重なる。

「僕は……船酔いしたらご迷惑かなって」

誠の父が唇の片側を吊り上げた。「答えになってねえな」

そのとき、電話が鳴った。無意識に時計を見ると、そろそろ正午だ。誠の父が受話器を取った。

「なんだおまえか」

その一言で、誠と彼の母も動きを止めて聞き耳を立てた。誠の父は低い声で「ああ、ああ」と相槌を打ち、最後に「わかった」と言って切った。

「兄貴？」

誠の問いに、誠の父は「ああ」と肯定してから鼻で嗤った。

「後茂内まで来たはいいけど、船が出てないから帰れねえっつってたな。でもあいつ、はなから帰る気なんてねえのさ。後ろでJRのアナウンスが聞こえたからな」

首を傾げる有人に、誠が事情を教えた。「後茂内にはJRが通ってねーの。つまり、こっちに来てない、札幌から動いてないってこと」

「いいさ。至は至で、自分の船の舵取りしてんだからよ」誠の父はまた天気図に目を落とした。「馬鹿だな。つかなくてもいい嘘ついてよ」

「だったら有人くん、至の部屋使うかい？」誠の母が弾むように言った。「誠、いびきうるさいでしょ。この子、小さいころから寝相が悪いし」

誠の両親の胸の裡を思うと、とても部屋は借りられなかった。

大晦日の夕食はいつもよりも時間が早かった。しかも食卓にはもうおせちが並べられた。有人は驚いたが、斎藤家の面々はなぜ驚くのかという顔をした。

「東京ではなに食べんのよ」

「え、普通にお蕎麦とかです」

照羽尻島や北海道の一部では、大晦日からおせちとともにごちそうを食べ始めるのだと、有人は教えられた。

「刺身盛りもあるの。こっちは手巻き寿司と毛ガニよ」

たらふく食べた後に風呂に入り、紅白歌合戦を見、小腹が空いてきた午後九時ごろに年越し蕎麦をすすった。

蕎麦を平らげると、誠の父は大あくびをした。

「寝るわ。おやすみな」

大晦日なのに漁師の習慣は崩さない。体の中に睡眠リズムができあがっているのだろう。食器を片づけ、お目当ての松田聖子を見終えると、誠の母も紅白の決着を待たずに寝室へ行った。

有人は誠と一緒にチャンネルをザッピングしながら時間を潰し、日付が変わった瞬間、「去年の紅白はさあ」などととってつけたように言って、笑いあった。それから就寝した。

「……きれ。ほれ、起きれ、おまえら」

漁師のだみ声が響き渡り、有人は顔をしかめた。薄目を開ける。部屋は暗いが、開いたドアから廊下に点いた電灯の光が入ってきている。ドアのところに、大柄ではないが頑健な体軀の男の影が、仁王立ちしていた。その男は、手にしていたものをどさりと床に放った。

「御来光見るんだべ。さっさと起きて着替えれ。一番上には、そいつを着れ」

「えっ、マジ？」

誠が飛び起きた。有人も一気に覚醒する。枕元のスマホで時刻を確認した。午前四時十八分。

「寒いぞ。死にたくなけりゃ暖かくしろ。着替えたら来い。海、出るぞ」

8

暖房を切っている部屋は寒い。だが誠はパジャマを脱ぐのをためらわなかった。

「やっと沖に出られる」

筋肉をまとった腕に、鳥肌が立っている。少し声が震えているのは、寒いのか武者震いか。

「おまえも早く着替えろ」

部屋の電気を点ける前に、誠の父は去っていった。床に放り出されたものは、上下揃った防寒服が二セット。青とオレンジだ。

冬の海に出るときに漁師が着るやつだと誠が言い、サイズを見た。

「オレンジのほうが小っちゃいからおまえだ」

誠に言われるがまま、ヒートテックの長袖肌着、長袖シャツと重ねた上に一番厚いセーター、それからジーンズを身に着ける。首にはいつもの黒いマフラーを巻いた。誠は有人が持っていない耳当てと帽子を貸してくれた。

最後にオレンジの防寒服を着込む。水と風を通さない素材だった。生まれてこのかた、こんなに厚着したことはない。だが、思ったほど動きづらくはなかった。

居間には誠の母がいた。いつもよりも少し上等なカーディガンとズボン姿だった。

「なにかお腹に入れたほうがいい」と、有人と誠に小さなおにぎりと温かいお茶を出してくれ、食べ終えたら酔い止め薬も飲ませてくれた。それからペットボトルに入った水と、使い捨てカイロを、それぞれの手に握らせた。

「トイレは船の中にもあるからね。気をつけて。元気に帰っておいで」

玄関に用意されていたゴム長靴を履いて表に出る。夜明けの気配は遠い。吹雪は嘘みたいに治まっていたが、そのぶん外気は冷えていて、むき出しの頬がぴりぴり痛んだ。真っ暗な中、港に停泊している一艘の船だけが煌々と明るい。その船に向かって、誠と走った。雪を踏むと、聞き慣れないキュッキュッという音がした。

誠は左舷の後方から、ためらいなく飛び乗った。反動で船が揺れる。思わず立ち止まった有人に「しゃーねーな」と手が差し出された。引っ張られるように、波止場と船の間にある数十センチほどの暗闇を跨ぎ越える。

「いくぞ。寒いから中入ってれ。救命胴衣つけれ」

操舵室から声がかけられ、有人たちは言われたとおりにした。操舵室後方には電車の一部を切り取ってさらに縮小したような、人が数名向かい合って座れる小部屋があるのだ。

「この船、定員九人だからよ」

誠が自分の船のように鼻を高くする。右手の舳先を向けば操舵室に誠の父の頭が見えた。

見よう見まねで救命胴衣をつけると、それを待っていたかのようにエンジン音が変わった。有人の心臓もどくりと高鳴る。

船が沖へと動きだした。首を回して背後の窓を振り向く。外の闇が窓ガラスを鏡面に変えて、有人は心細げな自分の顔と鉢合わせした。

船底に意識を向ける。凪いでいるのか、ほとんど揺れずに進んでゆく。

しかし、平穏は束の間だった。港を出て防波堤の庇護を外れたとたん、漁船はうねりと戦いはじめた。波が船体の横で弾け、細かなしぶきが窓ガラスに撥ねる。有人は唾を飲み、防寒服の前とマフラーを少し緩めた。

「ビビってんの、おまえ」

からかうような誠の口ぶりに、むきになって返す。「少し暑いだけだ。重ね着しすぎた。救命胴衣もつけてるし」

「冬に着ぶくれして困ることなんてねーよ。暑けりゃ脱ぎゃいい。寒くて着るものが足りないよりは、命にかかわらねー」

「命とか大げさだね」

誠の目つきが真面目になった。「海を舐めんなよ」

有人は思わず口を一文字に結んだ。

と、船体が斜めに傾いだ。誠は後ろに反り、有人は前につんのめる。今度は逆だ。帽子をかぶった後頭部が、窓ガラスの枠にぶつかった。

操舵室を見やる。誠の父の後ろ姿は、なにも変わった様子がない。

「適当に掴まってろよ」

誠が早口で言った。揺れはどんどんひどくなっていく。航空機なら客室乗務員が「飛行には影響がない」となにをおいてもアナウンスする場面だが、漁船の中では誰も安心をくれない。

「親父を信じろよ」誠の言葉は有人の心を読んだかのようだった。「こんなん、普通だ」

「乗ったこと、あるの？」

「ないけど、親父たちの話聞いてりゃ、わかる」

そうだろう。誠の父は気象予報士よりもずっと正確に天気を読む。年末、彼は天気図と首っ引きだった。航海に危険があるなら船なんて出さない。ましてや、有人という他人の家の子どもを乗せてなど。

そう、大丈夫だ。転覆や沈没はしない。どんなに海に翻弄されても、誠の父の背には余裕が感じられる。

しかし、もう一つの問題が差し迫っていた。

「……外に出たい」

酔い止めを飲んだのに、早くも生唾が口に溜まってきている。小さな頭痛の種火は、船が揺れるごとに増幅され、それと連動して吐き気も増す。

冷たい風に当たれば、マシになるはずだ。有人は甲板に出ようとドアノブに手をかけた。

「そっちの甲板から船尾側にトイレがある」

そう言いつつ、誠もついてきた。

「濡れるど」誠の父から声がかかった。「気をつけれ。動くときは船のどっかに絶対摑まってれ。離すなよ。誠、有人を頼むぞ」

「わかってる」

誠が吼えるように返した。

甲板に出ると、海の匂いが強い潮風に乗って、氷のつぶてみたいに襲いかかってきた。うねりを乗り越えて進むごとに、海水が甲板を洗う。外はまだ暗かったが、目が暗さに慣れると海の様子が捉えられてきた。有人は甲板の手すりをしっかりと摑んで、舳先を見た。

船が進む先には、てっぺんに白い泡を載せた黒い小山のような波の塊が迫っていた。それは、有人が知る波の形ではなかった。港に係留されていた他の船と比べてもけっして小さくはなかった誠の父の船は、大海原の中であまりに頼りなかった。

しかし、それでも進んでいく。

黒い小山に乗り上げるときは、体の中身が踵から出ていくような気持ち悪さを覚える。下るときはいったん出ていった中身が、新たな嘔吐感を拾って戻ってくる。

その小山が、延々と続くのだ。

乗り上げる角度や波の具合で、上下に揺さぶられながら、横にも揺れる。重力を感知する体の感覚がパニックを起こして悲鳴をあげる。

有人は口を押さえながらなんとかトイレのドアを開け、小さな洋式便器に嘔吐した。せっかく食べさせてもらったおにぎりや、おそらくは酔い止めも全部戻してしまった。

吐いてしまうとすっきりしたが、別の心配が頭をもたげた。

どうしよう、こんなに揺れているのに、もう酔い止めはない。

しかし、愕然としてはいられなかった。

「どけ」

誠が短く言う。ドアに摑まりながら身を避けると、誠も便器に向かって吐いた。

「なまら気持ち悪ぃ」

誠はいったん船室へ戻り、ペットボトルを持ってきた。水を口に含んで口内をゆすぎ、ぺっと海に吐き捨てる。自分も倣おうと船室に戻りかけたら、誠は黙ってペットボトルを差し出してきた。受け取って同じようにやる。

「撒き餌したか」操舵室の窓から漁師の顔が覗き、大声で笑われた。「辛ぇなら、こっから帰っていいぞ」

「撒き餌じゃねーし」誠が叫び返す。「こんなん屁でもねーわ！」

「バケツにやれや。椅子の下は収納だ。座面動かしてみれ」

「それ早く言えよ」

「おじさん、前見なくていいの？」

「この船には、自動操舵ってもんがあんだよ」

誠と二人、船室に戻った。外より暖かいが、強い風に吹かれていたほうが吐き気は薄らぐ気もする。誠の父が言ったとおり、座面は跳ね上げ式の蓋になっていて、中にはあつらえたように青の掃除バケツが二つあった。それぞれバケツを膝に抱えていると、誠の手が伸びてきて、乱暴に頬を擦られる。

「なにするんだよ」

「顔がヤバい」

「船酔いしてるんだ」

「違う。そこだけ妙に赤っぽいんだ。ジンジンしないか？　凍傷になりかけてるとそうなるんだ。顔は自分では見えねーし、具合悪いとジンジン気にするどころじゃねーから、周りのやつが気づいて教えてやれって、親父言ってた」

あとは自分でやれと言われ、そうする。凍傷。考えもしなかった。手で擦るのは、冷たくて血が通わなくなったところを外から刺激して、通わせてやるためだろう。

「自動操舵だから、こんなに揺れるの？」

「関係ない。どんなに凪でも海は絶対動いてる」

「でもこれ」有人は口の中の酸っぱい唾を持て余す。「想像よりずっとひどい」

「親父は天気には逆らわない。出したなら大丈夫なんだ」

また船体が傾く。有人はバケツを抱えて吐き気をやり過ごす。

「……誠も、漁師になったら、逆らわない？」

「当たり前だろ。天気に喧嘩売るなんて自殺行為だ。でも」

漁船が連続で波の小山を越えて下る。頭が死にそうに痛い。

「それでも、こうなったら命懸けでも船出すって決めてるのが、俺には一つだけある」

「どんなとき？」

「誰かが沖に出なきゃ、親父やおふくろや桃花や、おまえが絶対死ぬってとき」

波が窓ガラスに当たって砕ける。

「……なんで？」

「後悔して生きるくらいなら、命懸けだろうが俺は出る」

きっぱりと言い切って、誠はバケツに顔を突っ込んで吐いた。


有人と誠は何度も吐いた。吐くたびに誠は口をゆすぎ、水をちびちびと飲んだ。なにか胃にあったほうが吐きやすいし、脱水症状も起こさないと、青白い顔で彼が笑うので、有人もそうした。

操舵室からは、ときおり視線を感じた。ベテランの漁師からすればみっともない姿に違いないだろう。でも、恥ずかしさはあまりなかった。それより、見守られているのだと落ち着けた。いつしか有人と誠は舳先側を頭に、狭くて長細い椅子の上で横になった。マフラーが臭くなったので、外して丸めてしまう。

目をつぶって数分うとうとし、大きな波の揺れで目を開けてはバケツを引き寄せることをどれだけ繰り返しただろうか。エンジンの音が変わった。出力を下げたようだ。

誠と同時にはっと起き上がり、眩暈（めまい）と頭痛と吐き気に身を硬直させたのち、窓ガラスの外に目をやる。

まだ暗い。しかし、微かに色がある。限りなく闇に近い群青。その中にばら撒かれた無数の星々。有人は星にも色を見つける。青っぽいもの、赤みがかっているもの、橙を帯びているもの。

「出てこい、おまえら」

船が止まり、誠の父が呼んだ。

臭いマフラーを首にかけて適当に結び、有人は甲板に出た。風はトイレに行ったときよりやや弱い。誠と二人して操舵室の窓に近寄る。大きな波はもう来ていないが、浮遊感を伴う揺れは続いている。誠の父は窓から腕を出し、一方向を指し示した。

「あの方角から太陽が昇る。島もちょうどあっちだ」

示された方角に目を凝らす。空と海の境目もあいまいな中、最初島影は見つけられなかった。しかし、星々の境界線を辿っていくうちに、ごくごく小さな盛り上がりが海に浮かんでいるのが認められた。

その盛り上がりが、夜を集めたように黒さを増していく。

周りが明るくなってきているのだ。

陽が昇るたった一点から、色彩が広がっていく。まだ水平線の向こうの太陽が、光の先駆けを世界に放ち、夜を有人の背後へと追いやってゆく。目に見えるなにもかもが目まぐるしく色を変える。

やがて、島が黄金に縁どられた。

同時に、有人は鳥の鳴き声を聞いた。

もう、飛んでいるのか。餌を探しに。正月もなにも関係なく、ただ生きるために。

あれはなんという種類だろう。黎明の空を横切った一羽は、島から来たことを誇るように、体の輪郭線を金色にしていた。

世界が輝いていく。

「……初日の出」

有人が思わず呟くと、背後の漁師がふんと鼻を鳴らした。

「うまい塩梅に見える日の出は、いつだってこんなんだ」

海に合わせて船がゆらりとなる。

「俺はよ、母ちゃんがいつも歌ってる歌、好きじゃねえなあ」

誠が訊き返す。「夜明けの来ない夜は、ってやつか？」

「ああ、それよ」

漁師は苦笑いしながら、内緒だぞと前置きをし、こう言った。

「照羽尻高校が廃校になるかもしらんっつうとき、俺もちょっと授業に行ったのよ。時化で船が出せないときとかよ。そうしたら、あれだ。地球ってのは自転ってのをしてんだろ？　理科で習ったんだ」

誠が先を促した。「だからなんだよ。そんなん、俺だって知ってる」

「俺が言いたいのはよ。朝が来るのは地球が回ってっからだ。ただ夜明けの来ない夜はないからって、黙って待ってるのはよ、人任せだなあ。地球が自転を止めちまったら、夜んところはずーっと夜だぞ。夜明けなんて来やしねえ」

「地球がそんなことになったら、人類生きてねーから」

「そういうことを言ってんじゃねえんだ、誠」誠の父はちっと舌を鳴らした。「本気でいっとうきれいな夜明けが見たいんだったら、自分から動いていかなきゃならねえんだ。待つもんじゃねえ。進んだ先にあるもんなんだよ」

——動け。行動しろ。

「……羽田空港で兄が、おじさんみたいなことを言っていました」

誠の父の目が三日月のように細められた。「兄ちゃんによ、今度遊びに来いって伝えれや」

そして、さっきは誠も。

——俺は出る。

朝日はすっかりその姿を現した。空は、澄んだ鐘の音が響くように青い。

「さ、見たな。じゃあ、帰るぞ。朝飯食わなきゃな」

有人と誠が甲板の手すりにしっかり掴まっているのを確認して、誠の父はふたたびエンジンの出力を大きくした。

漁船が朝日に向かって海原を切る。

舳先からの風をまともに浴びて、有人の首のマフラーがほどけた。

「あっ」

手を伸ばしても届かなかった。黒いマフラーは後方へと飛び去り、航路の跡の泡に落ちて見えなくなった。

有人は舳先を振り返った。真正面から風が来ている。勢いよく航行する船が、その風を生みだしているのだ。そのまま手すりを摑みながら、前へと進んだ。誠もついてくる。

舳先の突端に二人で立った。

そうして、体が濡れるのも構わず、強い向かい風を全身に浴び続けた。

「すげー風」寒いだろうに、誠もなぜかマフラーを取った。「顔面叩(たた)かれてるみてー。痛(いて)え、痛くねえ？」

「痛いよ……当たり前だ」

前に進めば、風は生まれる。

そんな当たり前を、有人は胸の裡(うち)で繰り返し嚙(か)みしめた。

＊

すっかり明るくなった港に帰り、汚してしまったいろんなものを洗ったり片づけたりしてから斎藤家に戻ると、誠の母が「お風呂(ふろ)が沸いてるわよ」と言ってくれた。

「有人くんから入っといで」

その言葉に甘えて、一番風呂をいただく。誠たちも待っているのでできるだけ急いだが、ほんの数分でも温かい湯に浸(つ)かると、体も、体の中で凝り固まっていたものも、静かにほぐれていった。

斎藤父子が風呂を済ませるのを待ち、朝ご飯となる。まだ波に揺られている感覚は残っていたものの、吐き気と頭痛はほぼ治った。ニューイヤー駅伝の二区を走る選手をテレビで見ながら、おせちと雑煮に舌鼓を打つ。すまし汁に角餅(かくもち)の雑煮は東京と同じだが、斎藤家のそれにはエビやらホタテやら、とにかく海産物がごろごろと入っていて、出汁(だし)がでており絶品だった。

お腹が膨れると、有人は急に眠たくなってしまった。誠の部屋に行こうと思ったが、布団に入ると夕方まで寝入ってしまいそうだ。行儀を気にして周りを窺(うかが)うと、お屠蘇(とそ)から始まって本格的に飲み始めた誠の父がストーブの前で上半身シャツ一丁になっていた。有人は免罪符をもらった気になり、その場にそろそろと横になった。

目を閉じると、すぐにまどろみがやってきた。

誰かが近づいてきた。丸っこい雰囲気で誠の母だとわかる。肩に暖かいものが掛けられた。

「……今日はありがとうな、親父」

「えらくゲーゲーやってたな」

夢うつつの中で、有人は誠と彼の父の会話を聞いた。

「どうだ。船は懲りたか」

「ていうか……なんで乗せてくれたんだよ。ずっと駄目だの一点張りだったのによ」

ぐい呑みで酒をする音。

「去年……じゃねえな。一昨年だ。おまえは修学旅行でいなかった。そのとき、あいつをよ。船に乗せた。あいつはあれで、ちょっとは興味持ってたからな」

「兄貴をか？」

肯定の気配がした。

「至もよ……大した波でもねえのに、出てから帰ってくるまでゲーゲーやり通しだった……それからってもの、あいつは船が嫌いになっちまった。あのとき乗せなきゃ、パティシエの学校になんて行かなかったかもしれねえな」

温めたお酒の匂いがそこら中に漂っている。

「本当はな。高校に入学したら、おまえも乗せるつもりでいた。でもよ、至は乗せたらそっぽ向きやがった。だからよ……先延ばしにしてたんだな。情けねえな」

「……だったらよけい、なんで乗せてくれたか教えてくれよ」

「そっぽ向かれてもいいと腹括ったのよ。おまえの人生はおまえのもんだ。俺にできることっつったら、沖の海を教えることくれえだ。誠。いっぱい時間使って考えれ。それで至みたいに島出るなら、それだっていいのよ」

誠は小さく笑ったようだ。

「今朝、乗せてもらって俺も決めた」

一年くらいゲーゲーやるかもしれねーけど勘弁な、と誠が言うと、

「臭え船になんなあ、おい」

漁師はひとしきり哄笑してから、洟をかんだ。


二日も天候は穏やかだった。有人は午前のフェリーに乗って、東京の実家に帰った。

そして、自室のプレイヤーで、長いこと聞けずにいた叔父の声を聞いた。


草稿と音源データの存在を知った兄の和人は、読みたがり、聞きたがった。有人は迷わず渡した。そして、返却を待たずに七日の朝、島への帰途についた。

「俺が持っててていいのか？」

構わないと答えた。兄も叔父の生き方に憧れた一人だ。それに、叔父の言葉の一つ一つは有人の細胞に染み入って、もう聞き返す必要などなかったのだ。

一言一句思い出せるばかりか、叔父と柏木が話している様が目に浮かんでくる。有人は診療所の観葉植物に姿を変えて、その場にいたかのような錯覚を覚えた。それほど聞いた。

音源データは、柏木の声から始まった。声の後ろでは、お茶を淹れる音がしていた。

＊

「甥御さんには、なにも処方していないんですね」

「すると必要がないからね。東京にいたころ、心療内科から薬を処方されていた時期もあったが、解決の道はそれじゃないと俺は思う。ありがとう」

ことりという音は、柏木がデスクに湯呑みを置いたのだろう。

「環境を変えて、心身を健康にするために、島へ呼んだのでは？」

「そもそも、健康ってなんだろうね。なにも悩みなく日々を過ごすことが、心身ともに健康と定義されるなら、完璧に健康な人なんていないよ。俺は会ったことはない。みんな大なり小なり問題を抱えている。俺も、君もね」

叔父はお茶をすすったのか、「ああ、美味しいね。ありがとう」と言った。

「ただ、自分の部屋から出てほしかったんだ」湯呑みの中を眺めながら、優しく笑う叔父が見える気がした。「まずは息を継がせたかった。少し余裕が出たら、個性豊かな人々に、あっけらかんと構われてほしかった。人と人との間に生まれる感情を、たくさん味わってほしかった。人の気配のないところにも行ってほしかった。海鳥の生息地に一人でいると、自分がいてもいなくても、世界は回ってきたし、これからも回るだろうと思わされるんだ」

「自分がいなくてもいいというのは、悲観させてしまいませんか？」

「人は誰しも無力だよ、自然の中ではね。そういう世界の大きさを知ってほしかった……そう。大きいんだ。どんなに世界に絶望したとしても、それが世界のすべてじゃないと、この島で気がついてほしかった」

椅子の脚が床を擦る音。柏木が叔父の近くに自分の椅子を動かしたのか。

「甥御さんのお話を、一症例として聞いてしまいましたが、先生はそう思ってはいないのですね」

叔父の回答は明快だった。

「医師としての君の目が彼を患者と捉えるなら、それも一つの見方だ。でも俺は違う。病気じゃなくてそういう性格なだけだ」

「彼が幼いときには、同居されていたんですよね。だからよくご存じなんですね」

「いい子だよ。ただ、少し変わってほしかった。なにかあったときに、俯いて足元だけをじっと見てしまうのではなくね。彼が直面した出来事は、人ひとりの人生を変えるのに十分なインパクトがあった。たった一日で未来を悲観しても当然だと思えるほどのだ。だからといって、一生一人で閉じこもってしまうのは、心底もったいない。彼にはここで自由に、どう生きるのか、本当は自分がどう生きたいのか考えてほしかった。俺はね、『治る』んじゃなくて『成長』してほしいと思ったんだ。医者じゃなく、叔父としてね」

いったん音声は途切れる。別の日の会話が始まる。この日も叔父と柏木は、和やかにお茶を飲みながら話をしていた。

「先生は島の皆さんにすごく慕われ、尊敬されていますが、七年間、ご苦労もあったことでしょう。任期満了後も島に残ったのは、なぜですか。一年の任期の間に、地域医療や予防医学にご興味を持たれたとか？」

「そうだね……」叔父はお茶を一口飲んだようだ。「先端医療に関しては大学にいたほうが有利だが、ここでしかできない学びもある。取り組んでみたら、なかなか興味深くてね。君が研究している転地療法というと、都会から自然あふれる場所へというパターンが一般的だが、こちらはこちらで、都会より多く見られる疾患もあるんだ。地域住民の食の傾向をはじめ、生活全般と健康の関わりの基礎を学び直すことができる。あと、大学病院だと専門に特化してしまうが、ここでは多少浅くても広い知識が必要だ。健康を維持する働きかけもね。俺はここで必要なことをしているだけだし、そういう医師の姿も個人的に性に合っている」

柏木は少し声を落として、次の質問をした。

「任期満了前、無言の圧力的なものは感じませんでしたか？　島に医師がいなくなるのは困るというようなことをこぼされる方も、いたのではないですか？　以前、島民の理解は求めていない、ともおっしゃっていましたよね」

その質問を、叔父は朗らかに否定した。

「任期満了が迫っても後任の医師が決まらない、そんな時期、島民は確かに不安そうではあった。でも実はね、面と向かって残ってくれと言われたことは、一度もなかったんだ。着任当初、休日に北海道本島へ行ったときは、先生に島を空けられるとおっかないと、はっきり伝えられたんだけどね……あのときばかりは誰一人として、いなくなったら困ると訴えてはこなかった。本当はどんなにか訴えたかったろうと思うよ。でも彼らは俺の人生を尊重したんだ」

このとき叔父は、晴れ晴れと、かつ柔和に笑ったに違いない。叔父はそういう表情をする人だった。年末、誠の思い出話でよみがえったあの笑顔だ。

「島に残ったのは、島民を気の毒に思ったからとか、崇高な使命感にかられてとかではないんだ。気の毒なんてとんでもない、彼らは強いよ。俺は自分で考えて、自分の意思で残った。地域医療特有の労苦も全部納得ずくで、好きでそうした。理解を求めないというのは、そういうことだ。俺一人で決めて今ここにいることに、島民たちにはなんの責任もないからなんだ。俺が好きで残ったように、彼らも彼らのやりかたで診療所や俺を利用すればいいんだよ」

「残ることに決めたのはなぜですか?」

「昔、甥二人……有人とその兄だが……と一緒に旅行したことがあるんだ。彼らの冬休みにね。そのとき、帰りの機内でドクターコールがあった」

柏木が餌に食いつく魚のように、すぐ反応した。「名乗り出たんですか?」

「出たよ」

「僕はためらいます。器具も満足にありませんし、聴診器を使ってもエンジン音にかき消されると聞きました。日本では善きサマリア人法的な法整備はなされていません。名乗り出ても、なすすべなく、逆恨みされるケースも……訴訟や損害賠償のリスクは考えませんでしたか？」

誠が言っていた知らない単語はこれだろう。有人ははっきり思い出した。聞いたのは正月、廊下から話しかけてきた叔父が口にしていた。

「もちろん、全部承知の上だった。だから、怖さも感じていた。でも、もしも最悪のケースになって、自分が責めを負うことになってもいいと思ったんだ」

叔父はとつとつと語った。

「なにかを決めるとき、岐路に立ったとき、俺は未来の自分を想像してみるんだ。十年後の自分なんかをね。十年後の自分を想像して今を振り返ってみる。今、これをしたら、あるいはしなかったら、この道を選んだら、選ばなかったら、未来の自分はどう思うだろうかってね。そうして、一番悔いがないだろう選択をすることにしている。ドクターコールのときもそうした。名乗り出なかったら、一生その判断が心に残るだろう……端的に言えば悔いるだろうと思った。上手(うま)くいかなくても、十年後の自分は悔いていなかった。だからドクターコールにも応じたし、同じようにこの島にも残って、今に至っている」

「未来の自分になって、今を振り返ってみる……ですか」

「理想とする生き方に沿えているか、とでも言うのかな。僅かでも助けられる可能性があるにもかかわらず、保身でそっぽを向くのは、どうにも好きじゃない。そういう意味では、甥とは気が合うかもしれないね……」

＊

――未来の自分を想像してみないか。

道下のことで出しゃばったあの日に、未来は潰えた、引きこもったままでなにも変わらず歳だけ取って生きていくのだと諦めていた。だから、最初にその言葉を聞いたときは悲しくなった。叔父も有人の未来の悲惨さに、そんな忠言をしたのだと思った。

だが、叔父の言葉の核は違った。音源データを聞いてそれがわかった。

このまま時を過ごしたらどうなる？　ではない。

このまま時を過ごしたと仮定した自分が今を振り返って、その生き方を後悔しないか？　と問うていたのだ。

ヒントはあった。

――生き方の問題なんだ。

ドクターコールに応えたことに父が渋い顔をしたとき、叔父ははっきりそう返していた。死を目前にして、兄に「俺以外の誰かが同じことをしても、格好いいと思ったか？」と尋ねた。

叔父は生き方にこだわった人だった。

音源を聞いたハル先輩と誠も、後悔という言葉を使って意思を示した。

――僕はこの先今晩のことも、後悔まじりに考えるに違いないって思った。

――後悔して生きるくらいなら、命懸けだろうが俺は出る。

二人も叔父の生き方や心をしっかりと受け止め、理解したのだろう。

同封されていた手紙は、こんな文面だった。

『草稿は僕が研究のためにまとめたものなので、戸惑われたかも知れません。有人さんの手に渡ってしまったと知り、取り急ぎこちらをお送りします。川嶋先生の本心は、こちらのほうが酌みやすいでしょう。また、今思えば、先生は当時から体調が思わしくなさそうでした。川嶋先生が、死に瀕した自分を想像しなかったとは思えません。想像してなお、先生はご自分の生き方を貫き、可能なかぎり島にいることを選んだのでしょう。』

島を離れる前日、家事を手伝ってほしいと有人に言った柏木の真意が、今になってわかる。叔父の不調に誰より早く気づいていたからこその、あの頼みだったのだ。

名刺も添えられていた。そこにあった大学のアカウントのメールアドレスに、有人は簡単な礼を述べるメールを送った。本当はたくさん書きたいことがあった。なぜ今になったのかという理由や、草稿だけ読んでショックを受けていたことなど。でも、言葉にするには難しすぎた。だから、せめて感謝の気持ちだけは伝わるように、シンプルにそれだけを書いて送った。

＊

北海道本島から照羽尻島へ向かうフェリーの中には、年末年始を函館の親戚の家で過ごしたという吉田理容店の夫妻がいた。彼らは目ざとく有人を見つけ、くだけた年始の挨拶をしてきた。有人も挨拶を返した。他には観光客と思しきカナダグースの黒いダウンにジーンズといういで立ちの男性が一人だけだった。

「お兄ちゃんもあれかい、島で星空を写すのかい？」

吉田夫妻の奥さんのほうが、船室のカーペットに腰を落ち着けた男性に、気安く話しかけていた。男性は咳き込みながら、大きな荷物の中から一眼レフを取り出していじっていたのだ。有人は年末に誠が言っていた「天文マニア」という単語を思い出した。

「そうです」男性は明るく返した。「国内有数のスポットだと聞いているんで、楽しみです」

「どこに泊まんの」

「野呂旅館です」

男性がまた咳をし、喉を押さえた。

「風邪かい？」

「ちょっと扁桃腺が腫れちゃって。でもフェリーに乗る前に病院に寄って薬をもらったんで、大丈夫です」

フェリーは少し揺れた。以前の有人なら、ビニール袋を握り締めたかもしれない。しかし、小山を乗り越えては下るような漁船の揺れにくらべれば、鏡の上を進んでいるみたいなものだった。

「あらあら、おかえり」

寮の玄関から声をかけると、管理人の後藤夫妻が揃って顔を出した。

「早く戻ってきてすみません」

冬休みが明けるまで、あと一週間以上ある。北海道は東京より冬休みが長いのだ。桃花とハル先輩はまだ戻ってきていなかった。

「なんもさ。三が日過ぎたら、おばちゃんたちも寮にいる決まりだもん。有人くんが帰ってきてくれて良かったよ。温かいココア飲むかい?」

食堂でココアを飲んで、荷物を整頓してしまうと、有人は一人で島を歩いた。小中学校のグラウンドでは、島の子どもたちが数人雪つぶてを投げ合って遊んでいたが、学校自体は静かだった。照羽尻高校もだ。教師や職員は教育委員会の辞令を受けて、島外から島に来ている。長期休みでは、島を出て自宅に帰っているのだ。校長先生らが住んでいる教職員住宅も、夏休みと同じくひっそりかんとしていた。有人はふと、宅配はどうするのかと思った。さすがに帰省時は戸締まりするだろうから。

診療所の戸には、常勤医不在の旨と、北海道本島から医師がやってくる曜日と時間帯が記された紙が貼られてあった。毎週火曜日の十時から十四時半。今日は火曜日ではない。桐生看護師は、まだ北海道本島の病院に入院中だ。こちらも内部に人の気配は感じられなかった。

働く場所がとても少ないという涼先輩の言葉を思い出す。診療所がこの状態では、医療事務の森内も患者とは違うことで困っているだろう。正規職員として雇用されていたなら収入は保障されているだろうが、仮に臨時職員だとしたら。

医師が一人いるだけで、診療所という職場は形を成し、患者を助けるだけではなく、健康な誰かの生活も支えられるのだ。もっと広く見れば、旅先で急に体調を崩したとき、その地区に医師がいない現実は大きな不安要素になる。旅行をためらう人も出るだろう。フェリーに乗り合わせた天文マニアは、病院に寄ってきたと言ったが、大事をとって引き返すことだって十分あり得た。となると、野呂旅館の客は一人キャンセルとなり、損失が出てしまう。

叔父を含む歴代の医師たちは、漁業に次ぐ照羽尻島の産業の柱の一つである観光業も、間接的に支えてきたのだ。

有人は海の彼方(かなた)から来る風に吹かれながら、その場で目を閉じた。

後藤夫妻と三人だけの夕食を終え、入浴も済ませて、布団の上に寝転がる。生乾きの前髪が、ほんの少しだけうるさかった。それをかき上げて、明日にでも吉田理容店へ行こうと思う。和人からはLINEで『叔父さんのやつ、聞いた。サンキュー』とだけメッセージが入っていた。有人はそれにスタンプを使わず『うん』と言葉で返した。涼先輩や誠、桃花、ハル先輩は、今ごろなにをしているのかと、ぼんやり天井を眺めながら考え、ゆっくりと時間は過ぎていった。

静かだった。カーテンを閉め切ったこの部屋が、世界から切り離されて宇宙を漂っているのではないかと思うほどだった。しかし、うんと注意すると、波の音が聞こえるのだった。波音はすっかり有人の耳に馴染(なじ)んで、聞こえていても静寂の中にいるようだった。

その漆黒の静寂を、涼先輩の大声が破った。

＊

「誰か来て！」

はっと飛び起きて時刻を確認した。午後十時を過ぎている。パジャマのまま急いで一階へ駆け下りると、後藤夫妻もダウンをはおって外に出ようとしていた。

有人も二人に続く。寮から目と鼻の先にある野呂旅館の玄関は、開け放たれていた。内部からの明かりは、やけに明々としていて、逆に胸が騒ぐ。

涼先輩の母がまず出てきて、送迎に使う車にエンジンをかけた。玄関を覗くと、涼先輩と彼女の父が、それぞれ頭部と足を持って、一人の男性を運び出そうとしていた。

カナダグースのダウンですぐにわかった。フェリーの中で居合わせた天文マニアの観光客だ。たたきに一眼レフや三脚が転がっている。

狭い穴を抜けるような、ヒューヒューという音が聞こえた。聞き覚えのある音だった。それは男性が苦しげに呼吸するたびに発せられている。

「どうしたの」

後藤夫妻が男性の腰の部分を受け持ちながら尋ねた。早口だった。答える涼先輩の口調も早くて、切羽詰まっていた。

「外から戻って気分が悪いって言って、すぐにここで倒れたの」

「119番は」

「した。ヘリが来る。でも、それまで黙って見てられない」

「島内放送だ」後藤のおじさんがおばさんに指示した。「漁師、漁協の連中は救命講習受けてる」

後藤のおばさんは靴を脱ぎ散らかして、旅館の中へと入っていった。玄関の横にある部屋に勝手に入り、どこかへ電話をかける。

有人は竜巻みたいに荒れ狂った目の前の光景に立ちすくんだ。みんなはそんな有人に構わず、観光客を運び、車に乗せた。

運ばれていく観光客の顔が見えた。

赤みがかった皮膚。発疹。むくんだ瞼。

ヒューヒューという音とともに、あの日の記憶が鮮明によみがえる。

――道下のときと同じだ。

車はすぐに発進した。続いて、島内放送が本当に流れた。

『急病人が発生しました。救命講習を受けている方は、小中学校のグラウンドに大至急来てください』

電話を終えた後藤のおばさんが「風邪ひくから寮に戻ってなさい」と促す。

「なんでグラウンド？」

「ドクターヘリはそこに着陸するから。さ、早く戻って」

背中を押されるが、有人の足は動かなかった。そこへ、港近辺の地区から一台の車が猛然とやってきて、有人たちの前で停まった。助手席の窓が開いた。誠だった。運転席には誠の父がいた。

「有人、なにしてんだよ！」

「僕は」

「おまえも来い」

誠の父の声は、有無を言わせぬ強さがあった。有人は後部座席に乗り込んだ。その間にも車は次々とやってきて、停車中の車の横を通り過ぎていく。

誠も、誠の父も、上半身は船に乗ったときと同じ防寒服をはおっていたが、下はパジャマで、裸足に靴をつっかけていた。

街路灯がまばらなかわりに、フロントガラス越しに、車のテールライトがいくつも目に入った。いつもはこんな時間、車なんて走らない。凍りついた路面が黒く光る。

「親父、あれ」

誠が路上を走る誰かを発見した。森内だった。誠の父は迷わず森内も車に乗せた。

森内は診療所の鍵(かぎ)を手にしていた。

「AEDが中にあるからそれ持っていきます」

「有人は急病人を見たか」

誠の父が尋ねた。有人は「見ました」と答えた。喉で声が絡んだ。

「どんな様子だった。息はしてたか。心臓は動いてるみたいだったか」

「息はしてました」道下みたいに。「心臓はわかんないけど、動いてたと思います」

森内を診療所に送り届けて、小中学校のグラウンドへ向かう。診療所の中がすぐに明るくなる。森内はAEDを持って駆けつけてくるだろうか。

有人の耳には、あのヒューヒューという呼吸音がこびりついている。もしかしたら、道下と同じかもしれない。でもわからない。道下のときには、父は救急車を呼ぶだけでよかったと言った。119番はしている。あとはドクターヘリを待つだけでいいのだ。素人は。

小中学校のグラウンドでは、十台以上の車が隅に停車し、中央に向けてヘッドライトを照らしていた。中央には野呂旅館の車があった。涼先輩の父が、スマートフォン片手に大きな声を出している。どうやら北海道本島の救急医と話をしているようだった。

「夕食はうちで出したものを。外でなにか口にしたかはわかりません。え？」一月の夜なのに、涼先輩の父の額は汗でてらてらしていた。「いや、そんなはずは」

「お父さん、なんて？」

「アレルギー発作じゃないかと言ってる」

その場にいた島民がざわめく。

「そんなわけねぇべ」

「旅館や民宿は、そういうのみんなはじめに訊く」

「野呂さんとこだって、いつも訊いてるだろう？」

「お父さん」涼先輩が叫ぶ。「苦しそう、どうしよう」

数名の島民が駆け寄っていく。漁師や漁協の人だ。誠の父もいた。

「人工呼吸ならできるど」

「心マも教わってる」

森内もAEDを持ってきた。涼先輩の父が通話先にいっそう大声で問い返した。

「え？　エビ？　エピペン？」

有人の心臓が硬く縮まり、続いて一気に膨らんだ。あの日覚えた、忘れようがない単語。スティックのりみたいな形状のあれ。めくられたスカート。養護教諭の白衣。

「……保健の先生」有人は呟いていた。「学校の、保健の先生は」

あのとき道下に処置をしたのは、養護教諭だった。しかし、誠が即座に首を横に振った。

「島の外から来た先生たちは、みんないない」

そうだった。教職員住宅には人の気配が無かった。冬休みが明けるまではまだ一週間あるのだ。

「エピペンってのを使えばいいのか？」涼先輩の父が、森内にがなる。「診療所にエピペンってのはあるか？　エピペンだ」

森内の答えのかわりに、有人は過去の音を耳にした。棚の戸を開ける音だ。診療室にあった薬剤を保管する棚に、六月に来島していた柏木が、二本のエピペンをしまっていた。

もし、あの日と同じなら。あの人が道下と同じなら。でもわからない。間違えるかもしれない。黙っていても誰も責めない。

なにも、しなくてもいい。

なにも動かなければ。

――有人。

――未来の自分を想像してみないか。

そのとき有人は、叔父の声を聞いた。

——進んだ先にあるもんなんだよ。

——動け。行動しろ。

誠の父と和人の声も。そして。

——俺は出る。

誠。

突如、凄まじい向かい風が吹きつけてきた。息もできないくらいの風だ。それを真正面から受ける。

前に進むときに感じるのは、必ず向かい風だ。

元旦の海に消えたマフラーがまなうらをよぎる。

有人は足を踏み出していた。

＊

観光客の男性は、小西さんといった。ヘリで搬送される際、同乗の医師に名を問われ、自分で答えた。

「エピペンを打ったのは君？」小西のバイタルを確認した医師は、小さく頷いた有人に大きく頷き返した。「ありがとう、頑張ったね」

やりとりはあっという間だった。ヘリはすぐに小西を乗せて、北海道本島に飛び去った。

ドクターヘリのライトが星に紛れてしまうと、有人はどすんと雪の上に尻もちをついた。

「なした、有人」

大人たちが訊いてくるが、なにも答えられない。キャパシティを超えた緊張からようやく解放され、力がすっかり抜けた有人は、立ち上がることなんてできなかった。

怖かった。今になって震えが有人を襲う。

「でも、よくやったなあ、有人」

「あの、カチッてやるやつの使い方、よく知ってたな」

大人たちが口々にねぎらう中、涼先輩が涙ぐんで有人の前に膝をついた。

「有人くんが帰ってきてて、本当に良かった……」

「涼ちゃんも大変だったな。さ、帰るべ帰るべ」誠の父が有人の頭にぽんと手を乗せた。

「今夜のヒーローも帰るど」

「……僕は」

「そんな格好で雪の上に座ってたら風邪ひくべ。ガタガタやってるしょ」

集まっていた人々は、三々五々帰りはじめている。こんな大騒動があっても、数時間後には船に乗って海に出る人たちなのだ。涼先輩も両親に連れられて去っていく。何度も名残惜しそうに有人たちを振り返りながら。

「親父。先帰ってろよ。俺、ちょっとここで一休みしてから、有人を寮に送ってく」

「そうか」誠の父は深追いしなかった。「なら、そうせ」

自分が着ていた防寒服を有人に投げてよこして、誠の父は車で去っていった。

さっきまでの喧騒が嘘みたいに静かなグラウンドだった。誠が兄のように防寒服を有人にはおらせた。有人は少し魚臭い温かみに包まれながら、空を見上げた。月は削がれたように薄く、そのぶん満天に広がる星の光は強い。

「小西さん、写真ちょっとは撮れたかな」誠が隣に腰を下ろした。「こんな空、俺らには普通だけどな」

「……ここ、すごくきれいに……ほ、星が見えるよ」歯の根が合わず、声にも力が入らない。「夏の……花火のときも……そう思った」

「ふーん」誠は天を仰いだ。「全然関係ないけど、さっきのおまえ、おまえじゃないみたいだった」

誠の爪先が、器用に雪を有人へと蹴り上げてくる。目をやると、誠はにかっと笑った。

「すげーな、有人」

「……す、すごくないよ。全然」言葉が夜に白く漂う。「全然すごくないんだ……だって、あれを知っていたのには……わけがある」

あまりに気が抜けて、心のガードも緩んでしまっている。有人は両手で顔を覆った。

「僕は……医者になりたかったんだ」

星の下で、雪の上で、有人は叔父への憧れを抱いた幼い日のこと、それから、悔やみ続けたあの日の一部始終を話した。

すべて聞き終わるまで、誠は口も挟まず、寒そうなそぶりも見せなかった。話し終えると、有人の震えも治まっていた。

「そっか」誠は立ち上がった。「その道下さん、元気になってよかったな」

「……うん」

「今夜のこと、教えてやれよ」

「え、なんで？」

「いや、なんとなく。その子なら喜ぶんじゃないかと思った」

スターバックスで振り返りもしなかった背中が、幻のように雪のグラウンドに浮かぶ。

有人は雪玉を作ってそれに投げようとして、やめた。

「もしもあの日がなかったらって、ずっと思ってた」手の中の雪玉を、握って潰す。

「こんなことになってないのにって」

「でも、もしもあの日がなかったら、小西さんはヤバかったな」誠は尻についた雪を素手で払い落とした。「今はどうなのよ」

「今？」

「今はあの日のこと、どう思ってんだよ？　やっぱ、なかったほうがいいか？」

有人はもう一度雪玉を作って、今度は誠に投げつけた。誠がやり返してくる。

「なあ、なんで今夜は行ったんだよ！　あのとき！　涼ちゃんと小西さんのところに！　エピペンのありかと打ち方知ってるって！」

打ち方なんて、一度見ただけだった。しかし、脳裏に焼きついていた。もちろん、電話で的確な指示を出し続けてくれた医師のサポートは大きいが、ともかく有人は名乗り出てやり遂げた。

「涼ちゃんのことが好きだからかよ！」

「ま、誠って馬鹿だろ！」

誠は笑いながらグラウンドを駆けだした。

「……誠だってわかってるくせに」

叔父の言葉を知っている誠なら。

あのとき有人は、一瞬で未来の自分を考えた。十年後、二十年後の自分を想像して、今を振り返った。黙って突っ立っている己を後悔しないか考えた。

次に思い出した誠の父、兄、それからなにより誠の声。

号砲みたいだった。

「あのさ、有人！　救急車のかわりにドクターヘリがあるとか言うけどさ、俺や親父含めて島に住んでる人は、どっか覚悟してるところあんだよ」誠は飛び去ったヘリが雪面に残した跡の上に立った。「なんかあったら、しゃーない。駄目なときは駄目だって。都会じゃもしかしたら助かるかもしんなくても、ここじゃどうしようもないときがある」

「……うん」

「それでもさー。俺らだって人間だから、せめて医者がいたら、あわよくばすげー医者だったら、もしかしたらって思う」

「……うん」

「俺ら、川嶋先生ならいいやって思えてたんだ。なんかあって結局駄目でも、診てくれたのが川嶋先生なら諦（あきら）めつく。最善を見つけてくれる、絶対それをやってくれるって信じられた」

土日もたゆまず資料に目を通していた叔父の姿が思い起こされる。「うん……わかる」

「おまえの『あの日』ってのは、変えられねーよな。過去は変えられねーんだ。何度も言ってるだろ。天気と過去はどうしようもねーって」

「うん」

「でも、過去をどう思うかってのは変えられるよな、今の自分で」

そんな言葉が誠の口から出てくるとは予期していなくて、有人は息を呑んだ。

「やっぱ説教くせーな、悪ぃ！」

「もしかして誠……」

音源データが入った封筒を差し出して、なにか言いかけた誠を、説教は聞きたくないと遮ったことがあった。

過去の失態がどんなものだったかも知らないうちから、誠は僕を信じて寄り添おうとしてくれていたのか――有人は冷たい手の甲で頬を拭い、少し顔を横に向けた。初めて目にしたとき、意味がないと思った信号機が見えた。

誠の声がどんどん大きくなる。

「川嶋先生、やっぱすげーよ。その、善きサマリア人の法？　ヤバい状態の人を救うために最善を尽くしたら、結果が伴わなかったとしてもおとがめなしみたいな決まり、日本にはないのに、機内で名乗り出て助けたんだろ？」

有人は懸命に首を縦に振る。

「俺、そのときの川嶋先生、どんなだったかわかる。小西さんのとこに向かってったおまえだ。おまえ、川嶋先生に似てた」

まるで、全世界に自慢するように、怒鳴る。

「おまえ、あのとき、すっげー、かっこ良かった！」

かつて一度は消えた灯が、その瞬間、もう一度生まれた。

＊

冬休みが明けてすぐ、小西からは丁寧な礼状と菓子折りが届いた。小西のアレルゲンは、島に渡る前、病院で処方された抗生物質だったという。今までは平気でも、急に症状が出ることもあるのだと、搬送先の病院で受けた説明のあらましも書かれてあった。野呂旅館にはなんの過失もなかったのだ。

小西は全国紙の読者投稿欄に、照羽尻島でのアクシデントと、そのとき島民総出での対応に助けられた旨を送って採用された。有人のことも、『東京からの離島留学生』という表記で出ていた。文面は純粋に感謝の意を表すもので、『この場を借りて島の皆さんにお礼を言いたい』と結ばれていた。

それはごく小さな出来事だった。星澤医師が島を出た際の中傷のほうが、インターネット上などでは話題になった。それでも、照羽尻島のみんなは嬉しそうだった。

涼先輩からは何度も礼を言われた。

桃花とハル先輩からは感心された。

島民は有人に声をかける。あのときは頑張ったな。今日も元気に勉強しろよ。

兄や両親からも連絡が来たが、一番驚いたのは道下からのものだった。ショートメッセージでそれは届いた。

『和人さんにお願いして番号を教えてもらった。新聞見た。やるじゃん』

やるじゃん

たった五文字の道下の言葉が、とてつもなく嬉しかった。

それから、スターバックスでのやり取りを、改めて振り返る。

――どうせお医者さんにはなれそうもないし。

有人は未来の自分を想像する。未来の自分は、今日を振り返ってどう思うだろう。たとえば、三十歳、五十歳の自分は。

胸の裡に再び灯ったこの小さな炎に、目を瞑ることだってできる。むしろそのほうがたやすい。

たやすいが、その選択を後悔しないか？

仮に目を瞑らなかったとして、この炎が華々しく燃え盛ることなく終わったなら——夢を追いかけてみたものの叶わなかったら、なにもしなければよかったと悔いるだろうか？

有人は久しぶりに、ずっと放置していた脱出ゲームのアプリを立ち上げた。しばらく探索したが、トゥルーエンドへのプロセスがひらめかないのは同じだった。

誰かの助けを借りるのは、負けた気がする。だから、攻略情報の掲示板を一度も利用したことがなかった。

その掲示板のリンク先に、有人は初めて飛んだ。

掲示板には多くの書き込みがあった。画面をスワイプしていくとすぐに、有人と同じ状況のプレイヤーを見つけた。

それへの返信もあった。直接的に解法を教えるのではなく、最終局面までプレイした人でなければ理解できない、婉曲表現のヒントが書かれていた。有人はその意味がわかった。

特定の場所で、通常なら別のエンドを迎えてしまう行動をとる。それが突破口だった。

この行動について、ゲーム内でヒントはなかった。どんな人がノーヒントで辿り着けたのか。よほど頭が柔らかいのか。世の中には冴えた人がいるものだ。

感心とともに、そんな人ばかりではないかもしれないとも思う。これはたとえひらめきがなくても、ひたすら根気よくいろんなところであらゆる行動を試し続ければ、時間はかかるかもしれないが辿り着けるエンドだ。

有人は見知らぬ先人の知恵を借りて、雪降る中の小さな家からようやく出た。True end の文字を感慨深く眺め、クリアしたそのゲームを消去せずに、新しい画面へと移動させた。

それからパソコンへと向かい、ハル先輩が利用している予備校のサイトを見た。以前もスマホでチェックして、医学部受験に特化したコースがあるのは知っていた。でも、通信で受講できるかどうかは調べなかった。今度はそれをやった。通信はあった。それから、かつて自分が通っていた東京の学校のホームページも見た。医学部進学コースが新しくできると、道下は言っていたのだ。

＊

「今日、陸仕事の手伝い、休んでいい？」

朝、そう切り出すと、誠はふっと真面目な表情になった。

「なんかあんのか？」

「電話でだけど、話をする用事があるんだ」相手まで言う必要はなかったが、有人は秘密にしなかった。「柏木さんと」

その名前で、誠はなにかを察したふうだった。

「……そっか。わかった」

音源データの礼をメールで送ってから、柏木とは数往復やりとりをしていた。その中で有人は、柏木が照羽尻島ではないものの地方出身者であること、受験に際しては苦労したことを知った。

兄の和人は現役で合格している。有人は和人よりも柏木の体験談を聞いてみたいと思った。

多忙なのだろう。日時は指定されたが、柏木はその願いに応じてくれた。それが、今日なのだ。

電話は柏木からかかってきた。折り返さなくていいとも言ってくれた。川嶋先生にはお世話になったからというのが理由だった。

柏木は有人に対して、とても真摯に応じてくれた。彼と直接会話することで、有人は知りたかった情報を知り、アドバイスを受けた。

医学部は多浪が珍しくない。社会人を経て入学してくる学生もいる。柏木自身も二浪した。

浪人時代は実家を出て、札幌にある予備校の寮に入って勉強した。

『通信という手段も考えたけれど、あれは向く人と向かない人がいるね』

有人は核心に迫った。「向かない人を教えてください」

『自分に甘い人、弱い人は向かない。言い訳を考えるのが上手い人もね。勉強に気乗りがしないときは誰にだってあるけれど、言い訳を考えるのが上手いと、そのままやらずに遅れてしまう。あと、そういう人は、結果が伴わなかったときに必ず、通信だから駄目だったと言い訳をする』

環境のせいにするのは簡単だからと、柏木は断じた。

『それから、これはあくまでも私見だけれど、よほど自分を律することができる人じゃないなら、ちょっと居心地が悪いところで勉強するくらいがいいと思う。医大に入れなくても許してくれそうな大らかで優しい環境だと、甘えてしまうよ。きっとね』

＊

自分の決意について、最初に打ち明けた相手は誠だった。放課後、二人での帰途で。二月の風はまだ冷たかったが、陽光には力が感じられた。

「春から東京の学校に行こうと思う。医学部進学コースがある学校を、受験し直す」

誠はつと立ち止まった。「やっぱ、医者になんのか」

「できたら。でも、医者になりたいというよりは」若き日の叔父も、同じ気持ちを抱いて自分の道を定めたのだろうと思う。「僕は僕なりに、誰かの役に立ちたい。困っている人がいたら、助けたい。そういう生き方をしたいんだ」

「ふーん。そっか」

誠はそれきりなにも言わず、目を細めて海を見た。

涼先輩、桃花、ハル先輩には、次の日のお弁当の時間に話した。涼先輩は寂しがり、ハル先輩は「東京で僕と同じ予備校に通うの？」と尋ね、桃花は一言「ちょっと変わったね」と微笑んだ。

誠は無言だった。

LINEをしようと言いだしたのは、桃花だった。その場で五人は『照羽尻高5』というグループを作って、互いを登録した。

涼先輩が訊いてきた。「島はいつ出るの？」

「受験の日の四日前です。二月の末」

「終業式まで少し日数あるけど……」涼先輩は寂しさを振り払うように、愛らしい笑顔を作った。「新生活の準備、あるもんね。仕方ない。うちらみんなで、港まで見送りに行くね」

「たぶん、授業が……」

「サボっちゃえ。ていうか、先生たちもみんな来るって」

本当に、学校を空にして先生たちも見送りに来そうな予感がした。もしそんなことになったら——有人の喉の奥で切なさが膨らみ、涙腺に圧力をかける——そんな人たちが周りにいたら、やっぱり自分は甘えるだろう。

自分の矜持にかけても、彼らとこの島を言い訳にしてはいけない。

ここに来たからこそ、もう一度進もうと前を向けた。

教室の窓の外を見る。二月は光の春、そんな言葉がふと思い出される。奈落の底だったはずなのに、見える景色はあまりにすべてが眩しすぎた。

――今度ここに来るときは。

何年先になるかはわからない。でもその未来を、有人は想像する。

――後悔だけはしていない。

任期が過ぎても、島に残ることを選んだ叔父の気持ちが、今ならわかる。

ただ、気にかかるのは誠だった。自分の決意を誰より先に話した相手なのに、誠も察してくれていた様子なのに、なにも言ってくれない。励ましの言葉が欲しいわけではなかったが、ここに来てそっけなくされるのは辛かった。

もしかして、島を捨てていくと怒っているのか？　いや、誠に限ってそれはない。誠にはもうなにもかも、過去を含めて全部話した。誤解はないと信じている。ならばなぜつれないのか？

初夏のころはトイレにまでついてきたのが嘘みたいだった。みんなとのお弁当の時間はことさら明るいが、有人とはあまり目を合わせない。放課後も「じゃあな！」とあっさり先に帰ってしまう。「じゃあな！」の声は高校野球の選手宣誓なみに大きく、おま

え と話すことはもう無いと先を遮断しているみたいでもあり、去っていく誠の後ろ姿を見ると、みぞおちのあたりが疼いて喉の奥が詰まったようになる。

この感覚はなんだろうと胸に手を当てて、しっくりくる答えを一つ導き出す。これは、寂しさだ。離れるのは寂しい。別れを前に話ができないのも寂しい。こんな気持ちは知らなかった。東京で引きこもったとき、クラスメイトに会えなくなっても、なんとも思わなかった。

受験勉強はもちろん、荷造りもしなくてはならないのに、誠の態度を思うと集中するのも難しい。そんな日が重なり、ついに翌日帰京という日になってしまった。

有人はさっさと帰宅した誠を見送り、寮に帰って最後の荷造りをした。荷造りの合間、ゴミ箱には洟をかんだティッシュが溜まっていった。じきに夕食という時間、有人はLINEで誠に『話がしたい』とメッセージを送った。すぐに既読になったが、五分待っても十分待っても返事はなかった。

「有人くん、どこ行くの？　そろそろご飯よ」

後藤のおばさんには申し訳なかったが、有人は寮を飛び出し、斎藤家へ向かった。漁師の家の夜は早い。訪ねるなら、ためらってはいられなかった。

泊めてもらった部屋の窓は、カーテンが閉じられていた。

チャイムを鳴らすと、中から誠の父が「なに鳴らしてんだ、入ってこいや」と応じたので、言われたとおりにする。

「誠に会いたいんです」

「ああ、あいつか」誠の父は二階に向かって声を張り上げた。「有人が来てっぞ」

「具合悪ぃから寝てる！」

具合が悪いとは思えぬ大声が降ってきた。誠の父は苦笑いした。

「有人。許してやってくれや。至が出てくってときも、あんな感じだったんだわ。顔見せねえのは、あいつもあれだ、男だからよ」

「どういうことですか？」

「赤くなってる目ん玉なんて、見られたくねえだろ」漁師の武骨な手が有人の頭に優しく乗せられた。「でも、おまえはその目ん玉で来てくれてんのにな。誠のほうが肝っ玉小せえなあ」

有人は斎藤家の外に出て、カーテンが閉まった窓に向かって、わめいた。

「誠！　僕がなにを言いに来たかわかってんのかよ！」

港の明かりがガラス窓に反射している。

カーテンは動かなかった。

＊

港は島民で黒山の人だかりだった。叔父が島を出たときと同じか、それよりも多くの人々が、有人を送りに来てくれた。校長や高校の教員も、本当にやってきた。

「元気でやれよ」

「遊びにおいで」

「ウニ、送ってやるからな」

そう言ったのは、誠の父だった。

一人ひとりにはとても挨拶できなかった。有人は「ありがとうございます、お世話になりました」と腹から声を出し、きっちりと頭を下げた。

涼先輩、桃花、ハル先輩の姿は見つけた。スマホにＬＩＮＥが入ってくる。

『なんかあったらここで愚痴ってＯＫだよ！』

『受験、頑張って』

ハル先輩からは、海の上を飛ぶウミガラスの写真が送られてきた。スタンプがわりのようだ。

出航時刻が近づき、有人は三人に手を振ってフェリーに乗り込んだ。有人は誠を探した。誠だけが姿を見せない。どこにいるのか。

あの日――未来が消えたあの日ではなく、もう一つのあの日――もう一度未来へのともしびを得た夜も、背中を押す大きな力になった初日の出を見た朝も、誠と一緒だった。

誠の顔が見たい。

有人は船室に入らず、甲板を移動しながら探し続けた。人だかりの中にはいない。いればわかる自信がある。

有人はスマートフォンを取り出した。ＬＩＮＥで誠に話しかけようと思った。どこにいるのかと。

出航の汽笛が鳴る。

見送ってくれている人たちに手を振るために、有人はスマートフォンを再びポケットにしまう。誠はいない。

ＬＩＮＥではなく、きちんと言葉で伝えたかった。

誰よりも、ありがとうと伝えたかった。

もしもいつか叔父さんみたいに医師になれたら、僕は。

僕は必ずもう一度……。

船が岸壁を離れる。ゆっくりと確実に、島民たちは小さくなり、声も遠くなっていく。

『夢の浮島　照羽尻　ようこそ』

崖（がけ）の補強コンクリートに書かれた、色褪（いろあ）せた文字。

黒い海鳥が海面すれすれを切って飛ぶ。

奈落の底だと思っていた。

でもここに来なければ、今こうしていない。

有人は寒風に顎（あご）を少し引き、フェリーの前方へと向かった。

風とともに細かなしぶきが頬を濡らす。岸壁を打つ波は火花みたいに弾ける。

火花——有人は立ちすくんだ。夏休みの花火の夜、あの夜誠は、言っていた。

──本当に言いたいことは言葉にしねーの。態度とか行動とかで語るんだ。

だから、いないのか。

「誠の馬鹿野郎」有人は声を絞り出す。「これがおまえの本音かよ」

伸びてしまった前髪がなぶられ、額が丸出しになる。悔しくてやるせなくて、有人は港から顔を背け、船首のほうを向いた。船首の部分はロープや機材が置かれてあり、乗組員以外立ち入ることができない。有人はとにかくぎりぎりまで前方へ進んで、甲板の手すりを掴み、沖を見据えながら身を乗り出した。

目を見開く。近づいてくる防波堤の突端に、誰かが立っている。誠だ。

「誠！」

叫んだ。波音、エンジン音、風、すべてにかき消されようと、もう一度声を張った。顔が見える。遠くても、瞼が腫れているのがわかる。その目が赤いのもわかる。でも、誠は笑っていた。力強く励ますように。

「誠！　僕はいつか必ず──」

たった一度の大きな頷きが返ってくる。

誠は首に巻いていたマフラーを取った。そしてそれを握りしめ、有人へとぐっと突き出した。

マフラーが激しくたなびく。

風の形が見えた。

謝辞

執筆にあたりましては、一般社団法人天売島おらが島活性化会議 齊藤暢さま、公益財団法人はまなす財団 小倉龍生さま、北海道天売高等学校校長（取材当時）上田智史さま、北海道天売高等学校の生徒の皆さま、教職員の皆さま、ならびに、天売島の皆さまに多大なるご協力をいただきました。こころよくお話を聞かせてくださった皆さまに、心から感謝申し上げます。

著者

解説

北上次郎

北海道の北西部から日本海沖約三十キロに位置する離島を舞台とする物語である。そこは、ケイマフリ、ウミウ、ウトウを始めとする八種類の海鳥が繁殖する「海鳥の楽園」で、バードウォッチングに訪れる観光客も少なくない。島の周囲は約十二キロ。小さな島だ。小中学校は一つで同じ校舎を使っている。高校も一つ。これは寮完備だ。一日三食付きで月四万円。限界集落化に歯止めをかけるために都会の学校に合わない子供も受け入れようと寮を完備したわけである。いわば離島留学だ。もしかしたら島に興味を持って将来島で暮らしたいと考えてくれるかもしれないという期待も、行政側にはある。

というわけで、高校一年の川嶋有人が東京からこの島へやって来て、この物語が始まっていく。もっとも有人は、叔父の雅彦が島に一つだけある診療所で働いているので、寮には入らず、叔父さんとの二人暮らし。高校のほうは二年生が二人(陽樹と涼だ)。一年生も二人(桃花と誠)。ここに一年遅れで高校に進学した有人が入る。三年生はいないので、全部で五人。ちなみに涼と誠は島の子だ。涼は旅館の娘で、誠は漁師の息子。

わざわざ東京から北の地の離島にやってくるのだから、有人には訳がある。その理由については本書をお読みになっていただければいい。ここでは、不登校になった有人を見かねて、叔父の雅彦が島の高校に誘うのがいきさつであると書くにとどめておく。島の様子も、寮完備の高校も、北海道の天売島と、天売高等学校をモデルにしたものと思われるが、それはともかく、ここから始まる有人の島の生活は、とてもリアルだ。誰も玄関に鍵などかけない島の暮らしが、丁寧に、そして瑞々しく描かれていく。陽樹も桃花も島外からこの離島に来ているわけだから、彼らにも事情があるわけで、それは徐々に明らかになっていく。

乾ルカは、２００６年に「夏光」で第86回オール讀物新人賞を受賞してデビューした作家だが、ホラー小説、ファンタジーだけにとどまらず、スポーツ小説にいたるまで、幅広い作品を書いている。小学生のさつきと理子を中心に女子スキージャンプの世界を描く『向かい風で飛べ！』、あまりに家賃が安いので訪ねていくと幽霊付きの部屋を紹介されるアパート小説『てふてふ荘へようこそ』、真正面から現代の友情を描く『モノクローム』など、どれも面白く、楽しませてくれる。直木賞の候補にもなった『あの日にかえりたい』も忘れてはいけない。

そういう作品群の中から個人的に好きな作品を1作選べば、大藪春彦賞の候補にもなった『メグル』（２０１０年東京創元社／２０１３年創元推理文庫）。たとえば冒頭の「ヒカレル」だ。大学の奨学係（この連作集は、奨学係唯一の女性職員が「このアルバイトはいくべきです」と声をかけて始まる作品集だ）に、アルバイトを紹介された高橋健二が遠くの町に行く話である。指定されたお寺に行くと、本堂で寝るのが仕事だという。「一人で寝ればいいんですか」という質問には次の返事がくる。

「高橋さんは昨夜遅くに亡くなったお婆ちゃんのご遺体に添い寝していただくんです。しっかりと手を握ってね」

事情はゆっくりと明らかになる。お婆ちゃんは手だけ死後硬直がこなかった。こういうのをこの地では「引く手」といって、通夜の晩に引っ張っていっちゃうんだという。

「なにをですか」「生きている人を、あの世にです」

だから、高橋さんは一晩ここにいて、お婆ちゃんの手を握って、それを止めてほしいんですよ、と言われるのだ。親しい人や親族だと、あっさり連れてかれちゃいますからね。無関係の人に押さえてもらいたいんです。

というわけで、たった一晩だけの不思議なアルバイトが始まるという短編だが、これでまだ5分の1。ここからどういう物語が始まるかは読んでのお楽しみにしておきたい。切れ味鋭く、奥行き深く、素晴らしい短編だ。最後のオチも鮮やかで、忘れがたい作品となっている。

本書『明日の僕に風が吹く』に話を戻せば、こちらは仕掛けのあるトリッキーな作品ではなく、ホラーでもなく、ストレートな青春小説である。ストレートという言い方が誤解を与えかねないので急いで付け加える。工夫がないという意味ではないのだ。久々に東京に帰った有人が、不登校のきっかけとなった道下さんから呼び出されるくだり（こんなことで人生狂ったなんてへこたれるほど弱くない、と断言する彼女は超カッコいい。さあ、どうする有人）を引くまでもなく、次々にいろいろなことが起こって、めまぐるしく展開していく。叔父の雅彦に起きる出来事、さらにその余波もここに並べれば、けっしてシンプルな、単色な小説ではない。色彩感鮮やかな、ダイナミックな小説といっていい。

ストレートというのは、奇を衒わず、まっすぐに力強く描いているという意味だ。傷ついた少年の心が、静かに癒されて、再度立ち上がるまでの過程を、説得力をもって描いているということだ。

後半何度も目頭が熱くなるのは、作者のその力が有人を奮い立たせるからだ。有人だけではない。私たちを叱咤激励するからだ。さあ、立ち上がれ有人。物語の背後から海鳥たちの鳴き声が聞こえてくる。これはそういう小説だ。

本書は、二〇一九年九月に小社より刊行された単行本を文庫化したものです。

明日(あした)の僕(ぼく)に風(かぜ)が吹(ふ)く

乾(いぬい) ルカ

令和4年 9月25日 初版発行

発行者●堀内大示

発行●株式会社KADOKAWA
〒102-8177 東京都千代田区富士見2-13-3
電話 0570-002-301(ナビダイヤル)

角川文庫 23324

印刷所●株式会社暁印刷
製本所●本間製本株式会社

表紙画●和田三造

●お問い合わせ
https://www.kadokawa.co.jp/（「お問い合わせ」へお進みください）
※内容によっては、お答えできない場合があります。
※サポートは日本国内のみとさせていただきます。
※Japanese text only

ISBN 978-4-04-112761-2 C0193

◇◇◇

角川文庫発刊に際して

角川源義

第二次世界大戦の敗北は、軍事力の敗北であった以上に、私たちの若い文化力の敗退であった。私たちの文化が戦争に対して如何に無力であり、単なるあだ花に過ぎなかったかを、私たちは身を以て体験し痛感した。西洋近代文化の摂取にとって、明治以後八十年の歳月は決して短かすぎたとは言えない。にもかかわらず、近代文化の伝統を確立し、自由な批判と柔軟な良識に富む文化層として自らを形成することに私たちは失敗して来た。そしてこれは、各層への文化の普及滲透を任務とする出版人の責任でもあった。

一九四五年以来、私たちは再び振出しに戻り、第一歩から踏み出すことを余儀なくされた。これは大きな不幸ではあるが、反面、これまでの混沌・未熟・歪曲の中にあった我が国の文化に秩序と確たる基礎を齎らすためには絶好の機会でもある。角川書店は、このような祖国の文化的危機にあたり、微力をも顧みず再建の礎石たるべき抱負と決意とをもって出発したが、ここに創立以来の念願を果すべく角川文庫を発刊する。これまで刊行されたあらゆる全集叢書文庫類の長所と短所とを検討し、古今東西の不朽の典籍を、良心的編集のもとに、廉価に、そして書架にふさわしい美本として、多くのひとびとに提供しようとする。しかし私たちは徒らに百科全書的な知識のジレッタントを作ることを目的とせず、あくまで祖国の文化に秩序と再建への道を示し、この文庫を角川書店の栄ある事業として、今後永久に継続発展せしめ、学芸と教養との殿堂として大成せんことを期したい。多くの読書子の愛情ある忠言と支持とによって、この希望と抱負とを完遂せしめられんことを願う。

一九四九年五月三日

角川文庫ベストセラー

夏美のホタル
森沢明夫

写真家志望の大学生・慎吾。卒業制作間近、彼女と出かけた山里で、古びたよろず屋を見付ける。そこでひっそりと暮らす母子に温かく迎え入れられ、夏休みの間、彼らと共に過ごすことに……心の故郷の物語。

エミリの小さな包丁
森沢明夫

恋人に騙され、仕事もお金も居場所もすべて失ったエミリに救いの手をさしのべてくれたのは、10年以上連絡を取っていなかった母方の祖父だった。人間の限りない温かさと心の再生を描いた、癒やしの物語。

消えてなくなっても
椰月美智子

運命がもたらす大きな悲しみを、人はどのように受け入れるのか。椰月美智子が初めて挑んだ〝死生観〟を問う作品。生きることに疲れたら読みたい、優しく寄り添ってくれる〝人生の忘れられない1冊〟になる。

つながりの蔵
椰月美智子

小学5年生だったあの夏、幽霊屋敷と噂される同級生の屋敷には、北側に隠居部屋や祠、そして東側には古い〝蔵〟があった。初恋に友情にファッションに忙しい少女たちは、それぞれに「悲しさ」を秘めていて――。

氷菓
米澤穂信

「何事にも積極的に関わらない」がモットーの折木奉太郎だったが、古典部の仲間に依頼され、日常に潜む不思議な謎を次々と解き明かしていくことに。角川学園小説大賞出身、期待の俊英、清冽なデビュー作！

角川文庫ベストセラー

愚者のエンドロール　米澤穂信

先輩に呼び出され、奉太郎は文化祭に出展する自主制作映画を見せられる。廃屋で起きたショッキングな殺人シーンで途切れたその映像に隠された真意とは⁉ 大人気青春ミステリ、〈古典部〉シリーズ第2弾！

クドリャフカの順番　米澤穂信

文化祭で奇妙な連続盗難事件が発生。盗まれたものは碁石、タロットカード、水鉄砲。古典部の知名度を上げようと盛り上がる仲間達に後押しされて、奉太郎はこの謎に挑むはめに。〈古典部〉シリーズ第3弾！

遠まわりする雛　米澤穂信

奉太郎は千反田えるの頼みで、祭事「生き雛」へ参加するが、連絡の手違いで祭りの開催が危ぶまれる事態に。その「手違い」が気になる千反田は奉太郎とともに真相を推理する。〈古典部〉シリーズ第4弾！

ふたりの距離の概算　米澤穂信

奉太郎たちの古典部に新入生・大日向が仮入部する。だが彼女は本入部直前、辞めると告げる。入部締切日のマラソン大会で、奉太郎は走りながら心変わりの真相を推理する！〈古典部〉シリーズ第5弾。

いまさら翼といわれても　米澤穂信

奉太郎が省エネ主義になったきっかけ、摩耶花が漫画研究会を辞める決心をした事件、えるが合唱祭前に行方不明になったわけ……〈古典部〉メンバーの過去と未来が垣間見える、瑞々しくもビターな全6編！